이날을 위한 우산

EIN REGENSCHIRM FÜR DIESEN TAG
by Wilhelm Genazino

이 도서의 국립중앙도서관 출판예정도서목록(CIP)은 서지정보유통지원시스템 홈페이지(http://seoji.nl.go.kr)와
국가자료공동목록시스템(http://www.nl.go.kr/kolisnet)에서 이용하실 수 있습니다.
(CIP제어번호: CIP2010004102)

세계문학전집
055

Wilhelm Genazino : Ein Regenschirm für diesen Tag

이날을 위한 우산

빌헬름 게나치노 장편소설

박교진 옮김

문학동네

바바라에게

차례 ▐

1

  남학생 두 명이 거리광고탑 앞에 서서 거기 붙어 있는 포스터에 침을 뱉는다. 그러더니 침이 광고탑 기둥을 타고 흘러내리는 모습을 바라보며 깔깔댄다. 난 걸음을 약간 재촉한다. 예전엔 저런 일들을 훨씬 더 관대하게 보아 넘길 수 있었다. 하지만 요즘엔 유감스럽게도 너무 빨리 혐오감이 인다. 제비 몇 마리가 또다시 보행자용 지하도 속을 가로지르며 날아간다. 새들은 지하철역 속으로 급강하했다가 8초 혹은 9초 뒤에 다시 건너편 출구를 통해 하늘 위로 날아오른다. 마음 같아서는 직접 지하도를 가로질러 걸어가면서 제비가 내 옆을 스쳐 쏜살같이 나를 앞질러 날아가는 모습을 보고 싶다. 하지만 그런 실수를 또다시 해서는 안 된다. 내가 마지막으로 이 지하도를 이용한 것은 약 2주 전이었다. 제비들이 쏜살같이 내 곁을 스치며 날아갔고, 그러는

데 걸린 시간은 유감스럽게도 2, 3초에 불과했다. 새들이 날아가버리고 난 후 나는 몸이 축축이 젖은 비둘기 몇 마리를 발견했다. 처음에는 그 새들을 보지 못했던 것이다. 새들은 타일이 깔린 한구석에 옹송그려 있었다. 지하도 바닥에 누워 있던 노숙자 두 명이 비둘기들의 관심을 끌어보려고 했다. 그들이 소리를 내고 손짓을 해봐도 새들이 아무런 반응을 보이지 않자 노숙자들은 그 동물들을 비웃었다. 그리고 얼마 안 있어 나는 내 오른쪽 구두코 위에 말라붙어 있는 케첩 얼룩을 보았다. 어떻게 거기 얼룩이 묻게 된 건지, 그리고 심지어 어떻게 이제 와서야 그 얼룩을 발견할 수 있었는지도 알 길이 없었다. 그때 다시는 이 지하도를 지나가지 마라 하고 건성으로 나 자신에게 말했다.

지하도 건너편에 군힐트가 보인다. 나는 군힐트, 게르힐트, 메흐트힐트 혹은 브룬힐트라는 이름을 가진 여자들을 보면 약간 두려움이 생긴다. 군힐트는 살면서 자발적으로 뭔가를 관찰하는 일이 거의 없다. 난 장님이야, 그녀는 종종 이렇게 말한다. 그녀는 농담처럼 말하지만 사실 그건 진담이다. 사람들이 그녀에게 무엇을 쳐다보라고 말해주어야만 하고, 그러면 그녀는 흡족해한다. 지금은 군힐트와 마주치고 싶은 생각이 전혀 없다. 나는 그녀를 피해 헤르더 가 안쪽으로 잠시 물러난다. 군힐트가 만일 눈을 뜨게 된다면 알게 될지도 모른다. 이따금씩이기는 해도 내가 자신을 피해 도망친다는 사실을.

채 2분도 지나지 않아 나는 군힐트를 피해 도망친 것을 후회한다. 왜냐하면 군힐트는 다그마와 똑같은 속눈썹을 가졌기 때문이다. 다그마는 내가 열여섯 살 때 야외수영장에서, 어머니의 다리미판 위에서 사랑을 나눴던 여자다. 다른 여자들은 한 자리에 한 가닥의 속눈썹이 나는데, 다그마는 그 자리에 두세 가닥, 심지어 네 가닥의 속눈썹이 금세 자란다. 그렇다, 다그마의 눈에는 속눈썹이 뭉텅이로 매달려 있었다고 할 수 있다. 그런 속눈썹을 군힐트가 가지고 있다. 그녀를 조금만 오래 바라보고 있노라면, 불현듯 내가 다시 다리미판 위에 다그마와 나란히 앉아 있는 듯한 느낌이 든다. 내 생각엔 우리가 다른 사람들을 잊지 못하는 것은 함께한 경험 때문이 아니라, 그 사람들을 마지막으로 보고 나서 오랜 시간이 흐른 후에야 비로소 우리의 머릿속에 선명히 떠오르는 세부적인 신체 부위들 때문이다. 이미 몇 분간 다그마를 생각했고 심지어 지금 그녀가 입었던 수영복 색깔까지 떠오르지만, 그럼에도 오늘 난 다그마에 대한 기억을 떠올리고 싶지 않다. 그 당시 우리의 유년기 사랑은 끝이 좋지 않았다. 1년이 지난 어느 날 다그마가 물안경을 끼고 야외 수영장에 나타났다. 그녀는 나와 함께 물에 들어갈 때마다 매번 그 물안경을 꼈다. 그것은 다시 말하자면 작은 설탕 알갱이처럼 반짝거려서 물속에서 그리고 햇살 아래에서 특히나 아름다웠던 그녀의 속눈썹 뭉텅이를 별안간 내가 더이상 볼 수 없게 되었음을 의미했다. 그 당시 난 내가 다그마에게서 멀어진 이유를 그녀에게 차마 고백할 수 없었다. 다그마, 그건 물안경 때문이었어, 혼잣말로 이렇게 중얼거릴 때면 난 요즘도 약간의 고통을 느낀다.

현재 소규모 곡마단이 서커스 공연을 하고 있는 니콜라이 교회 옆에서 한 젊은 여자가 내게 자신의 트렁크를 잠시만 맡아줄 수 있겠느냐고 묻는다. 물론이죠, 나는 말한다, 당연히 해드려야지요. 10분 안에 돌아올게요, 여자는 말한다. 그녀는 자신의 트렁크를 내 옆에 세워놓고 상냥하게 몸짓을 취해 보이고는 가버린디. 낯선 사람들이 왜 내게 그 같은 신뢰를 보내는 것인지 난 매번 신기하기만 하다. 작은 크기의 그 트렁크는 추측건대 많은 여행을 한 듯하다. 벌써 사람들은 나를 쳐다보면서 이 트렁크가 내 것인지 아닌지를 가늠해보고 있다. 아니요, 우리는 서로 아무 관계도 없답니다. 예전에 난 사람들이 서로 쳐다보는 것은 다가올 나쁜 소식에 대한 두려움 때문이라고 생각했다. 그리고 나중엔 사람들이 서로 쳐다보면서 인생의 기이함을 표현해줄 말들을 찾고 있다고 믿었다. 왜냐하면 사람들의 눈빛 속에는 드러나지 않더라도 그런 기이함이 끊임없이 이리저리 움직이고 있기 때문이다. 요즘 난 거의 아무 생각도 하지 않는다. 그저 주위를 둘러볼 뿐이다. 보다시피 난 거짓말을 하고 있다. 왜냐하면 아무 생각도 하지 않고 거리를 배회한다는 것은 불가능하기 때문이다. 지금 이 순간에도 나는 사람들이 별안간 다시 가난해진다면 얼마나 좋을까 하는 생각을 막 하고 있었다. 그것도 모두가 그리고 동시에 가난해진다면 하고 말이다. 선글라스나 손지갑, 자전거 헬멧, 경주용 자전거, 순종견, 롤러스케이트, 시계가 없는 사람들을 보게 된다면 얼마나 좋을까. 사람들은 수년간 몸에 걸쳐왔던 몇 벌의 옷가지를 제외하고는 아무것도 몸에 지녀서는 안 된다. 최소한 30분 동안만이라도.

왜 지금 내 기분이 다소 나빠졌는지는 나도 이해할 수가 없다. 이른 아침부터 줄곧 내 마음은 모든 형태의 가난에 대한 이해심으로 충만해 있다. 악취를 풍기는 남자 둘이 내 옆을 지나가지만 난 즉시 그들에게 관대한 마음을 가진다. 집이 없는 사람들이니 그들에겐 이제 더이상 욕실도 예민함도 없는 것이다. 우리가 항상 불행을 감수해왔듯, 그들의 불행을 감수해야만 한다. 여기 이렇게 서서 지키고 있는 트렁크가 누구의 것인지 말하지 않아도 된다는 것이 정말 좋다. 서커스장 주변에서 어느 젊은 여자가 말 한 마리를 한쪽 옆으로 끌고 가서 빗질해주기 시작한다. 그녀는 말의 털에 얼굴을 바싹 대고서 동물의 등을 수직으로 힘차게 빗질해나간다. 그 동물이 다리 한쪽을 들어 올리며 말굽으로 아스팔트 위를 걷어차니 따그닥 하는 좋은 소리가 난다. 그와 거의 동시에 동물의 생식기가 몸 밖으로 튀어나온다. 약간 떨어진 곳에서 이미 몇 명의 사람들이 걸음을 멈추고 서서 구경하고 있다. 그 구경꾼들이 말의 어떤 모습을 보고 싶어 하는지 한동안은 분명치 않다. 하지만 두 남자가 거칠게 투덜대는 것을 보고서 난 그들이 보고 싶어 하는 것은 아무것도 없고 단지 뭔가를 기다리고 있다는 것을 깨닫는다. 그들은 여자가 갑자기 그 동물의 생식기를 발견하게 되는 순간을 기다리는 것이다. 그녀는 왜 한 발짝 뒤로 물러나 우연히 그렇게 하기라도 하는 것처럼 그 동물의 몸 아래쪽을 보지 않는 거지? 여자는 몇 명의 구경꾼이 돌발 상황이 벌어지기만을 기다리고 있다는 것을 전혀 눈치채지 못한다. 그녀는 넋이 나간 사람처럼 자신의 얼굴을 동물의 등에 가까이 댄다. 그래 지금이야! 옆으로 한 발짝만 살짝 움직여주면 돼. 그러면 돌발 상황이 벌어질 텐데.

　내가 지키고 있는 그 트렁크의 주인이 저기서 돌아오고 있다. 왼손에 처방전을 들고 있다. 이제 분명해진다. 그녀는 병원에 갔고 거기에 트렁크를 들고 가고 싶지는 않았던 것이다. 아마도 그녀는 여행자가 아니라 이를테면 도시의 방랑자, 집 없는 떠돌이일지 모른다. 그녀는 감사하다는 인사를 하고서 트렁크를 받아든다. 나는 그녀에게 너무 쉽게 사람을 신뢰하지 말라는 주의를 주고 싶다. 그 순간 난 내 옆

려에 어처구니가 없어 나도 모르게 웃음이 터져나온다. 구경꾼들을 기쁘게 해줄 일은 일어나지 않을 것이다. 밖으로 튀어나올 때처럼 그렇게 천천히 말의 생식기는 부드러운 외피 속으로 도로 들어가고 있다. 주위를 둘러보면서 난 모험에 빠져들어가는데, 그것은 비록 내가 해보고 싶어 하던 모험과 유사하기는 하지만 그럼에도 난 그런 식의 모험을 원하지는 않는다. 주위 구경꾼들의 은밀한 흥분이 가라앉고 있다. 구경하던 남자들 중 하나가 알록달록한 상자가 있는 곳으로 걸어간다. 그 상자 위에는 큰 글씨로 이렇게 쓰여 있다. 여기에 여러분의 당첨권을 넣어주세요! 그 남자는 작은 쿠폰 한 장을 투입구로 집어넣는다. 그는 말이 있는 쪽을 한 번 더 돌아본다. 자신의 흥분이 너무 빨리 식어버린 탓에 그는 실소를 머금는다. 우연히 내 눈에 말을 돌보는 여자가 털 냄새를 맡기라도 하려는 양 자신의 얼굴을 그 동물의 몸에 바싹 갖다 대는 모습이 들어온다. 이제 그녀는 두 팔을 높이 뻗어서 동물의 등 위에 살짝 올려놓는다. 3초 정도 그녀는 말의 옆구리에 자신의 얼굴을 묻는다. 말은 꼼짝도 하지 않고 계속 주위만 둘러본다. 털 냄새를 맡는 일은 특별한 즐거움일 거라는 확신이 든다. 바로 그 순간 군힐트가 광장을 배회하다가 나를 알아보고는 곧장 내게로 다가온다. 군힐트는 그사이 아무것도 보지 못했고 아무것도 듣지 못했으며, 또한 아무 생각도 하지 않았음이 분명하다. 사실도 그랬다. 내게 뭔가 특별한 일이 일어날지 모른다는 생각을 하면서 다시 쏘다니고 있었어, 그녀가 말한다, 하지만 아무 일도 일어나지 않아! 물론 난 내게 무슨 일이 일어나기를 전혀 원하지 않아. 하지만 자꾸 그런 걸 상상하게 돼. 나의 개인적인 광기지! 왜 개인적이라는 거야? 나는 되묻는다. 나의 광기가 공공연한 것은 아니니까, 그리고 내가 그것을 잘 다스릴 수 있으니까, 군힐트가 말한다. 차츰 그녀는 차분해진다. 난 그녀에게 말을 돌보는 여인의 놀이에 대해 주의를 환기시켜주어야 할지 말아야 할지 곰곰이 생각해본다. 군힐트가 눈을 아래로 내리간다. 그로 인해 그녀의 속눈썹 뭉텅이가 매우 확연하게 눈에 띈다. 불쌍한 다그마! 군힐트가 바로 **이런** 눈썹을 가지지 않았다면 아마도 난 그녀에게 별 관심을 갖지 않았으리라. 내일 혹은 모레 난 이곳에 한 번 더 들러서 말을 돌보는 그 여자가 다시 말을 빗질하는지 살펴볼 것이다. 군힐트가 아직도 내 옆에 서 있다. 아마 그녀는 내가 자신에게 무언가를 알려주기를 기다리고 있을 것이다. 말을 돌보는 여자가 말을 다시 마구간 속으로 데리고 들어간다.

우리 서커스 구경이나 할까? 군힐트가 묻는다. 그녀는 자신의 질문이 어처구니없다는 듯 웃는다.

못할 것 없지, 나는 말한다.

정말 서커스 보러 갈 거야? 군힐트가 외친다.

그래, 내가 말한다, 너는 싫어?

거길 가게 되면 난 고작 떠올린 것이 서커스밖에 없다니 하는 생각을 내내 하게 될 거야, 군힐트가 말한다.

그 말에 난 입을 닫고는 바로 우리 옆에 놓인 유모차에 누워 잠을 자는 갓난아기를 내려다본다. 갓난아기는 잠을 자면서 이상한 소리를 늘으면 입술을 실룩거린다. 왜 입술일까, 왜 손가락은 아니지? 군힐트에게 심술이 난 나는 그 물음을 그녀에게 말해주지 않고 혼자 간직한다. 아기 엄마가 핸드백에서 고무젖꼭지를 꺼내 아이의 입에 밀어넣는다. 그때 그녀의 핸드백에서 수많은 면봉이 와르르 쏟아진다. 땅바닥 위로 떨어진 면봉은 아기 엄마의 발 앞에 흩어진다. 다시 말하자면 면봉 두 개가 군힐트의 구두 앞에 놓여 있다. 아, 군힐트가 외친다. 아기 엄마는 군힐트의 구두 앞에 있는 두 개를 빼고 면봉을 전부 다시 집어 올린다. 군힐트가 그 두 개의 면봉을 집어서 아기 엄마에게 줄 수도 있으리라. 하지만 군힐트는 서커스장에 갈 수도 없고 면봉을 집을 수도 없다. 그런 상황에서 군힐트가 할 수 있는 일이라고는 오직 재빨리 자리를 뜨는 것뿐이다. 근본적으로 나는 바로 그런 점 때문에 군힐트에게 호감이 간다. 하지만 내가 그녀에게 호감이 있다고 고백할 기회를 잡기도 전에 번번이 그녀는 사라져버렸다. 지금도 그녀는 내게 아주 작은 목소리로 잘 가! 하고 속삭이고는 이 상황에서 벗어나고 있다. 나는 그녀의 뒷모습을 눈으로 좇다가, 배낭에서 껌을 떨어뜨리며 지나가는 한 여자를 보게 된다. 그녀는 보석상의 진열품들을 정신없이 들여다보느라 자신이 무엇을 잃어버렸는지도 전혀 알아차리지 못했다. 그녀에게 가서 껌을 흘리셨어요, 하고 말해주어야 할까? 뭔가를 떨어뜨리셨습니다, 하고 말하는 것으로 충분할지도 모른다. 아니면 그냥, 뭔가 흘리셨습니다라고 말하기만 하면 되겠지. 자세한 설명을 위해서(그리고 껌이라는 말을 쓰고 싶지 않기에) 집게손가락으로 땅에 떨어져 있는 그 물건을 가리킬 수도 있으리라. 하지만 손가락으로 가리키는 건 민망할 것 같다(민망하다). 끔찍한 일이야, 내가 군힐트와 닮았다니, 난 누구에게도 어떤 것에 대해 주의를 환기시켜 줄 수가 없다. 어쩌면 그 여자는 자신이 잃어버린 것을 누군가 가르쳐 주기를 전혀 원치 않을 수도 있다. 그녀의 몸은 검은 인조가죽으로 완전히 뒤덮여 있다. 그녀가 오토바이를 타는 사람일 것이라는 생각을 해본다. 그녀는 계속 걸어가고, 껌은 그 자리에 그대로 있다. 그녀가 걸을 때는 가죽의 마찰 소리가 작지만 선명하게 들린다. 그 소리를 듣자 묘하게도 내가 아무 얘기도 하지 않은 것이 잘한 일이라는 확신이 든다. 어차피 요즘 사람들 대부분은 가끔씩 껌을 잃어버리는 것은 당연한 일이라고 생각할 것이며, 오직 나만이 그것을 제때 깨닫지 못했던 것이다. 오토바이를 타는 여자의 관심은 오로지 쇼윈도 진열품들에만 쏠려 있다. 이제 그녀는 어느 빵집 진열대 앞에 서서 너트롤빵, 곰보빵, 퍼프 페이스트리를 유심히 들여다본다. 그리고 가게 안으로 들어가서 브레첼을 하나 산다. 나는 가게 안에서부터 브레첼을 먹기 시작하는 그녀의 모습을 볼 수 있다. 빵을 씹으면서 그녀는 다시 거리로 나와 어느 미용실 쇼윈도 앞에 선다. 그녀는 집, 현관, 초인종, 문, 편지함 혹은 창문은 쳐다보지 않는다. 나는 사람들에 대해서나 집에 대해서나 종종 똑같은 경험을 하게 된다. 우리는 사람들을 수년간, 그들 중 많은 이들을 심지어는 수십 년간 쳐다보게 되며 그들도 마찬가지로 우리를 쳐다본다. 하지만 어느 날 갑자기 알고 있던 집들이 사라져버리거나 개조되어 그중 많은 집을 다시 알아보지 못하게 되고, 그 후로는 화가 나서 더이상 보지 않는다. 오늘이 바로 그런 날인지 아닌지는 잘 모르겠다. 만약 그런 날이라면, 나 같은 사람들에게는 내가 보아온 이들이 오래된 집처럼 사라져버리거나 개조된다는 사실을 통보해주는 것이 마땅하다는 느낌이 또다시 들 것이다. 그러고 나면 그 느낌은 내가 자주 갖는 어떤 느낌, 즉 내가 내 내면의 동의 없이 이 세상에 존재하고 있다는 느낌으로 이어진다. 정확히 말하면 난 누군가 내게 이 세상에서 살고 싶으냐고 물어봐주기를 여전히 기다리고 있다. 내가 만약, 이를테면 오늘 오후 그것에 동의할 수 있다면 정말 좋을 것 같다는 생각이 든다. 그때 내게 동의를 구하는 사람이 실제 **누구**여야 하는지 난 아는 바가 없고, 그것은 전혀 중요하지 않다.

지금 오토바이 타는 여자 외에도 흰색과 붉은색의 유니폼을 입은 응급구조원 한 명과 경비원 한 명이 보인다. 경비원은 말끔한 제복을 입고 은행 출입구 옆에 서 있다. 그는 지나가는 사람들이 마치 위험인물이라도 되는 양 쳐다본다. 사람들이 자신에게 아무 신경도 쓰지 않는다는 사실에 그는 별로 개의치 않는 듯하다. 그 구조원과 경비원은 그사이 아주 헐값이 되어버린 사람처럼 보인다. 만약 누군가 와서, 예를 들어 그 구조원을 사고 싶어 한다면 아마도 내 생각엔, 기껏해야 5마르크만 지불하면 될 것이다. 오토바이 타는 그 여자 또한 아주 저렴하다. 나 역시 마찬가지다. 동의서가 없으니 말이다. 열두 살쯤 돼 보이는 사내아이가 시내 분수대 가장자리에 걸터앉아 있다. 아이는 가지고 있던 작은 돛단배를 조심스럽게 물 위에 띄운다. 분수의 물줄기가 오늘은 약하게 조절된 탓에 수면에는 거의 아무런 움직임이 없다. 얼마 지나지 않아 미풍이 배에 달린 두 개의 돛을 밀어 배가 분수대 물 위에서 천천히 움직인다. 그 돛단배는 아마도 내가 앉아 있는 분수대 가장자리 부근에 도착하게 될 것이다. 배가 분수 물줄기 옆을 잘 통과하고 바람이 약해지지 않는다면, 돛단배가 분수대를 횡단하는 데는 불과 몇 분이면 족할 것이다. 아이는 천천히 분수대 주위를 돌면서 자신의 돛단배에서 눈을 떼지 않는다. 아이도 마찬가지로 분수대 가장자리에 걸터앉아서 잡담을 나누고 있는 젊은 여자들에게 아무 신경도 쓰지 않는다. 여자들도 아이에게 관심이 없다. 나는 기대감에 부풀어 그 배가 도착하기만을 기다리는 사람처럼 배를 바라본다. 여자들이 하는 몇 마디 말이 바람 따라 내게 날아든다. 밤에…… 왼쪽에 앉은 여자가 말한다. 밤에…… 잠이 안 오면…… 난 종종 자문을 해…… 그리고 더이상 알아들을 수가 없다. 지금 막 그 작은 돛단배가 내 쪽 분수대 기장자리에 도착한다. 사내아이는 기뻐하면서 물속으로 손을 집어넣어 자신의 배를 꺼내고는, 남에게 절대 다시는 내주지 않을 살아 있는 동물이라도 되는 듯 팔 밑에 끼고 가버린다.

그레나디어 가에서 수잔네 브로일러가 걸어오고 있다. 그녀가 나를 보지 못했으면 좋겠다. 난 수잔네를 유치원 시절부터 알고 지냈다. 그리고 요즘은 거의 매주 한 번은 그녀와 마주친다. 그녀에게 딱히 할 말이 없어진 지는 이미 오래다. 언젠가 한 번 우리 둘 사이에 어떤 결정적인 사건이 일어나기는 했지만, 그 일은 우유부단하기만 했던 내 태도 때문에 흐지부지 끝났다. 수잔네 브로일러는 현재 큰 변호사 사무실에서 안내를 담당하고 있다. 그녀는 그 일에 만족을 느끼지 못하지만 더 나은 일을 찾지는 못하고 있다. 수잔네는 원래 자신을 배우라고 생각하고 있으며, 아직도 마가리타 멘도사라고 불리고 싶어 한다. 실제로 그녀는 젊었을 때 연기학원을 다녔고, 그 후 소극장에서 두세 번 무대에 서본 적이 있다. 그게 대략 25년 전의 일이다. 내가 직접 무대 위에 선 수잔네를 본 적은 없다. 그 때문에 난 그녀가 훌륭한 배우인지 형편없는 배우인지 보통 수준의 배우인지, 혹은 불행한 배우인지 혹은 예전에 배우였는지를 판단할 수가 없다. 난 그녀를 마가리타 멘도사라고 불러서는 안 된다. 그 이름이 그녀로 하여금 실패로 끝난 자신의 경력을 다시 떠올리게 할 테니까. 하지만 그렇다고 그녀를 수잔네 브로일러라고 불러서도 안 된다. 그녀의 원래 이름이 그녀로 하여금 젊은 시절에 품었던 천진난만한 소망을 떠올리게 할 테니 말이다. 혹은 상황은 그보다 훨씬 더 복잡하다. 내가 염려하는 건 마음속으로 그녀가 자신의 실패를 불공평하다고 여긴다는 점이다. 그녀는 아주 경멸하듯 '연극계'에 대해 말하고, 그녀를 배우로서 기억하고 그녀를 무대 위에서 다시 보고 싶어 하는 사람들이 아주 많은 것처럼 이야기한다. 지금 그녀가 멀어져가고 있다. 아마도 곧장 변호사 사무실로 가는 것 같다. 그녀는 눈을 들어 위를 거의 쳐다보지 않는다. 아마어떤 대사를 읊고 있을 것이다. 그것이 자신에게 더이상 필요하지 않다는 사실을 잊은 채. 저 위 하늘에 글라이더 한 대가 보인다. 푸르른 창공에 큰 원을 그리면서 조용히 흰빛을 띠며 천천히 미끄러지듯 날아간다. 수잔네 브로일러에게 나는 그녀의 소망이 얼마나 순수한지를 보증해줄 수 있는 사람이다. 왜냐하면 열두 살 때 수잔네는 썰매를 타면서(2인승 썰매에서 난 그녀 뒤에 앉았다) 내게 배우가 될 거라고, 배우 이외에는 아무것도 안 되겠노라고 고백했기 때문이다. 그때 썰매를 타면서 나는 처음으로 소녀의 가슴을 만져보았다. 그 당시 한참 동안은 그것이 젖가슴이었다는 생각을 하지 못했다. 나는 늘 수잔네 뒤에 앉았고 뒤에서 그녀를 붙잡았다. 수잔네도 썰매를 타는 동안 내두 손이 자신의 가슴 위에 얹혀 있다는 사실을 그다지 의식하지 않았다. 수잔네가 열세 살이 되고 나서야 비로소 그녀는 갑자기 내 손을 옆으로 치우면서 웃었다. 나도 마찬가지로 웃었다. 그렇게 함께 웃으면서 우리는 비로소 가슴과 손이 존재한다는 사실을, 그리고 그 후 잠시나마 우리를 갈라놓게 만든 새로운 형태의 놀라운 일이 우리 사이에 존재한다는 사실에 눈을 뜨게 되었다.

수잔네는 지금까지도 그때의 여러 정황에 대해 나와 자세한 이야기를 나누고 싶어 한다. 그녀는 그런 상세한 정황이 단 하나뿐인 우리의 유년기라고 말한다. 예를 들어 그녀는 내가 썰매를 탈 때 항상 자신의 뒤에 앉았다는 사실에 흥미로워한다. 내가 만약 앞에 앉았다면 나는 그녀의 가슴을 만져볼 수 없었을 테니까. 오직 그녀의 뒷자리에 앉을 때만 나에게 그런 기회가 주어졌다. 따라서 그 당시에 나는 이미 어떤 경우에라도 그런 자리 배치를 고수할 이유를 가지고 있었다는 것이다. 하지만 난 그녀의 방한 재킷과 스웨터, 블라우스와 속옷 때문에 그 안에 젖가슴이 있다는 것을 느낄 수 없었다고 수백 번이라도 말할 수 있다. 그러나 수잔네는 내 말을 믿지 않는다. 게다가 난 더이상 내 어린 시절에 대해 이야기하는 것을 좋아하지 않는다. 내가 시내를 이리저리 배회하는 것도 오직 걷고 있는 동안은 회상하지 않는 일이 훨씬 수월하기 때문이다. 그리고 나는 왜 내가 더이상 어린 시절을 떠올리고 싶어하지 않는지는 굳이 설명하고 싶지 않고, 나의 어린 시절에 대해 더이상 얘기하지 말아 달라고 다른 사람들에게 부탁하고 싶은 마음은 더더욱 없다. 나는 내 어린 시절이 점점 더 어린 시절에 관한 이야기로 변해가는 것을 원치 않는다. 난 그것을 변덕스럽고, 엉클어지고, 심술궂게 내 눈 뒤편에 버티고 있는 그 어떤 것으로 간직하고 싶은 것이다. 나와는 반대로 수잔네는 단 하나뿐인 유년기에 대해 이야기함으로써 또다른, 제2의 새로운 유년기가 생겨난다고 믿고 있다. 내가 보기엔 그건 터무니없는 헛소리다. 그 당시 우리는 언쟁을 벌였다. 처음엔 음식점에서, 나중에는 길거리에서. 그 후 난 옷깃에 조그만 명찰을 하나 달아야 할지 처음으로 고민했다. 그 명찰에는 이런 글귀가 쓰일 것이다. 당신의 혹은 나의 어린 시절에 관한 대화를 하지 말아주십시오. 아니면 좀더 거칠게, 어린 시절에 관한 주제는 피해주십시오. 그런 명찰을 달고 돌아다닌다면 당연히 갖가지 위험과 오해의 상황에 처하게 되리라. 수잔네는 그 명찰의 의미를 이해하지 못하고 이렇게 외쳐대겠지. 너 이제 완전히 제정신이 아니구나. 그런 말을 그녀는 예전에도 종종 했고, 원래 무언가가 금방 이해되지 않거나 무언가를 받아들이고 싶지 않으면 항상 그 말을 한다. 푸른 하늘을 올려다보다 두 번째 글라이더를 발견한다. 하늘에서 날아다니는 글라이더 **한 대**는 멋지다. 글라이더 **두 대**는 이미 공공연한 욕구 충족이다. 지금 내가 또다시 사회를 비판했군! 항상 조심하려고 하지만 곧 자제력을 잃고 다시 옛날로 돌아가버린다. 수잔네는 보아하니 더이상 이 근처에 없다. 그렇지 않았다면 그녀는 벌써 내 옆 분수대 가장자리에 앉아서 자신의 혹은 나의 어린 시절에 대해 이야기했거나 사르트르의 희곡 『출구 없음』에 대해 이야기했을 테니 말이다. 그녀는 언젠가 그 작품에서 에스텔 역을 맡아 공연한 적이 있었다. 물론 27년 전쯤의 일이지만.

기분좋은 노곤함이 몸속으로 스며든다. 아니 몸을 파고든다. 나도 모르겠다. 할 수만 있다면 이곳에 누워 30분간 잠을 잘 것 같다. 반짝거리는 물 바로 옆에서. 하지만 잠을 자려면 난 사방이 막힌 공간이 필요하다. 몸을 일으켜 작은 광장을 비스듬히 가로지른다. 정오다. 백화점은 지금 사람들이 거의 없고, 조용하고, 활기라고는 찾아볼 수가 없기 때문에 안락한 느낌이 들 정도다. 내 기억이 맞다면 남자 양말은

3층에서 판다. 난 1층을 돌아다니면서 에스컬레이터를 찾는다. 왼편에 있는 여러 개의 긴 진열대 위로 면도용 비누, 두피 관리 제품, 튜브에 들어 있는 면도젤, 남성용 향수, 면봉, 바디 크림, 아기용품들이 놓여 있다. 나는 조금 멀리 돌아가서 가정용 세제, 스프레이 살충제와 걸레를 파는 코너로 접어든다. 그리고 10초쯤 후 난 내가 왜 포장된 면도날 한 갑을 재킷 주머니 속에 집어넣어버렸는지 이해하지 못한다. 아마 그건 언짢게도 내가 내면의 동의 없이 살고 있다는 느낌 때문인 것 같다. 바로 여기, 이 백화점에서, 나는 이 세상에서 살고 싶으냐는 질문을 받고 싶다. 내게 필요한 것은 오직 신사 양말 한 켤레뿐이지만 난 수백 켤레의 양말 곁을 지나가게 될 것이고, 적당한 한 켤레를 고르기까지 적어도 열두 켤레는 직접 손에 쥐어봐야 할 것이다. 하지만 아무도 나에게 다가오지 않고, 아무도 내 옆에 오지 않으며, 아무도 나에게 이곳을 배회하고 다니는 것에 내가 동의한 적이 있느냐고 묻지 않는다. 그 대신 휠체어를 타고 통로를 지나가는 장애인 여인이 보인다. 지금 그녀는 대단위로 포장된 화장지와 마찬가지로 대단위로 포장된 종이기저귀 옆을 지나가고 있다. 그녀는 자신의 작은 손으로 휠체어 바퀴살을 노련하게 움켜쥔다. 그녀의 모습을 보니 재킷 주머니에 든 면도날 값을 지불하고 싶어진다. 그 둘 사이에 어떤 연관성이 존재하는지는 나도 모른다. 아마도 나보다 열악한 상황에 있는 한 사람의 출현이 내 안에서 선한 인간의 행동을 불러일으킨 듯싶다. 그 말이 제법 설득력 있게 들리기는 하지만 사실은 그 어떤 것도 설명해주지 못하고, 나는 여전히 당혹감에 빠져 있다. 다만 빠른 속도로 굴러가는 그 장애인 여인의 뒷모습을 눈으로 좇을 뿐이다. 그리고 지금 이 순간 난 (만약 내게 묻는 사람이 있다면) 이 세상에서 살아간다는 것에 동의하지 않을 것 같다. 어느새 난 근처에 있는 계산대 앞에 서 있다. 나는 아무도 눈치 못 채게 면도날을 재킷 호주머니에서 꺼냈다. 지금은 마치 내가 처음부터 그것을 계산대로 가지고 오려고 했던 것처럼, 그리고 내 속에 꽁꽁 감추어두었던 동의하지 않은 삶에 대한 반항이 내게 너무나 생소하기라도 한 것처럼 보인다. 계산대에서 차례를 기다리며 아주 천천히 앞으로 나아가는데 진열대 구석 뒤편으로 내 옛날 친구 힘멜스바흐의 세파에 찌든 얼굴이 보이는 게 아닌가. 적어도 반년 동안 난 그를 본 적도, 물론 이야기를 나눈 적도 없다. 우리 사이에는 불화가 있다. 약 7년 전부터였다. 그 당시 이미 힘멜스바흐의 상황은 좋지 않았고, 그는 내게 5백 마르크를 빌려줄 수 있느냐고 물었다. 나는 그에게 돈을 주었고, 지금까지도 그 돈을 돌려받지 못했다. 그렇게 오래된 우정은 깨져갔다. 혹은 민망하기 짝이 없는 상황 속에서 점점 허물어져갔다. 그런 민망한 상황이 지금 또다시 벌어지려 하는 것이다. 예전에 힘멜스바흐는 파리에서 사진작가로 일했다. 다시 말하자면 그는 파리에서 사진작가로 일하고 싶어 했고, 심지어 제8구에 작은 아파트를 빌리기까지 했다. 언젠가 그는 자신이 14일간 남프랑스로 여행을 떠나니 그동안 내게 그 아파트를 쓰라고 한 적이 있었다. 그 집에는 작은 부엌, 작은 욕실, 조금 큰 방 하나와 조금 작은 방 하나가 있었다. 나는 큰 방을 사용하지 말아야 했다. 그의 개인 공간이었던 그 방은 그가 집을 비운 내내 잠겨 있었다. 그 집에서 혼자 지내던 첫날 이미 나는 내가 쓰는 작은 방에 비가 들이친다는 사실을 확인했다. 그뿐만 아니라 방의 한쪽 창유리가 완전히 떨어져나가 바람이 들어왔다. 방은 사실상 항상 추웠다. 그 때문에 난 14일 내내 밖에서 시간을 보냈고 밤에 잘 때만 집에 들어갔다. 여행에서 돌아온 힘멜스바흐는 자신의 개인 공간이라고 불렀던 큰 방의 문을 열었다. 방은 물기 하나 없이 뽀송뽀송했고, 게다가 안에는 멀쩡히 작동하는 라디에이터도 있었다.

나는 안으로 비가 들이치고 창문으로는 바람이 불어 들어와 그 작은 방은 사실상 사람이 살 수가 없는 방이었다는 이야기를 하지 않는 게 나의 도리라고 생각했다. 그다음 날로 나는 그 집을 나와버렸다. 하지만 떠나기 바로 직전에 힘멜스바흐가 내게 5백 마르크를 빌렸다. 파리에서 사진작가로 보낸 그의 삶, 그게 뜻대로 되지 않았기 때문이다. 그는 매일같이 사진을 찍긴 했지만, 신문사나 잡지사에 자신의 사진을 파는 것이 큰 문제였다. 파리에는 사진작가들이 해도 해도 너무 많아, 그는 욕설을 퍼부어대고는 나를 쳐다보았다. 그래서 나는 말했다. 정말이야, 파리에는 사진작가들이 해도 해도 너무 많아. 내 대답은 얼핏 생각한 것보다 심술궂었다. 왜냐하면 그 대답 속에는 힘멜스바흐 자신도 너무나 많은 그 사진작가들 중의 하나일 수 있다는 가능성이 들어가 있었기 때문이다. 그 대답이 떨어지자마자 힘멜스바흐는 나를 자신의 집으로 불러들인 것은 단지 자신이 집을 비운 사이에 집에 도둑이 들까봐 걱정스러웠기 때문이라고 말했다. 나는 그사이 그가 사진 찍는 일을 포기했을지도 모른다는 추측을 해본다. 어찌 되었든 긴에 그는 너이상 카메라를 들고 다니지 않는다. 또다시 나는 수잔네의 경우와 비슷하게 그가 나를 발견하지 않기를 바란다. 이미 한참 전에 사라져버리긴 했지만 휠체어를 탄 사람을 생각하면 아직도 화가 난다. 그 여인을 보지 않았더라면 나도 여기에 있지 않았을 테니까. 힘멜스바흐는 자신에게 너무 깊이 몰두한 나머지 주위에서 무슨 일이 일어나고 있는지 느끼지 못한다. 그의 구두는 낡아 해지고 색은 잿빛으로 변해 있다. 아마도 더이상 구두를 닦지 않는 것 같다. 그는 향수 코너를 이리저리 돌아다니면서 다양한 견본용 향수를 우선 손과 손목 안쪽에, 그다음에는 팔에 살짝 한 번씩 뿌려보고 냄새를 맡는다. 방사관이 향수를 뿜어낼 때마다 매번 치익! 하는 소리가 난다. 맙소사, 나는 생각한다. 힘멜스바흐가 저런 사람이 되고 말았군. 그는 백화점에서 공짜로 향수를 뿌리면서 그런 자신을 여전히 세련됐다고 여기고 있을 것이다. 나는 중년의 유령이 되어버린, 절대로 자신의 빚을 갚지 않을 치익맨이 되어버린 그를 본다. 그럼에도 나는, 몇 초간이긴 하지만, 날이 서지 않은 시선으로 그를 바라본다. 만약 지금 힘멜스바흐가 나를 쳐다본다면, 그는 내가 부드러워졌다고 생각할 것이 틀림없다. 그리고 비가 새던 방과 빚에도 불구하고 이제 우리는 서로 이야기를 나눌 수 있고, 고통스러운 운명의 책략 앞에서 승리감을 느끼게 될지도 모른다. 하지만 그런 순간은 오지 않는다. 힘멜스바흐는 끊임없이 새 향수병을 집어든다. 이제는 심지어 자신의 셔츠에다가도 계속해서 향수를 뿌려댄다. 여자 판매원들이 그를 쳐다보며 킥킥대는 것을 그는 전혀 눈치채지 못한다. 나는 단호히 대응해야 할 것 같은, 다시 말하자면, 그를 지켜주어야 할 것 같은 마음이 든다. 하지만 그럴 수가 없다. 그 여자들과 마찬가지로 나도 마음속으로 그를 조롱하고 있기 때문이다. 난 시야에서 그를 놓쳐버린 것에 기뻐하면서 혼자 중얼대는 나 자신을 발견한다. 치익, 치익, 치익.

2

이런 일들을 겪은 뒤 난 오늘 양말 한 켤레를 사려던 생각을 접는다. 살 계획도 없던 면도날 값을 지불한 것만으로도 이미 충분히 흥분된 하루였다. 양말은 급하지 않다. 오늘 당장 필요하지도, 내일 그리고 모레에도 필요하지 않다. 그리고 그래야 내가 나중에 다시 집을 나와 시내에 갈 이유가 생긴다. 걸으면서 어린 시절을 회상하지 않으려는 전략 이외에도 내게는 가능한 한 자주, 최상의 경우에는 장시간 집을 떠나 있어야 할 더 중요한 두번째 이유가 있다. 하지만 지금은 그 이유에 대해서 말할 수 없고, 생각해볼 수 없으며, 숙고해볼 수 없다. 예전에 난 내 임종에 대해 상상해본 적이 있다. 지금 백화점을 나오자마자 다 잊어버렸다고 생각했던 그 기억이 내게 다시 떠오른 것은 말할 수 없는 이 상황들과 분명 어떤 연관성이 있음에 틀림없다. 약 15년 전에 나는 내가 죽어가는 자리에 반라의 여자들이 좌우에 한 명씩 앉아 있어야 한다는 상상을 한 적이 있다. 여자들은 내가 손을 뻗으면 그들의 맨가슴을 쉽게 만질 수 있도록 의자를 내 침상에 바싹 붙이고 앉아 있어야 한다. 그 당시 나는 이런 육체적인 진정 효과가 나로 하여금 죽음이라는 터무니없는 요구를 더 잘 받아들일 수 있게 해주리라고 믿었다. 나는 만일을 대비해, 내가 아는 여자들 중 과연 누구에게 그날이 왔을 때 그렇게 내 임종을 지켜줄 용의가 있느냐고 물어보면 좋을까 거의 매일 고민했다. 기억을 더듬어보면 그 당시 난 우선적으로 마르고트와 엘리자베스에게 물어보는 것이 제일 낫겠다고 생각했다. 두 여인에게는, 뭐랄까, 연애하던 당시에 이미 아무것도 하지 않으면서도 내 마음을 평안하게 진정시켜줄 수 있는 능력이 있었다. 정확히 말하자면 그녀들을 바라보고 때때로 만져보는 것만으로 내 마음은 진정되었다. 나는 지금 전차 정류장에 서서 11번 전차를 기다리고 있다. 그렇지만 (추측하건대) 이 전차를 타고 집으로 가지는 않을 것 같다. 내 주위로 아가씨들과 중년의 여자들 그리고 남자 몇 명이 전차를 기다리고 있다. 여자들은 바람에 펄럭이는, 아니 흔들리는 얇은 블라우스를 입고 있다. 요즘 여자들이 옛날처럼 앞쪽의 목 아랫부분이 깊게 파인 블라우스가 아니라 옆쪽, 어깨 부위가 깊게 파인 블라우스를 입는다는 사실이 내 눈에 띄었다. 옆면에서 보이는 젖가슴은 바로 정면에서 보이는 젖가슴보다 내게 더 친근하게 느껴진다. 그것은 아마도 옆으로 보이는 젖가슴 곁에 있으면 젖가슴들이 내 삶에서 점점 더 멀어지고 언젠가는 완전히 내 삶에서 사라져버릴 것이라는 사실을 내가 더 쉽게 받아들일 수 있기 때문인 듯하다. 나는 무슨 이유로 내가 젖가슴 곁에서 맞는 임종, 아니 임종을 지켜주는 젖가슴, 아니 젖가슴을 만지며 맞이하는 죽음에 대한 생각을 그만두게 되었는지 생각해본다. 기억을 더듬어가면 갈수록 점점 더 나는 그 생각에 다시 깊이 공감하게 된다. 그 당시 내가 수잔네에게도 그런 질문을 했는지 안 했는지는 더이상 생각나지 않는다. 지금 나는 전차를 타지 않는 것이 왜 내게 더 현명한 일인지 그 이유를 모아보고 있다. 내 인생에서 지나간 문제들과 다가올 문제들에 완전히 빠져버린 채 그것을 가지고 전차의 비좁은 공간 속으로 들어간다는 것이 너무나도 어리석은 짓처럼 보인다. 전차 안에서는 전차를 타고 가는 것 외에는 아무것도 할 수 없다. 아니, 심지어 난 노인네와 몸이 부딪치지 않도록 혹은 앉아가는 여자 무릎 위에 주저앉지 않도록 주의해야 한다. 저기 11번 전차가 오고 있다. 전차 문이 열리고, 여자들은 자신들의 장바구니를 집어든다. 정복에는 아무 재능도 없는 이 사람들이 모두 전차 속으로 돌진해 들어가 지금 앉을 자리를 정복하려고 하는 모습을 나는 구경한다. 나는 밖에 그대로 서 있고, 전차는 다시 출발한다. 나는 네 정거장 혹은 다섯 정거장을 걸어서 갈 것이다. 오른편엔 큰 슈몰러 & Co. 자동차 영업소가 있다. 매주 금요일 점심시간은 영업소의 대형 전시장과 판매장을 청소하는 시간이다. 부부인 듯이 보이는 어떤 젊은 남자와 여자가 커다란 양동이 모양의 진공청소기를 끌고 간다. 두 대의 진공청소기가 내는 소음이 거리 밖에서도 들린다. 나는 쇼윈도 앞에 서서 마치 새 자동차에 관심이 있는 척한다. 하지만 사실 난 두 청소부가 청소를 할 때마다 데려오는 아이를 보고 있다. 일곱 살쯤 돼 보이는 여자 아이는 자동차들 틈에 멀뚱히 서서 엄마를 두리번거리며 찾고 있다. 아주 가까이에 있지만 엄마에게 닿을 수는 없다. 먼지를 빨아들이고 있는 엄마는 마치 죽은 사람처럼 찾을 수가 없다. 아이와 마주치지 않으려고 하면서 엄마는 브러시가 달린 흡입관을 자동차 밑쪽으로 계속해서 밀어댄다. 엄마는 진공청소기를 사랑하는 것이 틀림없다. 왜냐하면 그 기계가 자신을 닿을 수 없는 존재가 되도록 도와주기 때문이다. 엄마가 곧 진공청소기이며, 진공청소기가 곧 엄마다. 그녀는 또 자신의 남편과도 마주치지 않는다. 하지만 남편은 자신들 두 사람이 청소기가 되어버렸다는 사실에 익숙해진 지 오래다. 아하! 난 아주 탁월한 진공청소기 비평가로군! 지금 막 여자아이가 밖에 한 남자가 서서 안을 들여다보고 있다는 것을 알아챈다. 아이는 유리창에 바싹 다가와서 나를 바라본다. 지금 난 용기를 내 청소부 내외에게 아이와 30분간 산책을 해도 되겠냐고 물어봐야 하리라. 어쩌면 그들은 내게 아이를 선사할지도 모른다. 그 정도로 기뻐할지도 모른다. 유감스럽게도 그런 뚱딴지 같은 생각에 나는 잠시 웃지 않을 수 없다. 그 웃음을 잘못 이해한 어린 소녀는 같이 따라 웃으면서 유리창에 이마를 댄다. 바로 **지금** 나는 자동차 전시실로 들어가 아이를 데리고 나와야 하리라. 그 대신 바로 그 순간 시계를 찬 손목 부위가 가렵다. 대략 25년 동안 난 손목에 시계를 차고 다니는 것에 익숙해졌다. 아니, 사실 난 그것에 익숙해지지 못했다. 나는 시곗줄을 풀어서 시계를 재킷 왼쪽 호주머니 속에 집어넣어 버린다. 시계가 사라지는 것은 아무 일도 일어나지 않을 것이라는 신호임을 어린 소녀는 금방 알아챈다. 소녀는 유리창에서 물러나 엄마를 찾는다. 그때 엄마는 두 대의 거대한 SUV 차량 사이를 청소하고 있다. 마침 그때 진공청소기의 고무호스가 자동차 냉각기 뒤에서 구불거리며 움직인다. 감사하는 마음으로 어린 소녀는 흔들거리는 고무호스를 알아보고는 다시 집에 있는 듯한 편안함을 느낀다.

한 정거장 정도 떨어진 거리에 있는 작은 애완동물 가게의 정경이 내게 도움이 된다. 다시 말하자면, 그 동물가게 주인의 모습이 그렇다는 말이다. 서른에서 서른다섯 살 사이의 그 남자는 언제나처럼 가게 계단 위에 앉아 싸구려 소설을 읽고 있다. 사실 그는 새장과 테라리엄을 시급히 청소해야 한다. 그리고 쇼윈도 유리창도 닦아야 하고, 그것도 오늘 안에 말이다. 하지만 그러고 나면 사람들은 비로소 그 동물가게가 얼마나 허름한지를 잘 알 수 있게 되리라. 난 더러운 유리창 앞에 서서 가게 안을 들여다보려고 한다. 그것은 도발적으로 보이려는 의도에서 한 행동이지만 우스꽝스럽기만 하다. 나는 새들이 날아오르면서 내는 작은 소리를, 미세한 깃털들이 빈틈없이 날개를 퍼득이는 소리를 열린 문을 통해 또 한 번 듣는다. 불현듯 오늘 집으로 가는 시간을 마냥 미룬 것에 대해 벌을 받을 것 같은 느낌이 든다. 이제 재빨리 그리고 한눈팔지 말고 집으로 돌아가야겠다. 오늘은 금요일이고, 금요일이면 한 중년 여인이 금방 세탁한 남편의 작업복 셔츠들을 발코니에 내건다. 우리 집 부엌에서는 그 발코니가 잘 보인다. 그 여자는 매번 물이 뚝뚝 떨어지는 젖은 군청색 셔츠 네 벌 혹은 다섯 벌을 플라스틱 바구니에 담아 발코니로 가지고 나와서 꼼꼼하게 하나씩 줄에 넌다. 그 뒤 잠산 사이에 여자의 모습은 거의 보이지 않는다. 다만 푸른색 셔츠 뒷면 사이에서 여인의 하얀 두 팔이 삐죽이 나오는 것을 우연히 보게 될 뿐이다. 청소부 내외와 애완동물 가게 주인과 비슷하게 노무자의 아내 또한 한 번도 주위를 둘러보지 않는다. 젖은 셔츠들이 아직 내 눈 앞에 있는 것도 아닌데 지금 벌써 그 모습이 내 마음을 편안하게 해준다. 거리를 가로질러가다 도리스와 마주친다. 즉각적으로 난 그녀가 내가 늦장 부린 것에 대한 벌이라는 확신이 든다. 도리스는 마치 나를 오랫동안 보지 못한 척하며 항상 그랬듯이 너무 빨리 몸을 움직이지 않으려고 조심한다. 어렸을 적에 그녀는 흔하지 않은 어려운 심장수술을 받기 위해 미국으로 건너갔고 거기서 수술을 받았다. 그 수술로 그녀에게는 긴 흉터가 남아 있다. 그녀는 예전에 한 번 그 흉터를 나에게 보여준 적이 있었다. 요즘도 도리스는 과도하게 흥분해서는 안 된다. 너무 흥분하게 되면 그녀의 심장에 위험한 긴장 상태가 발생하기 때문이다.

너 또 동물가게 들여다봤지, 내 말이 맞지?

너 나를 관찰하고 있었니? 나는 되묻는다.

응.

그럼 왜 묻는 건데?

아, 그냥, 그녀가 말한다.

그리고 이번에는 기어코 생쥐 두 마리를 사야 하지 않을까 하고 넌 다시 고민했고.

도리스는 킥킥거린다.

난 내가?라고만 묻는다.

어쩌면 흰 생쥐 두 마리를 사게 될지도 모를 한 남자를 알고 있다는 것은 정말 사랑스러운 일이라고 생각해! 그 얘기를 내가 최근에 직장 동료에게 해주었어! 상상해봐. 그녀는 심지어 너를 만나고 싶대, 그것도 단지 흰 생쥐들 때문에 말이야!

너 도대체 왜 그런 생각을 하게 된 거야? 내가 흰 생쥐들을 사고 싶어 한다고!

네가 직접 내게 얘기했어.

절대 그랬을 리 없어, 나는 말한다.

그랬다니까, 도리스가 말한다, 난 정확히 기억하는걸.

내가 도대체 생쥐 두 마리를 가지고 뭘 하겠어?

그건 나도 모르지, 도리스는 말한다. 하지만 넌 그렇게 말했어, 맹세해.

너 뭔가 혼동하고 있어.

그건 네 생각이고. 어쩌면 넌 벌써 흰 생쥐 두 마리를 가지고 있을지도 몰라. 하지만 넌 그걸 시인하고 싶지 않은 것이거나 혹은 내가 모르는 또다른 이유가 있거나.

넌 뭔가 혼동하고 있어.

난 그렇게 생각하지 않아, 도리스는 말한다.

어릴 적에 생쥐 두 마리를 갖고 싶어 했다고 언젠가 네게 말한 적은 있지.

바로 그거야.

뭐가 바로 그렇다는 거야?

어릴 적에 생쥐 두 마리를 갖고 싶어 했다. 넌 바로 그렇게 말했어.

바로 그거야, 나는 말한다.

그거 봐.

하지만 거기엔 차이가 있어.

차이? 무슨 차이?

누군가 어릴 적에 생쥐 두 마리를 갖고 싶어 했다고 말하는지 아니면 지금 어른이 되어 여전히 생쥐 두 마리를 가지고 싶다고 말하는지, 그 차이 말이야.

아휴, 도리스는 외친다.

왜 또 아휴야.

난 그런 차이는 믿지 않아.

차이를 믿을 필요는 없어, 나는 말한다, 차이는 존재하는 거고, 차이는 느낄 수 있는 거야. 이해하겠어?

아니.

네가 무엇을 믿는지는 중요하지 않아. 이번 같은 경우엔 내가 너에게 뭐라고 말했는지가 중요할 뿐이야. 난 네게 내가 어릴 적에 흰 생쥐들을 가지고 싶어 했다고만 말했어. 어릴 적에 말이야. 그 차이를 이해할 거야.

그래, 그래, 도리스는 말한다. 알았어, 이해했다고. 하지만 난 그렇게 생각하지 않아. 내 생각에는 사람들은 어릴 적에 원했던 것들을 결코 잊지 못해.

너 또다시 뭔가 혼동하고 있어. 그리고 그걸 못 느끼기도 하고. 난 내가 어릴 적에 원했던 것을 잊어버렸다고는 말하지 않았어.

그래, 도리스는 말한다, 나도 말 좀 하자. 내가 말하고 싶었던 것은 우리가 어른이 되어서도 어릴 적 품었던 이런저런 소망의 실현을 실현—에에, 아니 지금 말이 엉켜버렸네, 아무튼 여러 가지 소망을 실현시키는 것을 멈추지 못한다는 거야. 내가 뭘 말하고 싶은지 알겠지.

그래, 네가 뭘 말하고 싶어 하는지는 알겠어. 하지만 넌 착각하고 있어.

네가 창피해서 그렇게 생각한다는 걸 난 알아.

내가? 내가 창피해한다고? 왜?

넌 네가 예전이나 지금이나 여전히 흰 생쥐 두 마리를 갖고 싶어 한다는 사실을 인정하고 싶지가 않은 거야.

하지만 도리스! 내가 만약 흰 생쥐 두 마리를 갖고 싶었다면 난 당장 그것들을 샀을 거야, 믿어도 돼!

그러면 넌 왜 그렇게 자주 애완동물 가게 진열창 앞에 멀뚱히 서있는 건데? 왜 그러는지 내게 말해줄 수 있어?

그걸 넌 결코 이해하지 못할 거야. 넌 그보다 훨씬 더 단순한 일들도 이해하지 못하잖아! 누군가 의도하는 바도 원하는 바도 없이 동물 가게 진열창 앞에서 멀뚱히 서 있는다는 것, 그것도 계속해서 말이야. 그렇게 복잡한 일들을 네가 어떻게 이해하겠어! 거기에는 무수히 많은 다양한 이유가 존재할 수 있어, 나는 말한다. 하지만 그런 다양함을 생쥐 같은 너의 뇌는 예상하지도 못했던 거지!

마지막 문장을 난 곧바로 주워담고 싶었다. 하지만 또다른 한편에선 그 말을 포기할 수가 없었다. 내가 언젠가 도리스에게 어릴 적 소망 몇 가지를 고백했다는 사실이 너무나 후회스럽고, 내가 어떤 누군가에게 내 어린 시절에 대해 이야기했다는 것 자체가 너무나 유감스럽다. 내가 착각하는 것이 아니라면, 도리스의 몸이 얼어버린 듯 굳어졌다. 그런 야비한 말이 내게서 나오리라고 그녀는 상상도 못했던 것이다. 다른 한편에서 보면 도리스와 더이상 대화를 나누지 못한다 해도 나로서는 아무 이의가 없다. 이 일 이후로 그녀가 턱을 높이 치켜들고 내 옆을 그냥 지나가버린다면 난 그것을 감수할 수 있다. 하지만 그것은 내 착각이었다. 그녀가 갑자기 푸 하고 숨을 토해내고는 이렇게 말한다. 맙소사, 너 참 기이한 인간이 되어버렸구나! 그녀는 내 팔을 잡고는 웃는다. 그리고 이어 말한다. 철학자와 흰 생쥐들이라! 그러고 나서는 다시 웃는다. 몸이 얼어붙은 듯 굳어버린 사람은 바로 **나**이며, 지금 더이상 아무 생각도 나지 않는 사람은 바로 **나**다. 그와 동시에 난 웃음이 도리스의 심장에 무리를 주지 않기를 바란다. 나때문에 도리스의 심장이 갑자기 너무 많거나 혹은 너무 적은 피를 뿜어내어 그녀가 쓰러지는 것을 원치 않는다. 지금 당장 도리스에게서 몸을 돌려 인사도 없이 사라져버려야 하리라. 하지만 난 그대로 서 있다. 도리스가 지금 갑자기 기운을 잃고 내 팔에 안긴 채 땅바닥에 주저앉는다면 그녀에게 무슨 일이 일어난 것인지 유일하게 아는 사람이 바로 나뿐이기 때문이다. 하지만 도리스는 쓰러지지 않는다. 자신의 아이가 장난하다가 실수로 접질리고 힘자랑한다고 까불다가 혼쭐나는 모습을 재미있어하며 느긋이 지켜보는 경험 많은 엄마처럼 그녀는 재미있어하는 표정으로 나를 바라본다. 저기 전차가 온다! 그녀가 갑자기 뛰어가면서 외쳐댄다. 잘 가! 하고 그녀는 외친다. 나는 잘 가!라고 외치고 그 자리에 가만히 서 있다. 이런 상황에서는 가만히 서서 전차가 천천히 다가오고, 정차하고, 도리스가 타는 모습을 지켜보는 것이 예의라고 생각하기 때문이다.

누군가에게 자신의 어린 시절에 대해 한 번 이야기를 하게 되면 더이상 그 사람에게서는 벗어나지 못한다는 것은 맞는 말이다. 그래서 나는 조만간 옷깃에 달게 될지도 모르는 명찰에 좀더 강한 문구를 집어넣어야 하지 않을까 곰곰이 생각한다. 아마도 이렇게 말이다, 내 앞에서 어린 시절을 주제로 하는 대화는 원치 않습니다. 아니면 이렇게, 경고! 만약 당신이 당신이나 나의 어린 시절에 대해 이야기한다면, 그땐—아니야, 그건 너무 거칠어. 예전에 생각해놓은 문구로 되돌아가는 것이 가장 낫겠다. 하지만 예전 문구가 어땠는지 더이상 떠오르지 않는다. 맙소사, 내가 어떤 문장으로 내 어린 시절이 왜곡되는 것을 막고 싶어했는지 더이상 알 길이 없다. 도리스는 전차에 앉아 내게 손을 흔든다. 어쩔 수 없이 나도 손을 흔들어준다. 모든 게 내 탓이다. 내가 예전에 너무 많이 그리고 너무 무분별하게 내 어린 시절에 대해 이야기를 했던 것이다. 이제 그것을 전면 중단해야만 한다. 하지만 아마도 그렇게 하지 못할 것 같다. 나는 도리스가 왜 내게 저토록 손을 흔들어대면서 작별인사를 하는 것인지 알고 싶다. 내가 마치 그녀에게 각별히 사랑스러운 사람이 되기라도 하는 양 말이다. 비열했던 내 마지막 말은 그녀에게 전혀 전달되지 않았거나 아니면 별 효과 없이 그냥 날아가버렸다.

3

집에 돌아오자마자 먼저 침실로 들어가 창가 쪽 침대 모서리에 걸터앉는다. 거기에서는 노무자 아내의 발코니가 아주 잘 보인다. 너무 늦지는 않았다. 젖은 셔츠 세 벌은 이미 빨랫줄에 널려 있다. 그때 두 벌의 셔츠 등 부분 사이로 희고 억센 여자의 두 팔이 솟아올라 축축하게 젖은 또다른 옷 뭉치를 펼친다. 여자는 그 네번째 군청색 셔츠를 또다시 두 개의 빨래 집게로 빨랫줄 위에 고정시킨다. 내 생각엔 그 일이 갖는 이중성에 내가 감탄하고 있는 것 같다. 그러니까 어떨 때는 그 일이 너무 재미없어 보이고, 또 어떨 때는 사람을 너무나 행복하게 만들어주는 것처럼 보인다. 동물 관리사가 서커스 말의 털에 열중하듯 여자는 셔츠에 몰두한다. 그리고 잠시 후 유감스럽게도 난 실수를 저지르고 만다. 바지와 구두 그리고 양말을 벗어버린 것이다. 내 맨발은 볼 때마다 항상 나보다 15년은 더 나이가 들어 있다. 나는 심하게 튀어나와 있는 혈관과 방석처럼 불룩해진 복사뼈, 유황색을 띠면서 점점 더 딱딱해지는 발톱을 살펴본다. 이것들은 더이상 혈기왕성한 젊은이의 발톱이 아니다. 더이상 혈기왕성한 젊은이의 것이 아니다! 발톱을 보고 놀란 가슴을 진정시켜야만 했기에 내 머릿속에는 공허하기 짝이 없는 이 문구만이 떠오른다. 나는 노무자 아내 쪽을 올려다본다. 하지만 그녀는 또다시 사라져버렸다. 너무 심하게 놀란 나머지 난 정신없이 방 안을 이리저리 서성이다가 옷장 문을 연다. 내가 맨발로 양탄자가 깔려 있는 바닥 위를 걸어다니는 것을 좋아하긴 하지만, 그때 해서는 안 되는 것이 바로 발톱을 쳐다보는 일이다. 옷장 문을 연것은 또다른 실수였다. 두 달 전만 해도 내게 이런 실수는 일어나지 않았는데 말이다. 여기, 지금은 거의 텅 비어 있다시피 한 이 옷장 속에는 약 8주 전까지만 해도 리자의 옷들이 걸려 있었다. 예전에 침대 위에 누워 리자의 모습을 지켜보던 것이 기억난다. 리자는 옷장에서 원피스나 블라우스를 꺼내 입어보고는 잠시 후 아직도 자기가 좋으냐고 내게 물었다. 그런 질문에 난 늘 웃어버렸다. 너무나 어리석은 질문이었기 때문이다. 약 두 달 전부터는 할 일 없이 침대 위에 누워 있는 것이 고역이 되어버렸다. 리자는 더이상 이곳에 살지 않는다. 그녀가 나를 떠난 것이다. 그녀가 이곳에서 사는 동안 내게 귀가는 사람들이 이 세상에서 약속받은 바로 그런 행복을 의미했다. 어린이 예배시간에 처음으로 그런 행복이 존재한다는 것을 들은 이래로 난 반평생동안 그것을 기다려왔다. 이제 그러한 행복은 사라져버렸다. 나는 실수로 내 맨발을 쳐다보고, 버림받았다는 것을 널리 선전하는 맨발의 모습에서 그 사실을 실감해본다. 예전엔 집에 발을 들여놓자마자 내 삶에 대한 의구심을 떨칠 수 있었다. 그것도 이젠 완전히 끝난 일인 듯싶다. 그 와중에도 난 아직도 리자가 나로 하여금 마침내 '더 나은 배경'에 신경을 쓰게끔 하려고 당분간만 나를 떠났을 수도 있다는 생각을 한다. 그러니까 그녀는 이 세상에서 내 경제 기반이 불안정한 상황에 관해 말하고 싶었던 것이다. 그녀와 마찬가지로 나도 그런 내 상태를 한탄한다. 점차 횟수가 줄어들고 있기는 하지만 어쨌든 자주 말이다. 하지만 늘 내게는 그 복잡한 문제를 직시할 힘이 더는 없다. 다시 말하자면, 그 문제가 어떻게 수년간에 걸쳐 그렇게 복잡하게 얽혀서 오늘에 이르게 되었는지 더는 이해가 안 되고, 그 때문에 나는 그 결과물이 바로 지금의 나 자신임에도 불구하고 그 결과물을 종종 인정할 수가 없는 것이다. 지금 난 슈몰러 자동차 영업점의 진열실을 이리저리 뛰어다니던 그 아이를 생각하고 있다. 내 문제들과 관련하여 내게 늘 이런 의욕 부진이 나타난다. 난 내가 사실은 자동차 영업점에 있던 아이를 생각하지 않는다는 것 또한 잘 알고 있다. 그 아이는 나 자신에 대한 기억이 아이의 모습으로 탈바꿈하여 나타난 것에 불과하다. 불현듯 어릴 적에 베일로 가려진 엄마의 입에 입을 맞추려고 애쓰던 일이 떠오른다. 어머니는 그 당시 좁은 차양이 달린 군청색의 납작한 모자를 쓰고 있었다. 차양에는 망사가 둘둘 말려 있었고, 어머니는 그것을 얼굴 위로 늘어뜨리는 것을 좋아했다. 얼굴 바로 앞에 드리워진 그 베일 뒤로 약간 납작하게 눌린 입술과 뺨이 보였고 코 끝도 보였다. 아마도 다소 흉측했던 그 모습들 때문에 그 후 갑자기 내가 더이상 어머니에게 입을 맞추고 싶다는 생각을 갖지 않았을 것이다. 하지만 그럼에도 나는 어머니에게 입을 맞추었고, 어머니의 피부 대신 망사로 감싸인 피부의 감촉을 또렷이 느꼈다. 베일에 싸인 입술 감촉이 한동안 내 입술로 전달되었고, 처음엔 그것이 마음에 들었다. 나는 나 자신도 망사로 감싸인 피부의 감촉을 느껴보려고 어머니에게 입을 맞추었다. 아니, 그건 사실이 아니다. 사실은 그 반대다. 어머니가 점점 더 자주 자신의 입 대신 입을 감싼 망사를 내밀었기 때문에 나는 점점 더 어머니에게서 등을 돌렸다. 나는 어머니가 가족의 애정을 거부하려 한다는 의혹을 품었다. 왜냐하면 이미 아버지도 형도 망사 입맞춤에서 벗어나지 못하는 것을 관찰했기 때문이다. 아니, 그 또한 사실이 아니다. 진실은 내가 정말로 무슨 일이 일어났는지를 더는 정확히 알지 못한다는 것이다. 그 문제에 관한 이런 불명확한 내 태도 때문에 나는 나 자신에게 약간 욕을 먹을 만하다. 그리 오래되지 않아서 넌 거짓말 치료소로 이송될 거야, 나는 생각한다. 왜냐하면 그러한 진실 뒤에 숨겨진 진실은 당연히 내가 실제로 무슨 일이 일어났고 무슨 일이 일어나지 않았는지를 확실히 안다고 믿고 있다는 것이기 때문이다. 나는 진실의 다양한 버전에 관심이 있다. 나 자신에게 내가 정신적으로 다소 불안정한 듯 비치는 것을 좋아하기 때문이다. 하지만 그러한 진실 뒤에 숨겨진 진실은 나 자신이 정신적으로 불안정하다는 가정을 내가 전혀 견디지 못하면서도 나중엔 그러한 가정을 진실이라고도 사실이라고도 믿어버린다는 것이다. 거짓말 치료소라는 말을 만들어낸 것이 내게 경종을 울려주기는커녕 오히려 날 즐겁게 한다. 나의 기억 상실이 내 정신적인 불안정과 광기일 수도 있는 나의 상태와 갑작스럽게 상충하는 것에서, 난 오늘 어쩌면 내 속에서 실병의 싹이 자라고 있다는 첫번째 징후를 본다. 아마도 바로 그 때문에 내가 일상적인 자잘한 일을 하나 찾아보는 것이리라. 나는 욕실로 가서 오늘로 치면 두번째로 이를 닦는다. 이를 닦으면서 난 먼지 쌓인 두 개의 향수병을 바라본다. 그것은 리자가 남기고 간 것이다. 거울 달린 욕실장 아래에 유리 선반이 놓여 있고 그 두 개의 작은 병은 벌써 몇 년째 그 위에 세워져 있다. 리자는 거의 한 번도 향수를 사용한 적이 없었다. 그녀는 한 번도 그 어떤 인위적인 방법으로 나를 유혹하려고 한 적이 없었다. 우리가 마지막으로 잠자리를 가지려고 시도한 일은 아주 멋지게 실패로 끝났다. 내가 그녀의 두 젖가슴 사이에 얼굴을 묻은 채, 우리는 한참 동안 나란히 누워 있었다. 너무 편안해 우리는 곧 잠이 들었다. 마치 우리 두 사람 모두 갑자기 섹스라는 것이 있다는 사실을 잊어버려도 된다는 듯 말이다. 잠에서 깨어났을 때 우리는 한 쌍의 중년 부부처럼 팔짱을 낀 채 나란히 누워 있었다. 리자와 함께라면 난 살아간다는 것에 대해 늦게나마 나 자신에게 동의를 구하는 일을 포기할 수 있었다.

아마도 전화를 걸어 리자에게 물어보아야 할 것 같다. 그 두 개의 향수병을 가지러 올 건지. 혹은 내가 매일 쳐다볼 수 있는 위로의 성 유물로 그녀가 그것들을, 어쩌면 조금은 의도적으로 잊어버린 것은 아닌지. 그리고 그 기회를 틈타 냉담한 척하며 언제 돌아올 거냐고 물어볼 수 있으리라. 리자의 집 전화번호는 이미 알고 있다. 그녀는 가장 친한 여자 친구인 레나테의 집에서 지내고 있다. 새 집을 찾기 전까지 당분간만. 레나테도 리자와 마찬가지로 교사다. 다시 말하자면, 리자는 약 4년 전까지 교사였다. 리자의 직장생활은 와해되어가는 자신의 모습에 점차적으로 익숙해지는 과정이나 다름없었다. 리자는 자신이 호전적인 요즘 아이들을 잘 다루지 못한다는 사실을 받아들이려고 하지 않았다. 그녀는 때리고 물어뜯고 할퀴는 학생들을 자신과 같은 사람으로 만들 수 있다고 믿었다. 끔찍한 착각이었지! 그녀는 만성적인 신경질환으로 교사생활 12년 만에 사직해야만 했다. 처음에 그녀는 연차 휴가를 받았고, 그다음엔 휴가를 냈고, 그 뒤 조기퇴직을 했다. 현재 마흔두 살인 리자는 자신의 이상을 위해, 국가를 위해, 아이들 혹은 자신의 환상을 위해 자기 자신을 파멸시킨 대가로 연금을 받고 있다. 그녀보다는 훨씬 융통성이 있는 레나테는 아마도 실패하지 않을 것이다. 혹은 그렇게 된다 해도 그 시기는 한참 후에 어떤 적절한 때가 될 것이다. 리자가 그녀 집에서 지낸다는 점이 난 못마땅하다. 레나테는 호기심이 많고, 리자는 그녀의 집에 머무르게 해준 것에 대한 감사의 마음에서 때때로 은밀한 개인사를 털어놓게 될 것이다. 리자 자신은 그것을 원치 않겠지만 달리 선택의 여지가 없다고 생각할 것이다. 리자의 이야기를 듣고 레나테는 리자뿐만 아니라 내 인생도 실패했다는 인상을 받게 될 것이다. 그런 생각이 나로 하여금 레나테와 더이상 아무 이야기도 하고 싶지 않게 만들 것이다. 그리고 그녀를 피하는 내 모습에서 레나테는 내가 실패한 것이 사실임을 확인하게 될 것이다. 나는 다시금 레나테에게 그런 생각을 심어주고 싶지 않을 것이고, 결국 난 내가 그토록 원함에도 불구하고 앞으로도 계속 레나테를 피하지 않을 것이다. 집 안에서 훌쩍거리는 소리가 들린다. 하지만 그것은 온수기가 꿀룩거리며 내는 소리일 뿐이다. 그럼에도 난 방을 여기저기 돌아다니면서 리자를 찾는다. 나도 안다, 그녀가 이웃에 있지 않다는 것을. 나도 안다. 그녀를 찾아다니는 것이 어리석기 짝이 없는 짓이라는 것을. 때때로 리자는 나에 대한 절망감으로 울었다. 그녀는 머리를 감을 때면 눈물을 터뜨렸다. 그러고 나면 그녀는 머리를 수건으로 둘러맨 채 또다른 수건으로는 얼굴을 감싸고, 세번째 수건을 어깨에 두르고서 울었다. 나는 그녀 옆에 앉아 이따금 그녀의 손을 잡아주었고, 그녀는 그것을 매우 좋아했다. 그러면서 나는 우는 것과 머리를 감는 일 사이에 어떤 연관성이 있는지 곰곰이 생각했다. 그녀에 비하면 나는 머리를 감는 일이 훨씬 드물다. 아마 그 때문에 거의 눈물이 나지 않는 것인지도 모른다. 머리털을 곤두서게 하는 이런 종류의 문장 때문에 지금 내게 든 생각은 오후엔 내가 정상적인 삶을 살지 못한다는 사실이다. 오전에 나는 이리저리 걸어다니면서 약간의 돈을 버는 일을 한다. 며칠 후면 다시 그 일을 하게 될 것이다. 원칙적으로 나는 그런 일을 하는 오전에만 살아 있다고 말할 수 있다. 오후가 되면 나로서는 불가항력적인, 이를테면 나라는 존재가 산산이 부서져 내리는, 가닥가닥 풀리거나 혹은 너덜너덜해지는 현상이 일어난다. 그러고 나면 난 삶에서 중요한 일과 부차적인 일이 있다는 것을 잊어버린다. 어떤 부차적인 일이 내 속으로 파고들어와서는 나를 더이상 놔주지 않기 때문이다. 지금 다시 그런 상태에 처해 있다. 뒤뜰 안쪽 구석에서 물뿌리개에 물을 담는 소리가 들린다. 그것은 토이어가르텐 가에서 로또와 토토 판매점을 운영하는 헤베슈트라이트 부인의 물뿌리개다. 점심시간인 지금 헤베슈트라이트 부인은 가게 문을 닫고 자신이 키우는 토마토와 오이 그리고 무에 물을 주고 있다. 나는 뒤뜰로 나 있는 부엌 창문을 열고 라디에이터 가까이 놓여 있는 등나무 의자에 앉는다. 이 자리에 앉아 있으면 심지어 물뿌리개에서 나오는 물줄기가 먼지 쌓인 식물들 잎 위로 떨어져 내리는 소리와 그때 후드득거리며 기이하게 바스락거리는 소리까지도 들을 수 있다. 헤베슈트라이트 부인은 매일 점심때가 되면 물뿌리개로 채소에 대여섯 번물을 주고는 1층에 있는 자신의 집으로 들어간다. 보일러에서 나는 꿀룩거리는 소리와 리사의 눈물 그리고 물뿌리개에서 흘러나오는 물은 물기를 머금고 있다는 공통점을 통해 서로 연결된다. 이 밀접한 연관성으로 내 마음에는 적지 않은 동요가 인다. 난 굳이 울 필요가 없다. 울음은 저 마음속 깊은 곳에서 아주 잠깐 내게로 다가왔다가 곧다시 사라진다. 5월 중반까지도 리자는 거의 매일 너무 춥다고 말했다. 그리고 여름에 잠자리를 같이할 때도 춥다고 호소했다. 그녀는 섹스를 하는 동안에도, 예를 들어 갑자기 소름이 돋는 경우를 대비해서잠옷을 벗지 않고 목까지 끌어올려놓았다. 때때로 난 잘못 만들어진주름장식처럼 불룩하게 그녀의 어깨를 덮고 있는 잠옷을 바라보며 속으로 웃음을 터뜨렸다. 한번은 섹스를 하는 와중에 아주 잠깐(그리고나지막하게) 웃은 적이 있었다. 리자는 그런 동요를 이해하지 못했다. 여자 위에 누워 숨을 헐떡거리며 망가져가는 남자의 모습은 우습기짝이 없다고 내가 설명해도 그녀는 이해하려고 하지 않았다. 그녀에게 섹스는 진지한 사건이며, 그러한 진지함은 섹스가 계속 되풀이된다 해도 결코 사라지지 않는 것이었다. 불현듯 심각하기 그지없는 내싱횡이 떠오른다. 우리가 함께 사는 동안 리자는 내게 여러 차례 내자족감이 자발적인 것이 아님을 입증하고 싶어 했다. 내가 소유한 것은 오직 콤비 상의 하나, 양복 한 벌, 바지 둘, 셔츠 네 개 그리고 구두

두 켤레뿐이다. 솔직히 말하자면, 난 리자의 연금으로 살아왔고 지금도 그 연금으로 살고 있다. 마찬가지로 솔직히 말하자면, 내 개인 소득에 대해서는 말할 가치가 전혀 없다. 지금껏 난 경제적으로 든든한 배경을 만드는 데 성공하지 못했다. 상황이 매주 점점 더 급박해지고 있지만 그럼에도 난 그 문제에 대해 아무 얘기도 할 수가 없다. 부모님이 살아 계시지 않는 게 다행이다. 부모님은 즉각 나를 일하기 싫어하는 게으름뱅이라고 불렀을 것이다. 아버지는 자신이 사실상 열여섯 살 때부터 죽을 때까지 일을 해왔다는 사실에 특히나 자부심을 가지고 있었다. 그는 행복한 사람이었다. 일하는 동안 그리고 일을 통해 아버지는 자신의 여러 갈등을 잊어버렸다. 난 그 정반대다. 내 경우에는 일을 하는 동안 혹은 일을 하게 되면 그때 비로소 그런 갈등의 상황들이 떠오른다. 그 때문에 나는 오히려 일하는 것을 피해야만 한다. 내 부모님과 같은 사람들은 이런 경우를 전혀 이해하지 못한다. 리자는 그런 나를 이해할 수 있었다. 적어도 수년간은 말이다. 나는 그녀의 이해심이 영원불변하리라 믿었다. 그러나 실제로 그것은 조금씩 소진되어갔고, 이제는 완전히 사라져버렸다. 리자는 교육적인 차원에서 나의 자족적인 검소함에 대해 조롱했다. 그리고 그 조롱 속에는 동시에 애정 어린 간청이 숨어 있었기에 내 입장 또한 난처했다(난처하다). 나는 리자로부터 자신의 통장에서 돈을 찾아도 좋다는 허락을 받았다. 나는 그 허락을 딱 한 번 사용했는데, 그때 소위 좌절감을 맛보아야 했다. 3년 전쯤의 일이다. 나는 은행에서 돈을 찾을 수는 있었지만, 찾고 나서 그 돈을 쓸 수가 없었다. 물건을 사고 돈을 지불하려고 할 때 심한 가책이 나를 엄습해왔던 것이다. 나는 사려던 물건들을 도로 내려놓고는 집으로 돌아와야만 했다. 그때 난 내가 겪은 일을 리자에게 숨기지 않고 말했다. 감동한 그녀는 나를 위로했다. 그녀는 내가 모든 것을 너무 진지하게 받아들이는 것 같다고 말했다. 그 당시 그녀의 이해심은 그토록 컸던 것이다. 그 후로 난 리자의 통장에서 또다시 돈을 찾게 되는 상황을 피했다. 그래서 우리는 리자가 (돈을 찾아서) 장을 보거나, 혹은 내가 장을 보러 가게 되면 그녀가 내게 넉넉히, 내가 개인적으로 쓸 돈이 남도록 대부분의 경우 필요한 돈보다 조금 더 많이 주는 것으로 우리의 일상생활을 조절했다.

리자의 돈에 대해 내가 갖는 가책을 어떤 식으로든 벗어버릴 수밖에 없는 그런 날이 다가오고 있다. 리자는 연금이 입금되던 통장을 해지하지 않았다. 다만 지난 두 달치의 연금이 입금되지 않았을 뿐이다. 아마 내가 모르는 새 연금통장이 있음이 분명하다. 이러한 징후를 제대로 풀이해본다면, 리자는 아무 말 없이 예전 통장에 모아놓은 돈을 내게 넘겨준 것이다. 그 돈은 나를 위한 일종의 보상금인데 근검절약해서 쓴다면 2년에서 2년 반까지는 족히 살아갈 수 있다. 이 기간 동안 난 정말로 자립에 성공해야만 한다. 처음에 나는 리자의 관대함에 감격한 동시에 마음이 아팠다. 상상하기 힘든 관대함을 가지고 약 2년 반 동안 나를 떠나 있는 그런 여인에게서 내가 어떻게 자유로워질 수 있단 말인가? 그러나 얼마 전부터 나는 그 보상금이 교활하게 꾸민 책략이라는 생각이 들었다. 나는 리자의 기부금이 나를 너무나 주눅 들게 만든다는 것을 깨닫는다. 여자의 호의가 더이상 존재하지 않는 그 시점에 남자가 그 여자의 돈으로 연명해간다는 것은 있을 수 없는 일이다. 수치심이 너무 커서 지금 난 감히 레나테에게 전화를 걸어 리자의 안부를 물어볼 용기를 내지 못한다. 돈으로 매수한 침묵과 함께 리자는 내 삶에서 자취를 감춰버렸다. 수치심을 극복하고 침묵을 끝낼 힘(뻔뻔스러움, 어리석음)이 내게 없다는 것을 그녀는 잘 알고 있는 것이다. 나는 리자가 그렇게 냉정하게 계산을 할 수 있으리라고는 꿈에도 생각지 못했다. 물론 이러한 견해가 확실한 것으로 관철될 때까지 한동안 더 기다려봐야 한다. 리자가 예전 계좌에서 자신의 돈을 모두 빼고서 그 계좌를 해지해버릴 가능성은 여전히 남아 있다. 레나테가 그런 쪽으로 그녀를 몰고 가거나 심지어 그녀에게 압력을 행사할 수도 있다. 어찌 되었든 레나테는 몇 년 전부터 리자에게 나랑 헤어지라고 충고를 했으니까 말이다. 복도 저 끝에 놓여 있는 전화기에서 벨이 울린다. 틀림없이 내 시험 결과 보고서를 기다리는 바이스훈제화의 영업부장 하베당크일 것이다. 며칠 안으로 내가 연락하지 않는다면 내 일자리는 위태로워진다. 하지만 도대체 지금 내가 어디서 하베당크와 이야기를 나눌 수 있는 활력을 찾는단 말인가? 리자가 이곳에 있을 땐 전화도 아무런 문제가 되지 못했다. 그녀는 나와 내게 일을 맡기는 사람에 대해 잘 알고 있었고, 전화를 받아서는 사전협의 없이도 나를 보호하고 내 기분을 망치지 않기 위해 상대를 어떤 이야기로 속여야 할지 잘 알고 있었다. 전화벨이 울리게 그냥 내버려둔다. 누가 되었든지 간에 무슨 말을 해야 할지 모르겠다. 전화벨은 내 마음도 모른 채 마냥 울려댄다. 하베당크는 내 생활습관을 잘 알고 있다. 그는 내가 집에 있다는 것과 점점 더 자주 집에 머무른다는 사실을 알고 있다. 더이상 예전처럼 자제가 잘 안 되는 탓에 내가 직접 그 사실을 그에게 말했던 것이다. 그러나 사실은 점점 더 침묵하고 싶은 기분이 많이 들고, 그것이 나를 다소 두렵게 만든다. 왜냐하면 내가 살기 위해 필요로 하는 침묵의 정도가 아직은 정상적인 건지 아니면 질병의 시작을 의미하는 것은 아닌지 알 수가 없기 때문이다. 미흡하나마 산산이 부서져 내리는, 가닥가닥 풀리거나 너덜너덜해지는 현상으로 부를 수 있는 내 내면의 질병 말이다. 나는 방바닥을 내려다보면서 여기저기에 흩어져 있는 먼지 보푸라기를 관찰한다. 먼지는 기이하리만치 은밀히 증가해간다! 보풀이 인다는 말이 어쩌면 내 삶의 현 상태를 적당히 표현해줄 말일지도 모른다는 생각이 불현듯 떠오른다. 먼지 보푸라기와 똑같이 나 또한 속이 거의 들여다보이고, 안은 연약하고, 밖으로는 쉽게 휘어지고, 사람들에게 지나칠 정도로 매달릴 뿐만 아니라 말도 없다. 최근에 난 내가 아는 혹은 나를 알고 있는 모든 사람들에게 침묵의 시간표를 보내야겠다는 생각을 했다. 시간표에는 내가 말하고 싶은 시간과 말하고 싶지 않은 시간이 정확히 표시되어 있다. 그 침묵시간표를 준수하지 않는 사람은 더는 나와 어떤 이야기도 나눌 수 없게 될 것이다. 월요일과 화요일에는 지속적인 **침묵**에 빠진다/빠질 것이다. 수요일과 목요일에는 아침에만 **지속적인 침묵**이, 오후엔 다소 융통성 있게 진행되는 침묵이 이어진다. 다시 말하자면 짤막한 대화와 간단한 전화 통화는 허용된다는 말이다. 오직 금요일과 토요일에만 난 끊임없이 수다를 떨 준비가 되어 있다/되어 있을 것이다. 물론 열한시 이후부터 말이다. 일요일엔 **완전한 침묵**이 지속된다. 진실인즉 침묵시간표가 상당 부분 이미 작성이 완료된 상태였고, 난 그것을 사람들에게 거의 보낼 뻔했다. 심지어 편지봉투에 보내는 곳의 주소까지 이미 써놓은 상태였다. 리자가 그 침묵시간표를 섭할 일이 없어 다행이다. 그 말을 듣게 되면 아마 그녀는 울어버릴 것이다. 리자는 종종 놀라우리만치 순식간에 울음을 터뜨렸다. 하지만 순식간에 울음을 그치기도 했다. 울고 있을 때 전화가 오면 그녀는 몇 초 만에 울음을 삼키고는 전화를 받았다. 지금 그녀가 있었다면 그녀는 단호한 목소리로 내가 막 치과에 갔다고 말할 것이다. 그것은 사실 거짓말이 아니다. 몇 주 전부터 실제로 난 치과 치료를 받고 있으니까 말이다. 다행히도 치료는 곧 끝난다. 최근에 치과 간호사가 전화를 걸어 해맑은 목소리로 이렇게 말했다. 새 치아가 도착했어요! 그 즉시 난 할 말을 잃었다. 간호사는 이렇게 되풀이했다. 새 치아가 와 있습니다. 누군가 내게 그런 말을 아무렇지도 않게 내뱉으리라고 난 상상조차 해보지 못했다. 그 간호사는 자신이 야만인이라는 사실을 짐작조차 못했고, 나는 그녀에게 그 사실을 말해줄 용기가 없었다. 나는 당황해서 전화기에 대고 더듬거리며 말을 맺지 못했고, 간호사는 그 말에서 내가 곧 새 치아를 가지러 치과로 올 것이라고 결론을 내릴 수 있었다. 하지만 그런 일이 일어날 가능성은 매우 희박해 보인다. 그보다는 치과 간호사가 내게서 침묵시간표를 받게 될 가능성이 훨씬 더 커 보인다. 햇살이 집 안으로 밀려 들어와 내게 보풀이 인 내 삶을 보여준다. 여름이 되면 난 또다른 죄책감을 추가로 느끼게 된다. 여름엔 저녁 열시까지도 환하고, 아침 다섯시면 또다시 환해진다. 몰염치할 정도로 길어진 낮 시간은 내가 얼마나 그것들을 헛되이 흘려버리는지를 분명히 말해준다. 적어도 전화벨 소리는 멈추었다. 하베당크가 전화했던 것이 확실하다. 오직 그만이 공허하게 울려대는 전화벨이 나를 끊임없이 괴롭힌다는 사실을 알고 있다. 사실 하베당크와 약속을 잡는 것이 그렇게 힘든 일은 아니다. 우리는 그의 사무실에서 한 시간 가량 서로 이야기를 나누게 될 것이고, 그러고 나면 그는 내게 네다섯 가지의 새 일거리를 줄 것이다. 그가 원하는 것은 오직 내 시험 결과 보고서들뿐이며 그 후엔 50년대와 60년대의 여러 가지 모형 기차, 특히 트릭스와 플라이슈만 모형에 대해 나와 얘기를 나누고 싶어 한다. 끔찍하다! 모형 기차라니! 맙소사! 그런 유치한 것들이 중요해질 수 있으리라고는 꿈에도 생각해보지 못했다. 하지만 하베당크에게는 모형 기차에 대해 이야기를 나눌 상대가 아무도 없다. 난 지금 즉시 하베당크에게 전화를 걸어 만날 약속을 잡아야 할 것이다. 하지만 전화기 옆을 그냥 지나쳐 앞방으로 들어간다. 이제 운명이, 동의받지 못한 삶이 펼쳐진다. 나는 투쟁해야 할 일이 생기면 언제나 우울해진다. 난 투쟁해야만 한다. 고로 난 우울해진다. 그것은 마치 다소 더러운 물에 무릎까지 발을 담근 채 서 있는 기분이라고 할 수 있다. 하베당크는 내가 더이상 자신과 모형 기차에 대해 이야기를 나누지 않는다면 내게 일거리를 주지 않을 것이다. 창가에 서서 거리를 내려다본다. 어떤 건설회사 본사 건물 앞 보도를 청소하고 있는 젊은이 하나를 관찰한다. 그는 2주에 한 번씩 나타나서는 우선 여기저기 흩어져 있는 나뭇잎을 고압청소기로 모아서 어떤 기구 속으로 집어넣는다. 그리고 나중에 자동차에서 파란색 비닐부대를 가지고 와서 그 속에 나뭇잎을 담아 치워버린다. 그 건설회사의 과장된 정리 행태가 나를 화나게 한다. 건축 설계사, 건축기사 그리고 토목기사 신사 숙녀분들은 완벽하게 치워진 보도를 중히 여긴다! 휘황찬란한 그들의 회사 건물 앞에는 먼지 하나 쌓여 있어서는 안 된다! 나뭇잎 몇 개 떨어져 있는 꼴노 뭇

본다! 그 신사 숙녀분들이 아이였던 적은 없는지, 신발을 비스듬히 해서 나뭇잎을 자기 앞으로 끌어모으는 즐거움을 느껴본 적이 한 번도 없었는지, 그럴 때 나는 소리와 자신의 신발 앞에 불룩하게 쌓인 나뭇잎의 모습이 화난 어머니나 끔찍한 선생님들 혹은 불쌍한 자기 영혼의 속삭임을 참고 견뎌나갈 수 있도록 도와준 적은 없었는지 궁금하다. 그분들은 한 번도 혼자 있어본 적이 없나. 그래서 완벽하게 청소한 인도를 옹호하는 탁월한 지지자가 되어버린 것일까?

지금 아이디어가 하나 떠오른다. 나는 그 건설회사 사원들을 대상으로 기억술을 위한 속성 코스를 만들 것이다. 나는 나 자신을 므네모시네 연구소라고 명명할 것이고, 그 이름은 모던하면서 특이하게 들려서 나이 든 사원들 모두 그게 뭐하는 건지 알고 싶어 할 것이다. 나는 4일 혹은 5일 동안 저녁시간에 회상의 기술 기초과정을 열 것이다. 그래! 바로 그거야! 난 작은 나뭇잎 더미가 자신들의 신발 앞에 점점 더 높이 쌓여가던 그때가 얼마나 좋았는지 사원들이 마침내 이해하게 될 때까지 오랫동안 그리고 능란하게 그들을 설득해나갈 것이다. 그러고 나면 고집불통 토목기사들도 이해하게 될 것이다. 바스락거리는 나뭇잎을 밟으며 지나가는 것이 쾌적한 일이라는 것을. 그리고 그때 더할 나위 없는 소중한 느낌을 갖게 된다는 것을. 모든 인간이 점차 내용이 늘어나면서 풍부해지는 하나의 기억의 역사를 가지고 항상 같은 사람으로 살아간다는 느낌 말이다. 이러한 깨달음은 여러 건축 설계사와 토목기사에게 말할 수 없이 좋은 것이고, 그래서 그들은 고압청소기를 가진 남자를 집으로 돌려보내고 자신들의 수익금 일부분을 새로 창립된 므네모시네 연구소에 투자하게 될 것이다. 그리고 난 그 강좌로 돈을 벌게 될 것이다! 이렇게 좋은 일이! 돈이라! 갑자기 아래쪽 인도 위에 한 남자가 멈춰 서서 구두 한 짝을 벗어 밑으로 흘러내린 양말을 추어올리고는 다시 구두를 신고 가버리는 모습이 내 눈에 들어온다. 그 남자가 내 백일몽에 제동을 건다. 이유는 나도 모른다. 그 광경이 역겹게도 사람들이 자기 신발 속까지도 정리해야 한다는 것을 확실히 보어주기 때문이리라. 백일몽이 다시 내게서 떠나가는 것을 느낀다. 다시 말하자면 그것이 처음엔 위협으로, 그다음엔 수치심으로 바뀌어가는 것을 느낀다. 난 돈을 벌지 못할 것이다. 적어도 기억술 강좌를 이용해서는 말이다. 그냥 내 기분에 취해 여전히 어둡기만 한 내 미래의 시험공간에 대고 이런저런 말을 해본 것이다. 이 말들이 그 공간에서 과연 내 인생과 무슨 일을 도모해볼 수 있을지는 말들 스스로가 확인해야 할 것이다. 나 참! 사원들을 위한 기억술이라니! 그들은 이걸로 뭘 해야 할지 전혀 모른다고! 아니다. 이 사람들은 므네모시네라는 말을 들어본 적이 없기 때문에 도대체 그 단어의 철자가 어떻게 되냐고 세 번이나 묻는다. 그들은 너를 조롱할 것이다! 기억술! 그래서 뭐 어떻다고! 백일몽이 달아나면서 나를 비웃어댄다. 그놈은 항상 그런 식이다. 진작부터 알고 있었다. 기억술! 그런 건 하루 종일 방 안에만 죽치고 있는 건넛집 남자만이 생각해낼 수 있는 거라고! 오늘도 그런 상상이 마침내 생활력 있는 인간이 되려는 나를 방해한다. 한숨이 나온다. 내가 너무 보잘것없고 모자란 인간이기에. 그것이 사라져가는 백일몽이 주는 마지막 교훈이다. 왜 네 머릿속에는 늘 아무짝에도 소용없는 그런 썩어빠진 생각들만 들어 있는 거니? 왜 넌 매번 오직 너자신만 감동할 수 있는 생각을 하는 거지? 더 큰 성인이 그런 속임수로 능히 돈을 벌게 되리라는 확신을 가질 수 있다는 것을 이해할 사람이 (리자를 제외하고) 아무도 없기 때문에 (리자를 제외하고) 아무에게도 이야기할 수 없는 그런 생각을 말이야. 왜 넌 고압청소기를 가진 남자와 나뭇잎 몇 개에 그처럼 정신을 놓아버리는 것이냐? 넌 언제쯤 다른 사람들도 이해할 수 있는 생각을 할 것이냐? 사람들이 그걸 위해 당장이라도 돈을 지불할 수 있는 그런 생각을 말이다!

4

나 자신에게 진이 빠져버려 나는 미용실에 가기로 결정한다. 오늘
최소한 뭔가 의미 있는 일이 생길 수 있도록 말이다. 난 오늘 두번째
로 집을 나서고 있다. 그렇지 않고서는 내 머릿속의 어리석은 잡념으
로부터 달리 벗어날 길이 없기 때문이다. 하지만 언제까지나 도망다
니기만 하며 살아갈 수는 없어, 난 나지막하게 혼자 중얼거린다. 늘
사라져버리려고만 하는 욕망 말고 너한테는 분명 다른 열정이 필요
해. 이렇게 자신에게 퍼붓는 욕설을 엿듣노라면 기분이 상당히 좋아
진다. 왜냐하면 그 욕 속에 숨어 있는 감미로운 독이 동시에 내게 칭
친을 듣는 듯한 느낌을 갖게 하기 때문이다. 그 욕설 속에 들어 있는
과장이 동시에 나에게 무죄를 선고하기도 한다. 내가 나에게 야, 이
늙은 바보놈아, 아니 둥신아, 아니 이 멍청이야, 라고 말하고 나면 난

이 자기 경멸에 담겨 있는 애정에 다시금 웃음을 머금게 된다. 어떤 면에서는 이 이른 오후가 나를 난공불락의 상태로 만든다. 나는 내 속에서 뭔가가 산산이 부서져 내리거나 보풀이 이는 것을 느끼며 동시에 그것들을 즐기고 있다. 그리고 나 자신에게 정말로 화를 낼 수가 없다. 마르고트의 미용실은 내/우리 집에서 그리 멀지 않은 곳에 있다. 그 미용실은 바로 나처럼 거의 매일 휘청거리면서 몰락의 길을 걷는, 이 지역의 무수히 많은 작은 가게들 중 하나다. 그런 점에서 볼 때 이 작은 가게들과 나는 아주 잘 어울린다. 처음에 난 마르고트의 미용실이 낯설면서 동시에 재미가 있어서 그곳을 가게 되었다. 다시 말하자면, 낯섦과 즐거움이라는 것이 어떻게 동시에 일어날 수 있는지 이해가 되지 않아서 그곳을 찾았다. 지금도 그 두 가지 효과의 동시성이 이해되지는 않지만 오늘은 이렇게 이해할 수 없다는 것이 재미있기까지 하다. 물론 그것이 미용실처럼 전혀 중요하지 않고 거의 하찮기까지 한 그런 장소에 국한되지만 말이다. 마르고트의 미용실은 추측하건대 60년대에 문을 연 이래로 한 번도 내부 수리를 하지 않은 듯하다. 남성용 칸에는 불룩한 모양의 조야한 도기 세면대가 세 개 놓여 있다. 그것들은 작은 공간에 너무 두드러질 정도로 크게 돌출되어 있다. 마르고트 외에 또다른 미용사는 없다. 아마도 마르고트에게는 손님이 별로 없는 것 같다. 몇 명의 중년 여자들과 나같이 싼 가격에 머리를 깎으려는 사람들뿐. 내가 처음 그 미용실에 들어섰을 때, 마르고트는 비어 있는 중간 세면대 앞쪽으로 몸을 숙인 채 앉아 있었다. 가까이 다가가고 나서야 세면대 속에 접시가 놓여 있고, 마르고트가 그 접시에 담긴 수프를 먹는 중이었다는 것을 알게 되었다. 마르고트는 다소 놀라고 당황한 표정을 지었다. 보아하니 더이상 손님이 오지 않을 것이라 생각하고는 가게 문 잠그는 것을 잊어버린 것이 분명했다. 그 당시 나는 자진해서 가게에서 도로 나오려고 했다. 하지만 마르고트는 내게 들어오라고 하면서 음식이 반쯤 남은 접시를 치워버렸다. 그런데 오늘 그녀는 수프를 먹고 있지 않았다. 그 대신 접시가 놓여 있던 그 가운데 세면대 안에는 고양이 한 마리가 자고 있다.

운이 좋으시네요, 마르고트가 말한다, 바로 깎으실 수 있어요. 고양이는 주위의 갑작스러운 움직임에도 꿈짝하지 않는다. 마르고트는 내가 앉을 수 있도록 맨 왼쪽에 놓여 있는 미용의자를 내 앞으로 돌리고, 난 의자에 앉는다. 몇 개의 거울 사이에는 마르고트가 직접 그린 것으로 보이는 그림들이 걸려 있다. 그 그림에는 하나같이 여자의 옆모습이, 일종의 쇼트커트를 한 여자의 옆모습이 그려져 있다. 그 그림들을 보니 말년에 그와 비슷한 쇼트커트 머리를 즐겨 그렸던 어머니가 잠시 생각났다. 마르고트는 내 가슴 앞부분에 깨끗이 세탁한 커트 보자기를 두른다. 난 그곳의 유일한 손님이다. 마르고트가 이렇게 말한다. 전 이제 당신의 뒤통수만으로도 당신을 알아볼 수 있어요. 우리는 잠깐 웃는다. 그러고 나서 마르고트는 『행복 리뷰』라는 잡지책 한 권을 내게 내민다. 여성용과 남성용을 나누는 칸막이는 나머지 다른 가구들보다도 훨씬 오래된 듯하다. 십자형으로 서로 얽힌 대나무 기둥으로 만들어진 그 칸막이는 60년대 많은 가정집 거실에서 흔히 볼 수 있던 것이다. 점도색의 둥근 접시 속에 들어 있는 화분 세 개가 리본에 묶인 채 칸막이의 대나무 기둥에 매달려 있다. 마르고트는 휴대용 라디오를 켠다. 유행가가 흘러나오고, 고양이가 머리를 들어 쳐다본다. 『행복 리뷰』에서 나는 스웨덴 왕가의 후손에 대한 기사 첫 부분을 읽는다. 헤드라인은 이렇다. 첫번째 손자(Enkel)가 생긴다. 실수로 난 다음과 같이 읽는다. 첫번째 구역질(Ekel)이 생긴다. 그렇다고 그때 내가 구역질을 느낀 것은 아니다. 그 반대다. 잡동사니를 한데 뒤섞어놓은 듯한 그 공간의 기이한 특성이 내 마음을 사로잡는다. 마르고트를 보면 리자를 만나기 전에 내가 알고 지내던 여자들이 떠오른다. 그들은 모두 내게 어울리지 않았다. 그 당시 난 그 어딘가에 내게 '걸맞은' 여자가 존재하리라는 생각을 접고, 나와 맞지 않는 여자와 계속 함께 살아야 하는 고통에 익숙해져 있었다. 그리고 얼마 안 있어 곧 나는 리자를 만나게 되었다. 이제 리자는 떠나버렸고, 나는 내게 다른 여자가 없기 때문에 나와는 안 맞지만 그래도 함께 지낼 여자들에 다시 익숙해져야만 하는 것인지 생각해본다. 그와 동시에 난 내게 맞는 여자든 맞지 않는 여자든 그 어떤 여자와도 새롭게 연애를 시작하고 싶은 마음이 전혀 들지 않는다. 하지만 완전히 자신할 수는 없다. 마르고트는 내 머리를 물로 적시면서 발트 해에서 휴가를 망쳐버린 일에 대해 얘기를 한다. 그녀의 어머니는 거의 매일 나쁜 날씨와 나쁜 서비스, 기분이 좋지 않은 직원들 때문에 화가 나 있었다. 결국엔 저도 엄마와 마찬가지로 날씨와 서비스 그리고 직원들에게 화가 났어요, 마르고트는 말한다. 평상시엔 그런 것에 전혀 개의치 않았는데도 말이에요. 그게 제가 마지막으로 엄마와 함께 보낸 휴가였어요. 우리는 웃는다. 마르고트는 조심스럽게 내 안경을 벗기고는 귀 윗부분에 자라난 머리를 짧게 자른다. 그녀가 이번엔 자신의 남동생이 저지른 횡령 사건에 관해 이야기한다. 그 얘기는 예전에 들었을 때 들은 적이 있다. 15분쯤 후에 그녀는 둥근 미용 거울을 들고 이리저리 내 머리 뒤쪽을 비춘다. 나는 고개를 끄덕이고는 금방 자른 머리에 대해 말한다. 멋져요, 아주 훌륭해요. 그 과장된 말에서 난 내가 곧장 집으로 돌아가지 않으리라는 것을 깨닫는다. 마르고트는 내 목덜미를 솔질하면서 목 주위에 씌운 덮개 위로 흩어져 있는 머리카락 뭉치를 바닥으로 털어낸다. 그녀는 덮개를 묶은 매듭을 풀고는 목덜미를 면도한다. 고양이가 머리를 내밀고, 마르고트는 라디오를 끈다. 카운터에서 우리는 키스를 한다. 약 3주 전 마지막으로 보았을 때와 똑같이. 여전히 난 새로운 연애를 시작하고 싶은 마음이 없다. 연애중에 해야하는 말들을 이제 더는 할 수도, 들을 수도 없을 것 같다. 하지만 마르고트는 나를 편하게 해준다. 사실 그녀는 얘기를 많이 하는 편이긴 하지만 흔한 사랑타령 따윈 하지 않는다. 난 지갑을 다시 집어넣는다. 마르고트는 가게 문을 걸어 잠그고, 난 그녀를 따라 여성용 칸 옆쪽에 연결된 뒷방으로 간다. 내가 이발을 끝내고 마르고트와 잠자리를 같이한 것이 이번이 처음은 아니다. 블라인드가 반쯤 내려져 있다. 창가에 처진 커튼 뒤로 텅 빈 안마당이 보인다. 지난번엔 거기서 몇 명의 아이들이 뛰놀고 있었지만 오늘은 옆집 창가에 놓여 있는 자그마한 새장 하나만 보인다. 그제야 내 안경이 아직도 세면대 위에 놓여 있을 거라는 생각이 난다. 난 안경 없이는 새장 속에 있는 두 마리 새를 제대로 알아볼 수가 없고 다만 움직이는 두 점으로 인식할 뿐이다. 안경을 쓰지 않은 까닭에 지금의 이 상황이 낯설기도 하지만 친근하게 느껴지기도 한다. 난 오직 집에서만 장시간 안경을 벗어놓는다. 안경 없이 이리저리 돌아다니고 여기저기 두리번거리는 것이 내게는 산산이 부서져 내리는 삶을 허락하는 것과 같다. 마르고트는 이미 옷을 다 벗었다. 난 그녀가 서두르는 것일 수도 있다는 생각은 전혀 하지 못한다. 그녀는 내 셔츠 단추와 신발 끈을 함께 풀어준다. 내가 착각하는 것이 아니라면, 마르고트는 내가 아직 사랑을 나눌 준비가 충분히 되지 않았을지도 모른다는 것에 별로 신경을 쓰지 않는다. 그녀를 보면 나는 부인이 전혀 원치 않는데도 잠자리를 갖는 그런 남자들이 떠오른다. 내 옷을 함께 벗겨주면서 그녀가 즐거워한다고 믿는다. 그녀는 분명 긴 근무 시간에 이런 작고 우스꽝스런 모험을 벌이는 것을 아주 좋아한다. 이번에도 지난번에 했던 것처럼 그녀는 소파 위에 앉아서 나를 자신의 몸 쪽으로 끌어당기고는 내 성기를 빤다. 난 건너편 집 창가에 놓여 있는 움직이는 두 점과 여성용 칸에 있는 헤어 스티머 세대를 번갈아가며 바라본다. 헤어 스티머의 둥근 유리는 뿌옇고 금이 가 있다. 난 내 밑에 쭈그리고 앉아 있는 자그마한 체구의 마르고트를 내려다본다. 지금 그녀가 내 마음에 쏙 든다. 몸을 지탱할 무언가가 필요하지는 않았지만 난 마르고트의 어깨를 꼭 잡고 있다. 두 번 몸을 살짝 굽혀 그녀의 작고 단단한 젖가슴을 만진다. 불현듯 내 기억술 강좌 생각이 난다. 동시에 이 생각 뒤에는 오직 나 혼자만이 헤치고 지나갈 수 있는 나만의 나뭇잎 바다를 갖고 싶다는 개인적 소망이 있을 뿐이라는 확신이 든다. 추측건대 마르고트와 함께 있는 것이 기억술 강좌 이면에 숨겨진 개인적인 내막을 깨닫게 도와준 것 같다. 어찌 되었든 마르고트가 없었다면 난 이 핵심을 발견하지 못했을 것이다. 감사한 마음이 온몸을 파고들고, 난 그녀가 마치 리자처럼 잠자리를 갖기 전에 그리고 잠자리를 갖는 동안 추위를 느낀다는 것을 지금 막 알기라도 했다는 듯이 마르고트의 등을 쓰다듬는다. 그리고 마르고트에게 감사하는 마음으로 내 성기는 이례적으로 커지고 단단해진다. 불현듯 내가 비어 있는 리자의 방을 나뭇잎으로 채우면 나만을 위해 마련된 나뭇잎 방을 갖게 된다는 사실이 또렷이 떠오른다. 나뭇잎 방을 배회하는 것은 나를 리자에게서 떼어놓는 동시에 리자와의 이별이 내게는 불가능하다는 것을 알게 해주는 아주 훌륭한 장치가 되지 않을까? 나는 단지 비닐봉투 몇 개에 플라타너스 잎을 가득 담아 남의 눈에 띄지 않게 집으로 가져와서는 리자의 방에 펼쳐놓기만 하면 된다. 그게 전부다. 몇 초간 난 이런 생각들과 유희하면서 행복감을 느낀다. 그것이 내가 마르고트 덕분에 얻게 된 새 행복인지 아니면 예전에 리자가 주었던 오래전의 행복인지는 잘 모르겠다. 그와 동시에 난 수많은 낙엽들에 둘러싸인 채, 정신병자가 되어 비어 있는 리자의 방에 앉아 헛소리를 하고 있을 내 모습이 두렵다. 난 더이상 동의받지 못한 삶을 받아들일 용의가 없노라고 계속 지껄여댈 것이다. 항상 그랬듯 그런 것을 이해할 사람은 아무도 없다. 당연히 리자를 제외하고 말이다. 하지만 이제 리자는 없고 다시는 돌아오지 않을 것이다. 그녀는 내가 정신병원에 들어가게 되면 그제야 다시 나를 찾아올 것이다. 하지만 그때가 되면 그녀는 우느라 기진맥진해서 내가 하는 말을 이해하지 못할 것이다. 정신과 전문의는 심각한 분열성 인격 장애와 정신병의 징후를 동반한 우울증적 불안 그리고 편집증적 피해망상에 대해 이야기할 것이다. 어떤 돌발 사건들이 일어난 후 누군가 더이상 무엇을 어떻게 해야 할지 몰라 치료를 받게 되면 언제나 신문에 그런 말들이 써 있다. 리자는 그런 말들을 듣게 될 것이고 그러면 더 심하게 울어댈 것이다. 마르고트는 내게서 몸을 돌려 소파 위에서 앞쪽으로 무릎을 꿇고 앉는다. 나는 손으로 그녀의 음부를 더듬고, 그곳이 물기 없이 메말라 있음을 느낀다. 집게손가락과 가운뎃손가락에 침을 묻혀 음부에 부드럽게 문지른다. 약손가락과 새끼손가락으로 한 번 더 그렇게 한다. 난 조심스럽게 그리고 천천히 굴뚝을 마르고트의 음부에 집어넣는다. 아이 엉덩이 같은 그녀의 작은 엉덩이를 두 손으로 붙잡고 내 몸에 바싹 끌어당긴다. 마르고트는 동물이 내는 소리를 몇 마디 내뱉는다. 나는 그 소리를 듣는 걸 좋아한다. 나는 가능한 한 규칙적으로 동작을 해나가면서 다행히도 시간을 늘려갈 수 있다. 처음으로 난 미용실 밖에서 마르고트와 만날 약속을 잡을 수도 있지 않을까 하고 아주 잠시 생각해본다. 불현듯 내가 힘이 좋았다는 사실이 곧 민망하게 생각될지도 모른다는 두려움이 든다. 얼마 안 있어 내 힘의 일부가 사라져버린다. 내가 오르가슴을 느끼지 못할 것이라는 징조가 곧 보인다. 마르고트도 나와 비슷한 상태임이 분명하다. 그녀는 한 번은 두 손으로 그다음에는 다시 팔꿈치로 불안하게 몸을 괸다. 계속해서 몸을 앞쪽으로 구부리고 있던 그녀가 갑자기 얼굴을 뒤로 돌려 나를 쳐다본다. 난 그 눈빛을 섹스를 중단해도 좋다는 허락으로 받아들인다. 나는 마르고트에게서 떨어져 나오고, 마르고트는 몸을 일으키고서 아름답게도 어찌할 바를 몰라 하는 모습을 잠깐 보여준다. 섹스의 중단으로 마르고트는 이전보다 내게 더 친근하게 다가온다. 그녀는 우리의 불행한 실패담에 전혀 야단법석을 떨지 않는다. 내가 그녀에게 감사하고 있음을 그 어떤 말로도 표현할 수가 없다. 인간적이라는 것은 이 얼마나 기이한가! 우리가 정상일 수 있다면, 그땐 낯선 것이

종종 인간적인 것이 될 테지. 하지만 우리가 정상인 경우는 아주 드물어. 이런 말을 난 마르고트에게 해주고 싶다. 하지만 유감스럽게도 나는 죄책감을 느끼고 침묵한다. 섹스의 중단은 비애를 절감한 것과 다름없다. 마르고트가 비애를 절감하게 해준 것이다. 이제야 비로소 우리는 홀가분한 마음으로 서로 바라보며 기뻐한다. 이미 까다로운 수많은 협정을 맺고 그것들을 지켜나간 사람들처럼. 마르고트는 나보다 훨씬 더 빨리 옷을 입는다. 난 옷을 반쯤 걸친 상태로 미용실로 나가 안경을 찾을 용기를 내지 못한다. 마르고트는 방을 이전 상태로 다시 정돈한다. 이제껏 난 마르고트에게 한 번도 돈을 준 적이 없었다. 하지만 오늘은 돈을 약간 놓고 가고 싶은 마음이 생긴다. 그러나 그것이 잠자리 대가로 비쳐서는 안 된다. 그냥 마르고트의 삶이 문득 측은하다는 생각이 든다. 그녀의 삶 또한 정당화되지 않는다는 걸 난 느낀다. 나는 동의받지 못한 삶에 대해 그녀와 이야기를 나누고 싶다. 서두르는 그녀의 몸짓에서 난 너무 자주 강요된 삶을 살아야 하는 치욕을 본다. 동시에 지금 이 순간에는 동의받지 못한 삶에 대한 이야기를 할 수 없을 것 같은 두려움이 든다. 난 마치 어렸을 때처럼 거의 모든 사건의 첫머리만을 이해하는 느낌이 다시 드는 것 같다. 첫머리를 이해하고 나면 난 아마도 도망쳐버릴 것이다. 온갖 복잡한 삶이 늘 나를 얼마나 두렵게 만들었는지 아주 뚜렷이 기억날 테니까 말이다. 마르고트가 미용실 문을 다시 열고 싶어 한다는 것을 난 눈치챈다. 고양이가 뒤쪽으로 와서는 내가 구두 신는 모습을 지켜본다. 그러더니 이제 마르고트가 무릎을 꿇고 앉아 있던 소파 위로 뛰어오른다. 내 안경은 여전히 중간 세면대 가장자리에 놓여 있다. 세면대 속에 있는 검은 머리카락 하나를 발견한다. 그 머리카락은 세면대 가장자리 위까지 삐져나와 있다. 안경을 쓰고 지갑을 꺼내는 동작이 자연스럽게 연결된다. 카운터 위에 150마르크를 놓고는 잔돈을 돌려주려는 마르고트를 몸짓으로 제지한다. 마르고트는 저항하지 않는다. 잠시 후에 그녀는 문을 연다. 난 입술로 마르고트의 얼굴을 가볍게 스치고는 나와버린다.

　미용실 밖 거리에서, 목깃 부분이 너무 큰 셔츠를 입은 한 남자가 내 눈에 띈다. 난 정말로 그 남자에게 몸에 맞는 셔츠를 사고 싶은 생각이 없어졌냐고 묻고 싶다. 그러고 나면 나는 그런 생각이 내게서도 사라져버렸노라고 그에게 말하게 될 것이다. 그 뒤 우리는 술집에 가게 될 것이고, 아니다, 그런 일은 일어나지 않을 것이다. 맞은편 집 4층, 한 젊은이가 열린 창문가에 서서 길가를 향해 아코디언을 연주하고 있다. 나는 고개를 들어 그를 올려다본다. 그러자 그는 더 격정적으로 연주를 하고, 그 모습이 내게는 조금 민망스럽게 느껴진다. 마치 자그마한 시체처럼 미동도 없이 잠든 갓난아이를 태운 유모차가 내 곁을 스쳐 지나간다. 제비들이 여섯 마리씩 떼를 지어 한산한 교차로 위를 날아간다. 나는 지나치다 싶을 정도로 집중해서 그 모든 것을 하나하나 관찰한다. 내가 허리를 굽혀 거리 위에 흩어져 있는 나뭇잎을 주워 모으려는 것을 막기 위해서이다. 집에 가지고 가서 내 개인용 나뭇잎 방을 만들 나뭇잎을 말이다. 내가 나뭇잎 방에 대한 아이디어를 기획할 수는 있어도 실천에 옮겨서는 안 된다는 것을 분명히 알고 있다. 나뭇잎이 거리에 떨어져 있는 한 나는 나뭇잎을 사랑해도 좋다. 하지만 내가 나뭇잎 일부분을 예전 리자의 방에 펼쳐놓으면서 나뭇잎을, 혹은 나를 구해낼 수 있다고 믿어서는 절대 안 된다. 그리고 헛된 소망 때문에 드는 수치감을 느끼고 싶지도 않다. 이 순간 너무나 강력하게 광기에 대한 불안감이 들어 이 불안감에서 광기가 시작되는 것은 아닌지 두려움이 들 정도다. 그리고 잠시 후 난 몸을 굽혀 섬세한 톱니 모양의 테두리에 긴 잎자루가 달려 있는 큼직한 플라타너스 잎 네 개를, 아니 다섯 개를 한 번에 움켜쥔다.

5

강가 풀밭에 사람이라고는 나 혼자뿐이다. 오른편으로는 차량 통행이 많은 우회도로가 나 있다. 부르릉거리며 지나가는 차 소리가 아래쪽에 있는 내게도 들리지만 전혀 방해가 되지 않는다. 왼편에서는 강물이 철썩거린다. 오늘 강물은 다소 희뿌옇다. 거의 진흙투성이다. 아마도 어젯밤에 비가 내렸던 것 같다. 우회도로와 강 사이에는 넓은 풀밭이 펼쳐져 있고, 거기엔 진흙길이 몇 개 가로질러 나 있다. 저 위, 약간 높은 곳에 위치한 우회도로를 따라 벤치 몇 개가 아직 남아 있다. 지난 몇 년간 대부분의 벤치는 부랑인들에 의해 뜯기고 파손되었다. 시청이 벤치를 새로 교체하지 않아서 이곳을 찾는 사람은 많지 않다. 이 강가 부근을 방치해놓는 것이 나로서는 오히려 반갑기만 하다. 왜냐하면 내가 이곳에서 남의 시선을 받지 않고 일에 전념할 수 있기 때문이다. 7년 전부터 난 구두 테스터로 일하고 있다. 이 일은 이제껏 내가 살아오면서 변함없이 꾸준하게, 심지어 점점 더 훌륭하게 해올 수 있었던 유일한 일이라고 말할 수 있다. 물론 이 일을 훌륭하게 해낼 수 있었던 것은 어떤 특별한 재능에 기인한다기보다는, 내 담당 책임자인 하베당크가 즐겨 이야기하듯, '우리 제품들이 시장에서 갖는 성공운' 때문이다. 나는 한 고급 수제화 공장에서 만든 구두를 시험하는 일을 하고 있다. 그 공장은 작지만 규모를 크게 확장해나가는 중이다. 나는 옛 친구 이파흐를 통해 그 공장을 알게 되었다. 이파흐는 원래 연출가가 되고 싶어 했다. 그리고 거의 연출가가 될 뻔 했는데 올덴부르크 시립극단에서 너무 오랫동안 조연출로만 일하다보니 그 후론 더이상 새로운 자리를 얻지 못했다. 우연히 그는 구두공장의 대표가 되었고, 나도 현재 그 공장의 구두 테스터로 일하고 있는 것이다. 넌 새 신발을 신고 하루 종일 돌아다니기만 하면 돼. 그러고 나서 걸을 때 네가 받은 느낌에 대해 가능한 상세하게 보고서를 써주면 되는 거야. 이파흐의 말이 결정적인 계기가 되어 나는 이파흐의 추천서를 들고 직행전철을 타고서 담당자인 하베당크를 찾아갔다. 오늘 나는 대대리공법*으로 제작된 무거운 옥스퍼드 구두를 시험해보고 있다. 광택이 나고 타닌을 이용해 무두질한 송아지 가죽으로 만들어진 구두다. 구두끈은 전통적인 방식으로 묶여 있고 정교하게 대칭을 이루고 있다. 옥스퍼드 구두는 구두 밑창이 두꺼워서 종종 (소가죽임에도 불구하고) 디소 딱딱하게 느껴진다. 나는 족히 한 시간 동안 이 옥스퍼

---

* 주로 수제화를 만들 때 가죽과 내부창, 바깥창을 접착하지 않고 직접 바느질하는 제작 방식.

드 구두를 신고 돌아다니고 있다. 하지만 이번엔 압박 부위가 생기는 것을 전혀 느낄 수 없다. 추측건대 이번에 재단사 차프케가 정성스레 삽입한 코르크 창 보강재 때문인 것 같다. 오늘 두번째로 시험할 신발은 마찬가지로 무겁고, 마찬가지로 대다리공법으로 제작된 부다페스트 구두다. 개인적으로 그 구두는 내 마음에 별로 들지 않는다. 하지만 이 구두를 찾는 남성들이 다시 늘고 있는 추세다. 구멍은 전통적인 방식으로 구두 앞코 부분에 뚫려 있다. 재단사는 구두의 발꿈치 부분에 넣을 새로운 무늬를 만들어냈는데, 아마도 그것 때문에 구두 가격은 50마르크나 더 올라갈 것이다. 천공 펀치로 찍은 구멍은 구두 갑피와 같은 색상(적포도주 색)이다. 그것은 상당수의 순수주의자에게는 환영받지 못할 것이다. 물론 순수주의자들은 적포도주 색에 대해서도 거부감을 가질 것이다. 그들의 견해에 따르면 그렇게 비싸고 품위 있는 구두는 오직 검은색이거나 갈색(짙은 갈색)이어야 하기 때문이다. 세번째 신발은 코도반(말가죽)으로 만든 블루처 구두로 현존하는 구두 중 가장 비싸다. 밑창을 제외하고는 아주 많은 부분을 한 조각 한 조각 꿰매서 구두의 갑피를 만들었다. 그 부분들의 테두리는 일부는 밖으로 드러나고, 일부는 구두 내부로 감춰진다. 블루처 구두를 신어보면 털모자처럼 부드럽고, 많은 부분으로 이어졌음에도 마치 하나로 이루어진 것 같다. 세 켤레의 구두 중 블루처 구두가 내게 가장 높은 평가를 받게 될 것이다. 하베당크는 나에게 각각의 구두를 적어도 4일 동안은 신고 다니면서 시험해보라고 한다. 내가 그의 말을 따르지 않은 지는 이미 오래다. 이제 난 반나절이면 구두의 특징들을, 특히 발꿈치와 앞코에 생길 수 있는 압박 부위들을 명확히 찾아내고 적확

하게 묘사할 수 있다. 나는 풀밭에 앉아 황량하면서도 마음을 안정시켜주는 강을 바라본다. 강물이 넓게 그리고 천천히 밀려온다. 강물은 은수저 세트 상자를 열어놓은 것처럼 햇빛 속에서 반짝거리면서 은은한 빛을 내고 있다.

멀지 않은 곳에 좁은 보행자용 다리가 강 위로 아치를 그리며 서 있다. 한 쌍의 연인이 다리 위를 지나간다. 다리 중간쯤에서 멈춰 선 그들은 너무 격렬하다 싶게 키스를 해댄다. 두 사람이 마치 갑작스럽게 위협을 느끼기라도 한 듯 그리고 키스가 그 위협에 맞서는 조치라도 되는 듯 말이다. 키스를 마치자 마음이 홀가분해진 것처럼 보이는 그 연인들은 흥겹게 다리를 건너가버린다. 행색이 누추하기 이를 데 없는 한 여인이 왼편에서 진흙길을 따라 오고 있다. 5, 60대 정도 되는 그 여인은 왼손에 트렁크를 들고 있다. 그녀의 옷과 그녀의 구두, 머리는 더러웠다. 자세히 말하자면 부분적으로 곰팡이가 피어 있다. 난 그녀에게 무관심하려고 애써보지만 속마음이 꼭 그런 것은 아니다. 왜냐하면 난 실성한 사람이나 반쯤 미친 사람 그리고 완전히 정신이 나간 사람들 가까이에 있는 것을 좋아하기 때문이다. 그들 가까이에 있으면 나는 내가 곧 그들과 한 부류에 속하게 될 것이라는 상상을 한다. 그렇게 된다면 난 끝내 안정된 직업을 하나 찾아서 그 안정된 직업에 삶을 맞춰나가야만 하는 일에서 해방될 것이다. 내가 몸소 미쳐버리는 날 비로소 나는 마침내 찾은 그 삶에 맞지 않는 모든 것을 박살내고 없애버릴 힘을 갖게 될 것이다. 그 여인이 가까이 와서는 내 앞 풀밭 위에 자신의 트렁크를 내려놓는다. 판지로 만든 낡은 그 여행 가방에는 얇은 철판 손잡이가 달려 있다. 인간에게 마지막으로 남게 되는 것은 트렁크 하나뿐일 거라는 생각이 든다. 고의적으로 부수지만 않는다면 트렁크는 영원히 남는다. 트렁크보다 더 부수기 힘든 것은 트렁크 손잡이다. 만약 저 여인이 죽고 그녀의 트렁크가 부서져버린다 해도, 이 철판 손잡이는 남아 흔적도 없이 사라져버린 삶을 상기시켜줄 것이다. 난 이 여인에게 이렇게 말해주고 싶다. 안심하세요, 당신 트렁크의 철판 손잡이가 언제나 당신 삶을 증언해줄 겁니다. 하지만 난 그 말을 내뱉을 수가 없다. 그 때문에 지금 내 눈에서는 눈물이 나오는 것이 타당하리라(타당하다). 하지만 내 얼굴은 뽀송뽀송하기만 하다. 여인은 트렁크를 열어 텅 빈 내부를 내게 보여준다. 보이는 것이라고는 다 늘어나 너저분하게 매달려 있는 고정 밴드 두 개뿐이다. 여인이 그것들을 조금 만지작거린다. 이 텅 빈 트렁크가 방금 전 다리 위에서 키스한 연인들이 느꼈던 갑작스러운 불안을 설명해줄 것이라는 확신이 든다. 그들은 다리 위에서 트렁크를 든 이 여인을 보았고, 그 순간 그들 자신이 머지않아 그 텅 빈 트렁크의 양쪽 내부에 불과한 존재가 되리라는 느낌을 불가피하게 갖게 되었던 것이다. 여인이 킥킥대면서 자신의 트렁크를 닫고 가버린다. 몇 초 뒤 문득 어머니 생각이 났다. 내가 어렸을 적 어머니는 종종 점심때가 되면 곧 나갈 사람처럼 현관 옷걸이에 핸드백, 모자, 숄 그리고 양산을 가지런히 준비해놓았다. 하지만 그러고 나서 아무 데도 가지 않았다. 어머니는 전화기 옆 의자에 앉아서 핸드백, 모자, 숄 그리고 양산을 주시했다. 잠시 후 난 어머니 곁으로 가서 나갈 때 쓰려고 준비해놓았지만 정작 사용하지는 않은 그 물건들을 어머니와 함께 주시했다. 30초 후 엄마와 나는 서로 부둥켜안았다. 우리는 꼭 껴안고서 서로 얼굴을 바라보며 웃어댔다. 난 요즘 어머니가 세상이 볼만한 가치가 없다고 생각될 때 자신이 느끼는 공포를 그런 방식으로 제어했을 것이라고 추측해본다. 회상하면서 내 마음속에서는 자족감이 인다. 일주일에 한두 번 이곳 풀숲에 앉아 강을 바라본다면 그것으로 족하다는 생각을 잠시 해본다. 노랑나비 한 마리가 풀줄기 위를 팔랑대며 날아다닌다. 난 영혼의 존재 여부에 대해 한 번도 관심을 가져본 적이 없다. 하지만 어쩌면 내가 영혼을 가지고 있을지도 모른다는 생각이 문득 든다. 영혼이란 무엇인지 그리고 사람들이 주저하지 않고 그것에 대해 뭐라 이야기하는지 나는 모른다. 하지만 영혼이 아무런 손상을 입지 않으려면 내가 무엇을 해야 하는지는 정말 알고 싶다. 영혼이 아무런 손상을 입지 않으려면! 나는 그런 생각을 하고, 비장함이 깃든 이 천진난만한 생각이 부끄럽지 않다. 아마도 영혼은 어떤 괴로움도 없다는 것을 뜻하는 또다른 말일 것이다. 영혼은 오색찬란한 작은 회전목마다. 이곳 풀숲에 앉아 있을 때면 난 언제나 곧장 그 위에 올라타게 된다. 영혼은 아무 말도 하지 않는다. 하지만 난 영혼이 항상 막 무슨 말인가를 하려고 한다는 것을 느낀다. 아마도 영혼은 절대 아무 말도 하지 않고, 그 대신 항상 몇 가지 장면만을 보여줄 것이다. 불안해하며 키스하는 한 쌍의 연인과 텅 빈 트렁크와 어머니에 대한 기억을. 지금 이 순간 내 관심은 오직 내 재킷 호주머니에 계속 생겨나는 보푸라기에 쏠려 있다. 내가 하룻밤 사이에 미쳐버리지는 않았다. 나는 길거리에서 주워 모은 플라타너스 잎을 리자의 방에 펼쳐놓았다. 오랫동안 그 잎들을 바라보았고, 그것들이 무척 마음에 들었다. 난 방에 특정한 나무의 잎들을 가져다놓을지 아니면 다양한 나무의 잎들을 가져다놓는 것이 좋을지 생각한다. 지금 이 순간 난 약간 주눅이 든다. 왜냐하면 점심때가 되어 배가 고파오기 때문이다. 난 돈을 아껴야만 하고 그래서 비싼 음식점을 찾는 일은 단념하려 한다. 하지만 비스트로와 간이음식점 판매대도 진절머리가 난다. 며칠 전 겪은 몇 가지 일들이 지금까지도 생생하다.

오후 한시쯤 나는 서서 먹는 간이식당에 들어가서 배고픈 사람들이 줄지어 선 대열에 끼어들었다. 얼마 안 있어 난 판매대에 서 있는 여자가 고객들을 쳐다보지 않는다는 것을 알아챘다. 그녀는 얼굴을 들지 않은 채 유리 판매대 위에 접시를 하나 올려놓는 즉시 '다음 분'이라는 말만 할 뿐이었다. 외면을 당한 사람들은 자신들에게 할당된 접시 음식을 재빨리 받아들고는 작은 탁자들 주위로 흩어졌다. 그때 난 판매원의 외면이 결국 음식을 먹는 사람들을 서로 외면하게 만든다는 사실을 깨달았다. 접시를 탁자 위에 내려놓는 순간 비로소 난 내가 또다시 싸구려 뷔페에서 싸구려 메뉴를 선택했다는 사실에 경악했다. 수치심에 나는 더 빨리 먹었다. 포크를 입에 밀어넣을 때면 창피해서 두 눈을 감았다. 그런데 눈을 감았다 다시 뜨는 내 모습은 부자연스럽기만 했다. 몇 분 후 그 부자연스러움 때문에 나는 어쩔 수 없이 식사를 중단해야만 했다. 나는 그 음식이 너무 형편없는 척했다. 형편없는 배우처럼 나는 접시를 작은 탁자 가운데로 밀어버리고는 몸을 돌렸다. 돌아서면서 난 식사하던 이들 가운데 적어도 두 명이 부자연스러운 내 행동을 진지하게 받아들이지 않는다는 것을 느꼈다. 그들은 은밀히 보았던 것이다. 내가, 아 아니다, 그들이 뭘 보았는지는 나도 모른다. 어쨌든 그런 일이 내게 절대로 다시 일어나서는 안 된다. 다른 사람들과 어깨를 나란히 하고 살아갈 때에도 수도승의 초연함이 필요하다. 난 약간의 신음 소리를 내며 일어서서는 재킷에 묻은 풀잎 몇 개를 털어낸다. 집으로 돌아가는 길에 난 말가죽 구두를 시험할 것이다. 채 몇 걸음도 못 가서 난 내게 필요한 것이 오직 수도승의 초연함뿐임을 느낀다. 오래도록 여기저기를 둘러보는 동안 내 자족감은 다른 이름을 갖는다. 이제 그것은 느림이라는 이름으로 나를 새롭게 경악시킨다. 정말이지 난 너무 굼뜨다. 쓸데없이 꼼꼼한 내 성격 그리고 과민하면서 산만한 특성들이 언젠가 나를 죽일 것이다. 그렇다고 이런 나의 특성에 대해 그 어떤 사람에게도 불평을 늘어놓아서는 안 된다. 그것들을 감수하며, 시간이 가면서 그것들이 용납할 만한 상태가 되기만을 바라야 한다. 하지만 시간은 가고, 내 특성들은 변하지 않는다. 한 주 한 주 그것들은 더욱더 용납할 수 없는 상태로 변해가고 있다. 산만함을 완전히 없애야 한다. 그러나 나는 내가 그것 없이 살아갈 수 없음을 알고 있다. 이러한 모순된 상황 때문에 내가 경제적으로 어려워지거나 속을 끓이며 살게 될 것임은 분명하다. 내 경우엔 그 두 가지가 다 같은 얘기지만 말이다. 하필이면 왜 내 인생이 그런 비열한 충돌의 장이 되어야만 하는 건지 도무지 이해가 안 된다. 수십 년간 나는 불화 없이 살려고 많이 노력했고, 오랫동안 그렇게 할 수 있었다. 어렸을 때부터 이미 난 조화로운 일상을 구축해가기 시작했다. 내 생애의 초년기는 일정한 틀에 맞춰져 흘러갔다. 아침에 일어나 잠옷을 입은 채 잠시 놀다가 엄마와 함께 아침을 먹었다. 그리고 나서는 30분간 거리로 나가 놀이터에서 친구들을 만났다. 그리고 이런저런 친구와 함께 가까운 곳에 있던 강기 풀밭을 헤메고 나녔다. 내가 시금 막 떠나려고 하는 바로 이 강가 말이다. 그 뒤 친구들과 헤어져 집으로 갔고, 집에 오면 어머니가 상냥하게 맞아주었다. 그다음 날에도 같은 일들이 되풀이되었다. 대략 그런 식으로 초년기의 내 삶은 흘러갔다. 우리 어머니도 그런 질서정연한 내 생활에 동의한 듯 보였다. 하지만 그것은 착각이었다. 얼마 지나지 않아 다른 사람도 아닌 어머니가 집에서 어머니와 평화롭게 지내던 내 삶을 끝내버리고 나를 유치원에 집어넣어버린 것이다. 갑자기 내 주위에는 스물여섯 명의 낯선 아이들이 있었고, 난 결코 그들과 사귀고 싶지 않았다. 난생처음 내가 이해하지 못하는 어떤 일이 생긴 것이다. 다시 말하자면, 그것은 내가 이제껏 안다고 믿었던 삶과 어머니의 모습으로는 설명되지 않는 일이었다. 그 사건을 이해해보려는 시도를 중단하고 나는 그것의 또다른 단초를 찾으려고 애썼다. 내가 이미 알고 있던 것과 맞아떨어지는 것으로 말이다. 내가 늘 일어나는 거의 모든 사건의 첫머리만 이해한다는 생각은 바로 이런 식으로 생겨났다. 얼마 지나지 않아 곧 나는 서로 얽히고설킨 무수히 많은 단초에 사로잡혀 그것들이 내게 무엇을 설명하는지를 더는 알 수가 없었다. 요즘도 나는 일이 아주 복잡해져서 어쩔 수 없이 새로운 이해의 실마리를 찾아야 할 때면 이해하려는 행위를 중단한다. 혹은 아이처럼 무엇인가를 기다리는 심정이 된다. 문제는 첫머리만 이해한 것들이 엄청난 양으로 내 머릿속에 축적된다는 것이다. 나는 햇빛을 받아 볏짚처럼 메말라버린 강가 풀밭의 풀을 가로질러 걸어간다. 어릴 적 나는 혼자서 혹은 친구 두 명과 함께 이곳에 와서는 반나절 내내 오직 무릎에 와 닿는 부드러운 풀의 감촉만 느끼면서 이리저리 쏘다녔다. 나는 쐐기풀에 부딪히지 않으려고 조심

했고, 루바브*라는 말을 매우 좋아했으며, 수영**과 민들레로 배를 채우기 시작했다. 이곳 여기저기를 돌아다니면 즉시 난 어떤 다른 곳에서도 느껴보지 못한 황홀감에 젖어들었다. 내 주위에 있는 풀을 이해할 필요가 없었기 때문이다. 아마도 바로 이 시절에 이미 난 삶의 기이함 속으로 너무나 깊이 들어서버린 것 같다. 지금도 계속되는 이 기이함 안으로 말이다. 지속되는 것은 모두 기이해질 수밖에 없다. 나는 강가 풀밭을 뒤로하고 왼편 우회도로 방향으로 접어든다. 나는 슈퍼마켓에서 작은 빵과 스파게티 한 봉지를 살 생각이다. 요즘 나는 장을 볼 때 한 번에 식료품 두 가지씩만 사기 시작했다. 그러니까 예를 들면 과일과 버터, 우유와 커피 혹은 빵과 스파게티 이렇게 말이다. 요사이 장을 볼 때 10마르크를 초과하면 나는 소스라치게 놀란다. 반대로 단지 두 개의 식료품만 집에 들고 가면 또다시 올바른 행동을 했다는 느낌을 갖게 된다. 뒤러 가에 잡화점이 새로 문을 연다. 출입구 위에 매달린 풍선들이 흔들거리고, 서커스 단장처럼 분장한 직원이 손풍금을 연주한다. 아가씨 한 명이 지나가는 사람들에게 시식용 음식을 권하고, 다른 젊은 여직원은 샴페인을 따라준다. 거리의 알코올 중독이 나를 유혹하고, 난 벌써 두번째 잔을 손에 들고 있다. 시식용 음식은 구운 고기와 베이컨, 연어다. 잘만 하면 길을 가다가 소매상 덕택에 여기서 점심 문제를 해결할 수도 있다. 그 외에도 한 다운증후군 청년이 내 눈길을 끈다. 그 젊은이는 손풍금 연주에 맞추어 손뼉을 치며 원을 돈다. 많은 장애인들이 그렇듯 그도 역시 색색의 줄무늬 양말

---

* 식용 대황.
** 신맛이 나는 여러해살이 풀.

을 신었고 지나치게 몸에 달라붙는 스웨터를 입고 있다. 잡화점 직원들도 이 젊은 장애인이 가게 개장행사보다 사람들의 마음을 더 사로잡는다는 것을 눈치챘다. 행복하게도 텅 비어 있는 그의 얼굴, 곰처럼 순진하게 자신의 만족감을 드러내보이는 그의 모습이 마음에 든다. 모두가 자신을 괴롭히면서 지쳐가는데 그 젊은이만 남들과는 다른 삶을 산다는 행복을 맘껏 즐기고 있다. 난 고기를 얹은 식빵 한 조각을 두번째로 집어먹고 있다. 그 장애인이 샴페인을 마시려고 하자 엄마로 보이는 중년의 여자가 급작스레 그의 손에 들린 잔을 뺏어버린다. 그 질책을 알아채지 못한 듯 그는 계속 춤을 춘다. 한 여성 판매원이 내게 선물 코너를 돌아보겠냐고 묻는다. 아 예, 좋지요 하고 말하고서 그렇게 빨리 관심을 딴 데로 돌려버리는 자신에게 화가 난다. 하지만 그때 수잔네가 뒤쪽에서 다가와 나를 구해준다.

전혀 못 보거나 계속 보게 되네. 그녀는 큰 소리로 외치면서 판매원과 나 사이를 비집고 들어선다.

두 가지 다 좋지는 않을걸 하고 나는 말하면서 수잔네에게 내 잔을 내민다.

뭐 하고 있어? 수잔네가 묻는다.

고객 시식행사로 점심을 대체해볼까 고민 중이야.

이곳에 있는 거의 모든 사람들이 그것을 고민하고 있어, 수잔네가 말한다.

너도?

아니, 수잔네는 말한다, 난 누델홀츠에 가는 길이야. 같이 갈래?

음식점이야?

응, 아주 친절하고 가격도 저렴해.

나는 내 샴페인 잔을 판매원에게 돌려주고는 수잔네와 함께 길을 나선다.

내가 일주일에 두세 번은 누델홀츠에서 점심을 먹기 때문에, 수잔네가 말한다, 거기선 나를 위해 테이블을 하나 비워둬.

나는 내 시험용 구두들을 슬그머니 천가방 속에 조금 더 깊이 집어넣는 데에 성공한다. 내 일에 대해 이야기하고 싶지가 않기 때문이다. 적어도 지금은 그렇게 하고 싶지 않다. 수잔네는 몸에 꽉 끼는 어두운 색상의 블라우스와 옆주름 부위에 몇 개의 검은 단추가 달린 세련된 회색 치마를 입고 있다. 수잔네의 가슴은 지난 몇 년 사이 더 풍만해졌고, 앞니는 약간 벌어져 있다. 수잔네는 활기찬 발걸음으로 걸어가면서 자신의 동료들에 대한 불평을 늘어놓는다.

너는 믿지 못할 거야, 그녀는 말한다, 변호사들이 얼마나 답답하고 멍청한 사람들인지.

나는 유모차를 탄 자신의 아이 앞에 무릎을 꿇고 앉아서 아이와 함께 구운 소시지를 먹고 있는 젊은 부부 한 쌍을 잠시 바라본다. 수잔네의 혀 끝이 입안 왼쪽 구석에서 오른쪽 구석으로 이동하더니 다시 왼쪽 구석으로 돌아온다. 수잔네는 말을 하지 않을 때도 입술을 다물지 않는다. 화가 나서 이야기할 때 그녀의 얼굴은 윤곽이 뚜렷해지고 절박감이 감돈다. 누델홀츠는 거의 비좁다 싶을 정도로 작은 식당이다. 길쭉한 하나의 공간으로 이루어져 있고 그 안에는 대략 스물네 개의 탁자가 있고 그중 절반 정도에 이미 사람들이 앉아 있다. 우리는 창가 가까이에 자리를 잡았고, 난 메뉴판을 들여다본다. 수잔네는 아직도 자신의 사무실에 있는 변호사들에 대해 험담을 늘어놓고 있다. 나는 옆 테이블에 앉아 있는 중년의 한 남자를 관찰한다. 자신이 먹던 감자가 바닥에 떨어지자 그 남자는 오른쪽 구두코로 그 감자를 자신의 테이블 밑으로 밀어넣으려 애를 쓴다. 수잔네의 주의를 저 남자에게 돌리게 만든다면 그녀가 다른 이야기를 하지 않을까 하고 난 생각해본다. 그 대신 그녀는 내게 이렇게 말한다. 무얼 먹을지 결정했으면 메뉴판을 덮어야 해. 그래야 종업원이 우리 테이블로 와도 괜찮다는 것을 알 수 있지. 순순히 난 메뉴판을 덮는다. 내 시선은 멍하니 바닥에 떨어진 감자에 고정된다. 잠시 후 수잔네가 용서를 구한다. 내가 한 말에 너무 기분 나빠 하지 마, 그녀는 말한다, 내가 오늘 아침 천박한 삶의 일면을 너무 많이 보았나봐.

괜찮아, 나는 말한다.

수잔네는 물을 몇 모금 마시고는 창밖으로 지나가는 사람들을 바라본다.

대중의 고통은 말이야, 수잔네는 말한다(그녀가 정말로 대중의 고통이라는 말을 쓰다니 놀랍다), 불쌍하기 그지없는 그들 모두가 일생 동안 중요한 사람을 만나지 못한다는 사실에 기인해. 이해하겠어?

나는 고개를 끄덕이고는 그녀와 마찬가지로 물을 조금 마신다.

벤젤, 슈로트호프, 자이델이라는 이름을 가진 이 사람들 모두(그들은 모두 그녀의 직장 동료들이다)는, 그녀가 말한다, 단지 또다른 벤젤, 슈로트호프, 자이델을 알 뿐이야. 그래서 평범한 것에 대한 열광이 생기게 되는 거고.

나는 수잔네의 말에 힘차게 동의를 표시한다.

수잔네는 미스타 파스타를 주문하고, 나는 저렴한 리조토로 만족한다.

나 또한 평범함의 위협을 받고 있어, 수잔네는 말한다, 모든 일상적인 것에서 탈피하려고 노력하는데도 말이지. 밤에 나는 이따금씩 침대 위에 앉아 울지 않을 수 없어. 내가 다시는 연극을 할 수 없기 때문이지. 내 친구 크리스타도 마찬가지야. 그녀가 얼마나 많은 것을 하고 싶어 했는데! 그녀는 철학을 공부하고 싶어 했고, 먼 여행을 떠나고 싶어 했어. 지금 그녀는 악취 나는 인공호숫가에 앉아 TV 프로그램 잡지를 읽고 있지! 마르티나는 어떻고! 그녀는 옷과 화장품 사는 데에 돈을 다 써대고 그녀가 자기 부엌을 청소해주는 것조차 원하지 않는 그런 연하 남자를 쫓아다니고 있어. 그리고 힘멜스바흐는 또 어떻고! 너 개 알지?

나는 고개를 끄덕인다.

힘멜스바흐는 완전히 망가져버렸어! 수잔네가 외친다. 내가 그를 얼마나 흠모했는데! 파리로 가서 세계적인 잡지사들에 실릴 사진을 찍고 싶다고! 웬걸!

최근에 그를 한 번 봤는데, 나는 말한다, 최악인 것 같더라.

끔찍해, 수잔네는 말한다, 나 또한 평범한 보통 사람들만을 알고 있으니.

아마도 곧 수잔네는 숨을 푸 하고 내쉬면서 내 얼굴에 대고 이렇게 말할 것이다. 그리고 너도 물론 중요한 사람은 아니지! 그러나 그 말 대신 그녀는 자신의 사무실에서 일하는 두 여자에 관해 이야기한다. 그들은 독문학을 전공했고 얼마 전부터 그곳에서 비서로 일하고 있다.

그들은 마치 자신들이 늘 비서이기라도 한 듯이 말을 해, 수잔네는 말한다.

나는 수잔네에게 듣기 좋은 칭찬을 해주고 싶었지만 그것이 지금은 마치 위로처럼 들리지 않을까 염려한다. 수잔네는 한숨을 내쉬고는 광택이 나지 않는 그녀의 진주목걸이를 내려다본다.

오늘 오후에 일해야만 한다는 게 얼마나 다행인지 몰라. 그렇지 않으면 난 지금 술에 취해버릴 거야.

왜? 나는 나지막하게 묻는다.

너무 우울하니까.

그런데 너, 나는 묻는다. 어떤 방법으로 대중을 중요한 사람들과 정기적으로 만나게 해주고 싶어?

수잔네는 나를 쳐다본다.

모든 임대주택 건물에 중요한 남자 혹은 중요한 여자를 한 명씩 살게 해서 매일 열시부터 한시까지, 목요일은 제외하고, 상담을 실시하고 싶니? 아니면 그 지역 회관에 매주 중요한 남자가 와서 중요한 사람이란 어떤 사람인지 그리고 어떻게 우리가 중요한 사람이 될 수 있는지를 알려주어야 할까?

수잔네는 갑자기 큰 소리로 웃어댄다. 너 내 말을 진지하게 받아들이지 않는구나! 그녀는 말한다.

당연히 진지하게 받아들이지! 하고 나는 말한다. 난 어떻게 대중을 중요한 사람들과 함께 만나게 해줄 수 있을까 생각하고 있어. 그런 만남이 부족하다면서, 네 입으로도 말했잖아.

하지만 네가 생각하는 그런 방식으로는 아니야, 수잔네는 말한다.

그럼 그것 말고 어떻게 한다는 거야?

됐어, 됐어, 수잔네는 약간 경멸하듯 말하고 그것을 난 느낀다. 내가 또 너무 요란하게 꿈을 꾸었나봐. 하지만 적어도 나의 어리석은 생각을 너하고 이야기할 수 있으니 다행이야.

수잔네는 웃는다. 우리는 잔을 높이 쳐들고 마신다. 난 너무 진지했던 분위기가 바뀌어 안도한다. 나시 말하자면, 수잔네와의 관계가 어쩌면 전보다 더 진지해졌는지도 모른다. 적어도 나에게는 자신의 몽상적인 헛된 생각 혹은 이런저런 헛된 몽상에 대해 이야기할 수 있다는 그녀의 말이 내게는 지금 그녀가 나를 평범한 사람으로 생각하지 않는다는 암시처럼 느껴졌다. 우리는 계산을 하고 밖으로 나온다. 나는 그녀의 사무실이 있는 곳까지 그녀를 바래다준다.

너 들었어? 수잔네가 밖에 나와서 묻는다. 내 우스운 한탄에 대해 이야기할 수 있는 유일한 사람이 너라는 걸.

수잔네는 멈춰 서서 약간의 긴장감을 담은 시선으로 나를 바라본다. 나는 고개를 끄덕인다. 수잔네를 계속 만나면 이런 장면을 자주 경험하게 될 것이다. 하지만 난 아직은 내게 여자에 대한 특별한 욕구가 없다는 걸 생각한다. 아니, 그렇게 간단하게 내 상황을 묘사할 수는 없다. 당연히 난 여자를 원한다. 하지만 이제 마흔여섯이 된 나는 너무 늙어버렸다고 혹은 한 번 더 연인의 연기를 해보고 싶은 남자 역을 맡기에는 이미 한물갔다고 느끼고 있다. 난 더이상 그런 남자처럼 말할 수 없고, 그런 남자처럼 행동할 수 없다. 난 단지 우연히 수잔네와 다시 가까워졌을 뿐이다. 하지만 이것을 통해서도 난 수잔네가 원래 어떤 남자를 기다렸는지를 느낄 수 있다. 그녀는 재미있고 능력 있으며 성공한 남자를 기다리고 있는 것이다. 단지 우연히 곁에 있게 된 남자(나)는 그녀와 시간을 보내면서 그녀가 동경했던 남자가 그녀의 인생에 나타나지 않았다는 것을 깨닫는다. 혼자 남겨진 수잔네는 오직 동경했던 남자가 그녀의 인생에 나타나지 않았다는 그 이유 때문에 단지 우연히 거기 있던 남자, 그러니까 나와 연대하게 된다. 거기에 덧붙여서 나를 더 힘들게 하는 것은 수잔네가 내게는 과분할 정도로 너무 아름답다는 것이다. 나는 정말로 아름다운 여자들을 만나면 생각하게 된다. 너는 그녀에게 너무 부족한 상대야, 라고. 그리고 다소 덜 예쁘고 덜 지적인 여자들과 가까이 있을 때에만 이런 생각이 든다. 그들은 너와 같아, 내가 그들에게 관심을 보이면 그들은 놀라지 않을 거야, 라고. 그럼에도 난 지금 걸어가면서 수잔네가 마주 오는 행인들과 자꾸 부딪치지 않게 배려해주고 있다. 수잔네는 내일 아침 일찍 지방법원에서 그녀의 사무실 사람들이 변호를 맡은 한 사건의 재판이 진행될 예정이라 오후에 그 재판 자료를 준비해놓아야 한다는 이야기를 하고 있다. 그녀의 목소리에는 경멸감이 약간 묻어 있다. 우리는 지금 햇볕을 정면으로 받으면서 걷고 있다. 수잔네는 자신의 핸드백에서 검은 선글라스를 꺼내 쓴다. 고통에 찬 그녀의 이야기가 내 마음을 강렬하게 사로잡는다. 그녀는 지금 정말로 과거의 성공에 대해 더이상 언급하기를 원치 않는 여배우처럼 보인다. 나는 수잔네가 사실은 오직 단 한 번의 계약을, 그것도 진짜 계약은 아니었다, 그런 계약을 했을 뿐이라는 사실을 생각해서는 안 된다. 그 당시 스물네 살이던 수잔네에게는 그녀와 마찬가지로 젊었던 애인이 한 명 있었다. 그는 실질적으로 직업이 없었지만 자신을 미래의 연극인으로 여겼다.

그는 자신이 받은 유산(그의 아버지는 치과의사였다)을 소극장을 세우는 데에 쏟아부었고 수잔네가 그 소극장 무대에 오를 수 있게 해주었다. 그녀의 애인은 그녀와 똑같은 아마추어였다. 현실의 이의 제기를 전혀 받지 않고 두 명의 아마추어는 전문가들처럼 무대 위에 오를 수 있었다. 하지만 2년 가량의 시간이 지난 후 현실은 이의를 제기했다. 애인의 재산은 낭진되었으며, 관객들은 충분하지 않았고, 극장은 문을 닫아야만 했다. 극장의 종말은 또한 수잔네가 영위하는 배우 생활의 종말이기도 했다. 하지만 지금 이 순간에는 그것이 진실과는 거리가 먼 이야기처럼 들린다. 수잔네는 빠른 걸음걸이로 그리고 깊은 우수에 젖어 걸어가고 있다. 그 모습을 보니 마치 그녀의 비애가 언제든 그녀에게 그녀의 이야기를 한 번 더 처음부터 다시 시작할 것을 요구할 수도 있을 것 같다. 하지만 이제, 수잔네는 변호사 사무실 문 앞에서 말한다. 이제 난 다시 현실로 돌아가! 그녀는 짧게 웃고는 돌아서서 사라져버렸다.

나는 장이 열리는 광장 방향으로 계속 걸어간다. 거기 라인 가 쪽으로 도축용으로 쓸 가축 판매대가 있다. 그곳 벤치에 앉아 난 뭘 해야 할지 생각할 것이다. 아마도 수잔네는 나를 평범하다고 생각해야 할지 아니면 중요하다고 생각해야 할지 자신도 잘 모를 것이다. 라인 가로 접어들기 바로 직전에 옛날 내게 피아노를 가르쳐주었던 쇼이어만 선생님이 내 쪽으로 걸어온다. 그가 걸음을 늦춘다. 아마도 나와 이야기를 나누고 싶은 것 같다. 하지만 난 그를 피하는 데 성공한다. 약 22년 전 쇼이어만은 내게 단 한 번 피아노 강습을 했다. 강습을 더 받을 수도 있었지만 첫 수업이 끝나고 난 니 자신이 너무 창피스러웠다. 그래서 피아노 수업을 안 받겠다고 선언해버렸다. 아마도 쇼이어만은 나 자신에게 너무 엄격해서는 안 되며 피아노 수업은 언제든지 다시 시작할 수 있다고 지금도 내게 말해주고 싶을 것이다. 라인 가에서 헤어 스프레이와 벤진, 구운 소시지 냄새, 담배 냄새 그리고 닭똥 냄새가 밀려온다. 땅바닥에 놓인 낮은 닭장들 안에서 버티고 있는 병아리들의 울음소리가 교통 소음 사이로 들려온다. 난 거위와 닭 판매대 근처의 한 벤치에 앉는다. 수잔네에게 중요한 사람이 되기에 난 부족함이 없을까. 이런 나의 민망한 생각을 쫓아줄 사람이 주위에 아무도 없다. 사실 그 문제에 대한 답은 간단하다. 즉 내 교육 수준으로 보자면 나는 중요한 사람일 수 있고 내 지위를 보자면 그렇지 않은 것이다. 진짜로 중요한 사람들이란 오직 자신들의 학식과 지위를 삶 속에서 서로 융화시켜나갈 수 있는 사람들이다. 단지 교육만 많이 받은 나 같은 아웃사이더들은 어디에 몸을 숨겨야 할지 아무도 말해주지 않는 현대판 거지에 불과하다. 어리석기 짝이 없는 내 생각을 끝내려고 나는 휠체어를 탄 어느 중년 여인을 관찰한다. 그녀는 뾰족하게 돌출된 천막 지붕 아래 자신의 휠체어를 세워놓고 거기에 앉은 채로 구운 소시지를 먹고 있다. 내가 그렇게 오랜 세월이 지난 지금 수잔네에게 가까이 다가가야 할지 말아야 할지를 고민하고 있다는 사실이, 그리고 이런 고민이 단지 수잔네의 점심시간에 가진 우연한 만남을 통해 유발되었다는 사실이 나를 당혹스럽게 만든다. 나는 수잔네의 젖가슴을 어린 시절부터 잘 알고 있다. 하지만 그 가슴을 난 수년간 보지 못했고 만지지 못했다. 아마도 그 때문에 난 그것을 잘 알고 있다고 더이상 자신할 수가 없다. 한 여인의 젖가슴을 '알고' 싶다는 생각 그 자체가 얼마나 기이한가! 이런 우습기만 한 상황들 한가운데에서 삶을 지속해 나갈 가치가 있다고 믿는 용기가 나한테서 사라진다. 나도 구운 소시지나 하나 먹는 게 좋을 것 같다. 배가 고프지는 않지만 구운 소시지를 하나 먹어치우는 사이 어쩌면 삶 전반의 총체적인 기이함을 표현해줄 수 있는 말이 떠오를지도 모른다. 자기 삶이 멈춰 있는 동안 작은 동물들을 관찰하는 사람이 나 하나만은 아니다. 찡그린 사람들의 얼굴에서 그들이 닭을 한 마리도 사지 않으리라는 것을 쉽게 알 수 있다. 사람들은 말없이 닭장 앞에서 꼼짝도 하지 않은 채 갑자기 모든 것을 해명해줄 수 있는 어떤 생각이 떠오르기를 바라고 있다. 30분 전부터 중년 여자 두 명이 내 옆 벤치에 앉아서 베란다 식물들과 비료 문제에 대해 이야기를 나누고 있다.

오직 담쟁이덩굴만 겨울에 강해, 한 여자가 말한다.

그건 그래, 다른 여자가 말한다. 하지만 우리 집 담쟁이덩굴은 너무 빨리 자라.

두 여자의 대화를 엿듣고 싶지 않아서 주위를 조금 돌아다닌다. 가금류 판매대에서 한 여자 농부가 닭장 창살마다 토마토를 한두 개씩 밀어넣으면 닭장 안쪽에 있는 동물들이 그 토마토를 재빨리 쪼아 먹는다. 겨울에 강하다는 말이 갑자기 내 의식 속에서 다시 살아난다. 나 자신도 겨울에 강한지 자문해본다. 그 반대로, 난 그렇지 못하다. 겨울에 대한 내성이 내겐 늘 너무 부족했다. 게다가 난 여름에도 강하지 않다! 난 여자가 없을 때보다는 여자와 **함께 있을 때** 겨울에 좀더 강해진다/강한 것 같다. 우연히 귀에 흘러 들어온 겨울에 강하다라는 말이 과연 내가 수잔네에게 새로이 관심을 기울이게 되는 네에 결정적인 계기가 되어줄까? 삶 전반의 총체적인 기이함이라는 말이 또다시 내 의식을 파고든다. 살짝 빗방울이 떨어지기 시작한다. 나는 장애인 여인이 아직도 휠체어를 세워놓은 천막 지붕 아래로 가서 섰다. 그녀는 그사이 자신의 구운 소시지를 다 먹어버렸다. 그녀는 계속해서 떨고 있는 한 수탉의 볏을 미동도 하지 않고 관찰한다. 그리고 나서는 자신의 핸드백을 열어 비닐 포장지를 꺼낸다. 그녀는 그것을 펼쳐서 자신의 몸을 비닐로 완전히 감싼다. 그녀는 빗방울이 매우 약하다는 사실에 전혀 개의치 않고 너무나 열심히 빗방울로부터 자신의 몸을 보호한다. 마지막으로 그녀는 비닐 모자를 머리에 뒤집어쓰고는 휠체어의 전동 모터를 켠다. 그녀는, 아주 큰 형상의 덩어리는 벌써 윙윙 소리를 내며 가고 있다. 그녀의 모습이 시야에서 사라질 때까지 계속 바라본다. 그런 다음 나도 집으로 간다. 하베당크에게 줄 평가서를 시급히 써야 한다. 왠지 오늘 오후엔 그것을 다 끝낼 것 같은 느낌이 든다. 심지어 집으로 돌아가는 것이 기쁘기까지 하다. 이런 느낌은 아주 오랜만이다. 그리고 지금처럼만 기분좋을 만큼 적당히 피곤하다면, 난 더이상 내 삶에 의혹을 품지 않을 수 있다.

6

아침식사를 마치자마자 난 천가방 두 개를 들고 집을 나선다. 가방 속에는 내가 시험하기 위해 신었던 신발이 세 켤레씩 들어 있고 그 밖에도 왼쪽 가방에는 두 쪽에서 두 쪽 반 정도의 분량으로 작성된 평가서 여섯 통이 들어 있다. 따뜻하고 눈부실 정도로 아주 밝은 여름 아침이다. 제비들이 집의 벽을 수직으로 날아오르고는 옆으로 방향을 틀어 지붕 위로 날아가거나 푸른 하늘 위로 계속 날아오른다. 새들을 따라 할 수 없다면 발길을 멈추고 새들이 날아가는 모습이라도 계속 바라보고 싶다. 하지만 약속이 있다. 열시에 하베당크와 만나기로 했다. 에버트 광장에서 난 7번 교외선을 타고 홀렌슈타인까지 간다. 기차역에서 멀지 않은 곳에 바이스훈 수제화 공장이 있다. 영업소에서 하베당크를 만나 구두와 평가서를 제출할 것이다. 그외 45분 정도 잡담을 나누게 될 것이다. 우선 20분간은 내가 시험한 신발들에 관해서 그리고 나머지 시간은 장난감 전기기차에 관해서 말이다. 그러고 나면 하베당크는 서너 켤레의 새 구두를 내게 건네주고, 난 집으로 돌아올 것이다. 수년간 되풀이된 이런 일정이 내게는 이미 친숙함에도 매번 신경이 다소 날카로워지는 것을 느낀다. 그것은 집에만 있을 때보다 밖에 나갔을 때 좀더 분명히 느껴지는 내 자만심 때문이다. 이 자만심을 난 우리 어머니로부터 물려받았다. 어머니처럼 나 역시 한평생 세상을 바라본다는 것이 무가치한 일이라고 믿고 있다. 예전엔 자만심이 미친 갖가지 영향에 맞서 싸우기도 했지만 요즘은 더이상 그렇게 하지 않는다. 하베당크와 함께 있을 때면 당연히 특히 더 애를 써야만 한다. 이 자만심에 대해 그가 절대로 눈치채서는 안 된다. 그는 나도 그와 마찬가지로 취미로 장난감 전기기차에 관심을 갖고 있다고 믿고 있고, 자신과 마찬가지로 나 또한 무엇보다 트릭스와 플라이슈만의 초기 제품들에 관한 전문잡지를 지금까지도 읽고 있다고 믿고 있다. 내가 오직 그를 위해 어린 시절 이후로 기억 속에 묻혀 있던 지식을 매번 반복해서 끄집어내고 있다는 것을 그는 알지 못한다. 아마도 하베당크는 내게 지루한 이야기를 해대고, 난 노련하게 그것에 관심 있는 척 주의깊게 듣게 될 것이다. 3주 전에 그는 내게 자신의 휴가 마지막 부분을 이야기하는 데에 거의 10분이나 썼다. 그는 이탈리아에서 독일로 차를 몰고 오면서 줄곧 벤진이 바닥나리라는 생각을 해야만 했다. 하지만 그럼에도 아무 일 없이 자신의 집 현관 앞까지 도착했다. 그게 이야기의 전부였다/전부다. 나는 10분간 그의 책상 앞에서 꼼짝 않고 앉아 있었다. 그리고 하베당크가 이야기를 끝내면서 다음과 같이 외쳐댔을 때 난 행복해서 웃음을 지었다. 기름이 충분했어요! 한번 생각해봐요! 기름이 충분했다고요! 내 자만심은 거의 지속적인 순종과 혐오감의 충돌로 이루어진 것이다. 두 힘의 세기는 거의 막상막하다. 한편에선 순종이 다음과 같이 내게 경고한다. 너의 이웃이 전하는 그 어리석은 이야기들을 너는 들어야만 해! 그와 동시에 혐오감이 빈정거리면서 나를 자극한다. 지금 도망치지 않으면 넌 너의 이웃들이 뿜어내는 악취 속에서 파멸할 거야! 파렴치한 것은 그런 충돌들이 절대 하나의 결말을 내지 못한다는 것이다. 충돌만 항상 반복될 뿐이다. 하베당크의 사무실에 가까워지면 난 그런 충돌이 반복되는 상태가 된다. 만반의 준비가 되어 있다고 믿으면서 동시에 마음속으로는 그러한 착각에 웃지 않을 수도 없다. 하베당크와 구매를 담당하는 오파우는 사무실을 금연 구역으로 만들려던 계획을 관철시켰다. 그래서 판매 담당 직원으로 아직도 흡연을 하는 피셰디크 부인은 사무실 밖에서 왔다갔다하며 담배를 피우고 있다. 그녀가 히죽 웃으며 팔을 높이 쳐들어 내게 손짓을 한다. 피셰디크 부인이 나와 하베당크가 이야기하는 자리에 함께하기를 원한다는 게 느껴진다. 그녀는 피우던 담배를 비벼 끄고는 곧장 내 뒤를 따라 사무실로 들어온다.

하베당크는 검은색의 긴 책상에 앉아 있다가 나를 보자 자리에서 일어선다.

아하! 구두 시험계의 달인! 하고 그가 외친다.

나의 자만심이 살짝 미소 짓는다. 나는 부드러운 회색 양탄자가 깔려 있는 바닥 위를 걷는다. 벽면을 따라 은은한 간접 조명이 설치되어 있다. 창문에는 블라인드가 내려져 있고 은은한 불빛이 비친다. 왼쪽에는 오파우 씨의 책상, 오른쪽에는 피셰디크 부인의 책상, 그리고 정중앙에는 하베당크의 책상이 놓여 있다. 하베당크가 자신의 재킷 단추를 끄른다. 그의 셔츠 앞부분에 손바닥 크기만 한 핏자국이 보인다. 나는 하베당크를 응시하고, 하베당크는 나를 응시한다.

유감스럽게도 총을 맞았습니다, 하베당크가 말한다.

누구한테요? 나는 묻는다.

해고당한 구두 테스터한테.

저런, 나는 말한다.

하베당크 씨, 하베당크 씨, 피셰디크 부인이 말한다.

피바다에 대해 어떻게 생각하시나요?라고 하베당크는 묻고서 자신의 회전의자에 주저앉는다.

그가 하는 말 믿지 마세요! 피셰디크 부인이 말한다.

하베당크 씨는 충분히 자연사할 자격이 있는 사람이죠, 오파우 씨는 말한다.

마지막 말이 마음에 든다. 방문객용 의자에 앉은 나는 하베당크의 책상 위에 내 평가서를 올려놓는다.

셔츠 주머니에서 사인펜 잉크가 새어버렸을 뿐입니다, 하베당크는 말한다.

나는 아무 말도 덧붙이지 않는다. 하베당크는 평가서를 대충 훑어본다. 나는 가방에서 대다리공법의 풀브로그 구두 한 켤레와 말가죽 구두를 꺼내서 왜 내가 그것들을 이번에 시험한 구두 중 최고의 신발로 생각하는지를 장황하게 설명한다. 하베당크, 오파우 그리고 피셰디크 부인은 내 말에 귀를 기울인다. 구두에 관한 내 이야기가 재미있

나보군 하고 난 착각한다. 내가 마치 또다른 나의 신체 부위에 대해 말하듯 구두에 관해 이야기하는 것은 우연이 아닐 것이다. 나처럼 자신의 동의 없이 살아가야만 하는 사람은 탈출할 수밖에 없는 여러 이유 때문에 많은 시간을 밖에서 보내게 되고, 그 때문에 구두를 매우 중요하게 여기게 되는 것이다. 구두는 나에게 가장 소중한 것입니다 하고 말할 수도 있지만 그 말을 머릿속으로만 생각하고 만다. 흠이 있어 보이는 다른 구두들에 대해서는 짤막하게만 이야기한다. 내용은 다음과 같이 매번 동일하다. 그것들은 너무 꽉 조이고 너무 딱딱하게 처리되었다. 잘못된 곳에 박음질선이 있다. 멋을 위해 편안함을 희생시켰다. 내가 구두에 관해 이야기하는 동안 하베당크는 그것들을 손으로 만져본다. 아주 잠시 내 일이 중요하고 의미 있다는 인상을 받는다. 이 일 말고는 (다른 사람들의 느낌을 대신해서) 한 개인의 느낌이 그처럼 중요한 역할을 하는 일을 알지 못한다. 내 설명이 끝나자 하베당크는 자신의 책상 서랍에서 수표책을 꺼낸다. 바이스훈 회사는 내게 평가서 하나당 2백 마르크를 지불한다. 이는 곧 하베당크가 내게 1,200마르크 수표 한 장을 내민다는 말이다. 그러고 나서는 뒤쪽으로 손을 뻗어 새 구두 네 켤레를 책상 위에 올려놓는다. 나는 구두 모양만 보고도 이미 어떤 재단사의 솜씨로 만들어진 것인지를 알 수 있다. 그 구두들을 내 천가방 속에 차곡차곡 쌓아 담는다. 이제 몇 초만 있으면 하베당크는 내게 커피 한잔 하자고 청할 것이다. 그러면 우리는 50년대 장난감 전기기차에 내해 이야기를 나누게 될 것이다.

유감스럽게도 회사가 긴축재정에 들어갑니다. 그가 말한다.

할 말이 떠오르지 않아 그가 다음 말을 하기를 기다린다.

그러니까 제가 하고자 하는 말은, 하베당크는 말한다, 앞으로는 당신에게 적재 단위당, 다시 말해 구두 한 켤레당 50마르크밖에는 지불할 수가 없다는 겁니다.

그건 너무 심합니다, 나는 말한다.

상황이 변했습니다.

그렇게 갑자기요?

그렇습니다, 하베당크는 말한다, 우리에게 막강한 경쟁 상대가 생겼습니다. 고급화가 대세라는 것을 다른 사람들도 눈치챈 거죠.

아 그렇군요, 나는 말한다.

그 대신 당신이 시험한 구두를 가지셔도 좋습니다, 하베당크는 말한다.

사무실 안은 이제 정적이 감돈다. 불현듯 왜 피세디크 부인과 오파우 씨가 내내 사무실을 떠나지 않고 있었는지 이해되었다. 그들은 하베당크가 어떻게 말하는지 듣고 싶었던 것이다. 아니, 그들은 내가 그런 강등을 어떻게 받아들이는지 보고 싶었던 것이다. 하지만 볼거리는 없다. 단지 하베당크가 원래 하고 싶었던 말이 혹시 나더러 자진해서 일을 그만두라는 뜻은 아닐까 생각해볼 뿐이다. 하지만 그렇다면 왜 그는 내게 나중에 새 구두 네 켤레를 건넸던 걸까? 이후로도 사람들이 내가 하는 일을 중요하게 생각하리라는 것은 확실해 보인다. 물론 구두 증정을 제외한다면 예전의 4분의 1 가격으로 말이다. 하지만 그렇게 많은 새 구두를 가지고 내가 무얼 한단 말인가? 난 그것들을 수집하든지 아니면 선물로 줘야만 할 것이다.

유감스럽게 생각합니다, 하베당크는 말한다, 제가 사례금을 삭감하기로 결정한 것은 아닙니다. 전 다만 그것을 당신에게 알려드리기만 할 뿐입니다.

나는 고개를 끄덕인다. 정확히 말하면 난 사실 놀라지 않았다. 그것은 내가 내면의 동의 없이 살고 있다는 느낌을 갖게 하는 데 한몫을 했던 바로 그런 상황들 중 하나다. 그런 종류의 상황을 이미 자주 겪었고, 그런 상황들을 겪고 난 이후에 내가 자주 생각했고 지금 이 순간에도 다시 생각하게 될지 모를 말들을 또다시 되풀이하고 싶은 생각도 없다. 불행은 지루하다. 하베당크가 매점에서 커피를 마시자고 말을 건넬지 몰라 기다려본다. 오늘은 그 요구가 없다. 추측건대 내 상황에 대한 약간의 이해심이 작용한 것이리라. 하베당크는 셀로판지 한 장을 구겨서 책상 위에 놓는다. 구겨진 셀로판지 뭉치가 바스락 소리를 내며 천천히 다시 펴진다. 바스락거리는 소리에 귀를 기울이고 싶어지려는 순간 자리에서 일어나 하베당크에게 이렇게 말한다. 3주 후쯤 새 평가서를 보내드리겠습니다.

1분 후 난 집에 가려고 기차를 기다린다. 감자튀김을 파는 노점에서 어떤 장애인이 맥주 캔 하나를 산다. 그 남자는 팔이 없는 대신 어깨 바로 밑에 손이 자라 있다. 내 옆으로 네 발짝 떨어진 곳에서는 까마귀 두 마리가 쓰레기로 가득 찬 비닐자루를 부리로 쪼아 구멍을 내고 있다. 장애인 남자가 오른쪽 어깨손(혹은 손어깨라고 부르는 편이 나을까?)을 가지고 맥주 캔을 목 쪽에 대고 누르면서 이로 캔을 딴다. 까마귀들은 비닐자루를 풀어 헤쳤다. 그러자마자 오렌지 껍질, 요구르트 통 그리고 피자 박스들이 승강장 위를 이리저리 뒹군다. 공공연한 불행은 혐오스럽다. 그것은 내가 공포심을 갖고 있다는 빌미이기도 하다. 온 세상이 다 쇠락하는 일이 있을까 아니면 그런 일은 없을까? 그 두 가지 가능성을 뒷받침해주는 무수히 많은 근거를 본다. 쓰레기를 응시하다가 결론을 내린다. 온 세상이 다 쇠락하는 일이 있다고. 나는 살아 있는 모든 것들이 자신의 고통을 고백하게 될 그날을 기다린다. 한 아기 엄마가 유모차를 끌고 승강장에 나타난다. 아이는 작은 송곳니로 풍선을 계속 물어댄다. 이가 풍선에서 미끄러질 때면 뽀드득거리는 소리가 난다. 몇 년 전만 해도 이 소리를 참을 수 없었다. 그때 교외선 7번이 소리를 내며 다가온다. 유모차를 끄는 아기 엄마를 위해 기차 문을 열어준다. 어떻게 이와 고무의 마찰 소리에 아무렇지도 않을 수 있는지는 잘 모르겠다. 나는 거기서 희망의 징표를 본다. 언젠가는 저절로 없어지고 마는 장애물도 분명히 존재하는 것이다. 이는 곧 내가 내면의 동의와 **함께** 살아갈 수 있는 날이 가까워진다는 것을 의미할 수도 있다. 나는 내가 내린 결론을 철회하고 새로운 결론을 내린다. 온 세상이 다 쇠락하는 일은 없다고. 아이 엄마에게 풍선이 터질 경우 아이가 놀랄 것이라고 말해줄 엄두가 나지 않는다. 그것은 농담과 경고가 **동시에** 담긴 말이어야 할 것이다. 하지만 농담과 경고를 세련되게 결합시키면서도 동시에 불안을 감춰줄 아무런 말도 찾지 못한다. 어제 저녁 잠들기 바로 직전 침대 위에서 이미 내 지갑 속에 기차표 두 장이 들어 있다는 것을 알고 있었고, 지금 그중 두번째 표를 꺼내서 자동 개찰기 속에 넣는다. 그렇게 세심한 행동에 큰 불행이 숨어 있었다니! 아마도 바이스훈 회사의 일을 그만두지 않을 수 없을 것이다. 예전 사례금의 4분의 1만 받고 일을 한다는 것은 심지어 나같이 참을성 많은 사람에게도 너무 큰 굴욕이다. 아마도 하베당크를 만날 일은 더이상 없을지도 모른다. 그가 준 구두 네 켤레를 평소처럼 시험해서 평가서와 함께 소포로 보낼 것이다. 에버트 광장에서 내려 왼쪽 굿로이트 가로 재빨리 사라져버리려 한다. 그때 레기네가 맞은편에서 다가온다. 그녀는 나와 악수를 하고 내 뺨에 키스를 한다. 나보다 약간 어릴 뿐인데도 매우 젊어 보이는 레기네의 모습에 나는 놀라워한다. 요즘 뭐 하고 지내냐고 묻는 그녀의 말에, 직접적인 답변을 회피한다. 그것을 그녀는 금방 알아챈다.

내 앞에선 애써 감출 필요 없어, 그녀는 말한다.

알았어, 나는 말한다.

그런데도 너 무슨 일 하고 있는지 내게 말해주지 않을 거지?

나 방금 전에 일자리를 잃었어, 나는 말한다.

저런, 레기네는 말한다.

몇 년 전 인터뷰 진행자로 일하던 시절 우리는 한동안 함께 일을 했다. 어느 오후, 처음엔 그녀가 휴대용 휴지에 대해 나와 한 시간 동안 인터뷰했고, 그다음엔 내가 플라스틱 가방에 대해 그녀와 인터뷰하던 때가 기억난다. 에이전시는 유감스럽게도 단독 인터뷰를 없애고 그것을 길거리 인터뷰로 대체해버렸다. 그때부터 우리는 백화점, 관청 그리고 학교 앞에 서 있다가 조세 정책과 텔레비전 방송잡지들에 대해 사람들과 인터뷰를 해야 했다. 우리 두 사람은 그 일을 원치 않았다. 그래서 우리는 각자 다른 길을 가게 되었던 것이다.

요즘 일해? 나는 묻는다.

호스피스 과정을 밟고 있어, 레기네는 말한다.

오호 하고 말하면서 약간 웃지 않을 수 없다.

그건 중요한 일이야, 레기네는 말한다.

그런 과정에서 무엇을 배우는지 묻고 싶었지만 물어볼 용기가 나지 않는다.

그런데, 그 대신 난 묻는다, 할 만은 해?

최근에 처음으로 아흔한 살의 노인을 돌보는 일을 할 뻔했는데, 그녀가 30분 만에 나를 내쫓아버렸어.

그 순간 우리 두 사람은 서로 딴 곳을 쳐다보며 웃는다.

그녀에게는 네가 죽음의 화신처럼 보였을지 모르지, 나는 말한다.

그런 걸 난 이제껏 본 적이 없어.

죽어가는 사람은 살아가는 사람들에게 상처를 받게 돼 있어, 나는 말한다.

너 마치, 레기네는 말한다, 한번 죽어본 사람처럼 말하는구나.

물론이지, 나는 말한다, 자주 죽어봤지. 넌 아냐?

우리는 웃는다. 하지만 레기네가 내 마지막 말을 이해했는지는 잘 모르겠다. 그녀는 내게 손을 내밀고 작별을 고한다.

전화 좀 해, 가면서 그녀가 말한다.

난 호스피스가 필요 없어. 멀어져가는 그녀의 뒤에 대고 이렇게 외치고 싶다. 하지만 마지막 순간에 그 말을 참는다.

잠시 후 레기네와 내가 언젠가 한번 **함께** 죽은 적이 있었다는 생각이 떠오른다. 처음엔 내가 휴가와 장거리 여행에 대해 그녀와 인터뷰했고, 그다음엔 그녀가 통조림과 인스턴트 식품들에 대해 나와 인터뷰했다. 그러고 나자 우리는 녹초가 되어 양탄자가 깔린 그녀의 방바닥에 누워버렸다. 우리는 포도주 반병을 마시고 눈이 저절로 감길 때까지 헛소리를 했다. 잠에서 깬 후 우리는 옷을 벗었고 사랑을 나누었다. 그러고 나서 기묘한 일이 일어났다. 레기네가 내 옆에 누워서 자신의 벌거벗은 상체를 관찰하는 것이 아닌가. 그녀가 말이 없어지고 침울해졌다는 사실을 한동안은 눈치채지 못했다. 그녀가 내게 자신의 젖가슴을 좀 봐달라고 했다. 어차피 내내 그것을 보고 있었는걸. 나는 그렇게 대답했던 것 같다. 하지만 충분할 정도로 꼼꼼히 보지는 않았어 하고 그녀가 말했다. 뭘 말하고 싶은 건데? 나는 물었다. 내 젖꼭지가 더이상 꼿꼿이 서지 않는다는 걸 느꼈어? 레기네의 젖꼭지는 크고 길었고 그녀는 그것에 자부심을 가지고 있었다. 에로틱한 상황에서 젖꼭지가 꼿꼿이 서는 것은 항상 자신의 활력을 보여주는 증거였다. 하지만 그때 그것들은 옆으로 약간 구부러져 있거나 아래로 처져 있었다. 아니 납작하게 눌려 속으로 들어가 있었다. 그런 변화를 느끼기는 했지만 대수롭게 여기지 않았다. 단지 레기네가 육체적으로 불안해하고 있구나 하는 생각이 차츰 들었을 뿐이다. 후에 난 그녀에게 젖꼭지를 너무 과대평가하지 말아야 한다는 말도 했다. 바로 그 순간 우리는 함께 입을 다물었고, 그러고 나서 커플로서 함께 죽었다.

집에 온 나는 창문을 활짝 열고 바닥에 드러누워 텔레비전을 켠다. 우연히 갈라파고스 제도에 사는 푸른 발 부비새에 대한 영화를 보게 된다. 푸른 발에 흰 깃털을 가진 큰 새다. 거위와 닮은 새들은 뒤뚱뒤뚱 움직인다. 갈라파고스 제도에서 이 새들은 이상적인 부화 장소를 발견합니다. 내레이터가 말한다. 새들은 땅바닥에 둥지를 틀고, 둥지 주위의 바닷물은 깨끗하고 물고기로 가득하다. 그 새들은 날기 위해서 도움닫기를 길게 해야 하며, 그럴 때 커다란 몸을 우둔하게 움직이기 때문에 부비새라고 불린다. 푸른 발 부비새가 마음에 든다. 지금 이 순간 난 정말로 한 마리 부비새가 되고 싶다. 그러면 텔레비전에서는 나도 부비새라고 불리겠지만 상관없을 것 같다. 푸른 발 부비새가 된다면 더이상 말과 말의 의미에 대해 아무것도 모를 테니 말이다. 이 동물들의 몸이 하얘서 너무나 아름답고 조그맣고 피부가 하얀 마르고트의 육체가 떠올랐는지 모른다. 어쩌면 레기네와 만난 것이 갑자기 여자에 대한 욕구를 느끼게 만들었는지도 모른다. 텔레비전을 끈다. 셔츠 단추가 떨어져 나가 방바닥을 잠시 굴러간다. 단추가 뒤집혀 멈출 때까지 단추가 굴러가는 모습을 계속 쳐다본다. 벽을 통해 옆집 아이들이 서로 개새끼, 미친년이라고 말하는 소리가 들린다. 다시 말하자면, 그들은 방에서 소리소리 지르고 미친 듯이 이리저리 날뛰면서 개새끼와 미친년이라는 단어를 서로 외쳐대고 있다. 리자의 속을 썩였던 아이들이 저렇게 행동했을 게 틀림없다. 리자에게 전화를 걸어 어떻게 지내냐고 묻고 싶지만, 레나테가 전화를 받아 어쩔 수 없이 그녀와 얘기를 나누어야 하는 상황이 벌어지는 게 싫다. 옆집에서 개새끼, 개새끼 하고 외치는 소리를 미동도 하지 않은 채 듣는다. 하베당크가 준 새 구두 가운데에는 내 능력으로는 살 수 없는 로퍼 한 켤레가 들어 있다. 진짜 염소가죽으로 만든 대다리공법의 구두다. 구두의 착용감은 더할 나위 없이 좋다. 오후 세시가 막 넘었다. 아마도 마르고트는 이제 손님이 없어 중간 세면대 위에 접시를 올려놓고 수프를 먹고 있을 것이다. 고양이는 왼쪽 세면대 위에 누워 잠을 잘 것이다. 집을 나와 마르고트에게로 간다. 아마도 그녀는 나와 그렇게 빨리 재회하게 되어 깜짝 놀랄 것이다. 사과를 먹으며 걸어가는 한 일본 여자의 뒤를 따라 걷는다. 조그만 사과는 역시나 조그만 일본 여자의 손에 잘 어울리고, 입이라고 하기엔 너무나 조그만 그녀의 입에 잘 어울린다. 아주 잠깐 사이에 사과를 다 먹은 일본 여자는 조그만 손에 사과 고갱이를 쥔다. 아니 사과심인가? 착각하는 것이 아니라면 어린 시절엔 사과심이라고 말했고, 나중에는 항상 사과 고갱이라고 말했다. 아니면 ㄱ 반대였니? 왜 사과심에서 사과 고갱이로 넘어갔을까? 지금 생각해보면 꼭 그럴 이유도 없었는데. 일본 여자는 사과 고갱이를 휴지로 싼다. 난 왼쪽으로 꺾어야 했지만 일본 여자가 사과 고갱이(사과심)를 어떻게 할지 보고 싶어 할 일 없이 거리를 배회하는 사람처럼 굴면서 주위를 둘러본다. 낯선 것 앞에서 갖는 이상한 경외심! 일본 여자는 용기를 내어 사과심(사과 고갱이)을 그냥 길거리에 버리거나 혹은 어느 집 앞뜰에 던져버리지 못한다. 그녀는 가방에 사과 찌꺼기를 담는다. 그 가방도 역시나 사과 고갱이 미니백이라고 부를 수 있을 정도로 아주 작다. 마르고트의 미용실까지는 겨우 몇 걸음만 남겨놓은 상태다. 무릎에서 약하게 경련이 이는 것으로 보아 흥분했음이 분명하다. 마르고트의 미용실 진열창에는 세 개의 네온등이 모두 켜져 있다. 그때 마르고트의 미용실 문이 열리면서 힘멜스바흐가 걸어 나온다. 일어나서는 안 되는 일이다. 힘멜스바흐가 오른쪽으로 걸어가는 바람에 나를 보지 못한다. 이제는 마르고트에게 갈 수 없다는 것이 일순간 분명해진다. 아마 다시는 마르고트에게 갈 수 없을 것이다. 힘멜스바흐가 머리를 잘랐는지 안 잘랐는지 눈으로 확인해볼 길이 없다. 한동안 나지막이 그리고 공연히 과묵한 삶에 욕을 해댄다. 그러나 다음번 길모퉁이에서 떠오른 생각은 만약 그런 과묵함이 없었다면 나 자신도 이미 오래전에 죽은 몸이 되었으리라는 것이다. 이런 나 자신의 모순 속에서 잠시나마 난 내 광기가 어떤 식으로 짜여졌는지 알게 된다. 난 생각한다. 어느 날 네가 미쳐버리면 그땐 영원히 벌어졌다 닫혔다 하는 저 가위가 너를 잘라내버린 것이라고. 힘멜스바흐는 테가 넓은 검은색 중절모를 쓰고 있다. 저렇게 우스꽝스러운 예술가들의 꼬락서니라니! 유감스럽게도 질투가 난다. 그것도 길거리에서 말이다. 동시에 힘멜스바흐가 딱하게 느껴진다. 지난번 보았을 때보다 그의 상황이 훨씬 더 나빠진 듯하다. 한동안 아무 계획 없이 힘멜스바흐의 뒤를 따라간다. 어쩌면 그가 한 번쯤 모자를 벗을지도 모르고 그렇게 되면 난 모든 것을 알 수 있을 테니. 어떤 일이 있어도 그가 나를 봐서는 안 된다. 난 그와 애기하고 싶지 않다. 내가 그와 마르고트에 대해 깊이 생각하고 있다는 사실을 그가 알아채서는 안 된다. 가장 좋은 것은 힘멜스바흐가 어딘가에 앉아서 모자를 벗고 약간이나마 이런저런 생각에 빠지는 것이다. 하지만 힘멜스바흐는 쉬지도 않고 생각에 잠기지도 않는다. 그건 내 습관이지 그의 습관은 아니다. 그는 바지를 빌려 입은 것 같다. 힘멜스바흐는 재킷 주머니에 손을 넣어 해바라기씨 몇 알을 꺼낸다. 그는 한 알씩 앞니로 깨부순 다음 손톱으로 까서 부드러운 씨를 꺼낸다. 유감스럽지만 마르고트가 기회 있을 때마다 몸을 팔아 돈을 버는 여자인가 자문해본다. 하지만 어려운 문제들에 대해 깊이 생각해보고 싶은 마음은 없다. 살아오면서 난 이미 너무나 많은 생각들을 해왔고, 이제는 생각을 하기엔 내가 너무 늙어버렸다고 느끼고 있다. 생각을 딴 데로 돌려줄 무언가를 찾는다. 강가 풀밭이라도 이리저리 쏘다니면서 때때로 나무를 올려다보고 나뭇잎 사이에서 반짝거리는 햇빛을 관찰했으면 좋겠다. 하지만 지금 강가 풀밭이 바로 달려갈 수 있는 거리에 있지 않으니 익숙한 교외의 길거리로 만족해야만 한다. 하지만 이리저리 걸어다니는 동안만은 삶이 살 만하다는 그런 생각을 해서는 절대 안 된다. 힘멜스바흐가 걷는 모습에서는 그가 방금 섹스를 했는지 안 했는지 그 여부는 알아낼 수가 없다. 나 자신을 잠시 두 개체로 분열시키려고 해본다. 오늘 일자리와 아내를 잃고 정처없이 이리저리 걸어다니는 맨정신의 남자와 망상에 빠져 그런 일들에 대해 아무것도 알고 싶어 하지 않는 몽상가로 말이다. 이렇게 시도한 결과 적어도 한동안은 성공적으로 분열된다. 보리수꽃의 향기가 강렬하게 느껴진다. 이곳 어딘가에 보리수꽃이 있는 것이 틀림없다. 그리고 얼마 안 있어 주차된 두 대의 자동차 사이로 사팔뜨기 개 한 마리가 나온다. 예전엔 사팔뜨기 개가 있다는 사실을 몰랐다. 개가 내 옆을 느릿느릿 지나가고, 난 사팔뜨기 사람들의 눈을 쳐다보지 못하듯 그 개의 눈도 쳐다볼 수가 없다. 내 기분을 전환시켜 준 개에게 진심으로 감사한다. 그와 똑같은 이유로 어느 여교사에게도 감사한다. 그녀는 열두서너 명의 학생들을 데리고 전차 정류장에서 있다. 갑자기 여교사가 이렇게 아이들에게 말한다. 사람들이 서 있을 자리를 너무 많이 차지하지 말고, 공간 절약적으로 서 있어라! 그 말을 듣자 곧장 그녀에게 반감이 생긴다. 오랫동안 느껴보지 못했던 분노가 안에서 치민다. 공간 절약적으로 서 있어라, 나는 혼자 중얼거려본다. 이런 말들루 불행은 시작된다. 여교사는 아이들을 마치 필요에 따라 이곳저곳에 세워둘 수 있는 파라솔이나 접이식 의자처럼 취급하고 있다. 이러니 인간들이 어렸을 때부터 삶에 대한 동의를 거부하는 것이 어디 놀랄 만한 일이겠는가? 곧 내 의식의 분열현상이 다시 약해진다. 거부했던 체험들이 조금씩 의식 속에서 되살아난다. 내 걸음걸이는 이제 비애와 경직의 기묘한 상호작용이나 다름없다. 마르고트를 다시 볼 수 없게 된다는 것이 고통스러운 일임을 시인한다. 그녀에게 욕을 해보지만 그렇다고 기분이 더 나아지지는 않는다. 사랑스러운 마르고트, 하필이면 힘멜스바흐 때문에 내게 상처를 주어야만 했니? 열여섯 살 때 알고 있던 간호사와 비서 그리고 미용사들에 관한 이런 속언 하나가 기억난다. 멍청하면 섹스를 잘한다. 그 속언은 내가 만든 것이 아니다. 다만 남이 한 말을 따라 했을 뿐이다. 간호사나 비서, 미용사들에 대해서든 그 외의 다른 여자들에 대해서든 그 당시에는 전혀 아는 바가 없었다. 그런 속언을 떠올리게 된 것을 나에게서 분열된 도플갱어 탓으로 돌려보려 해보지만 유감스럽게도 별 효과가 없다. 그런 속언에 탄식하는 사람은 그 누구도 아닌 바로 나다. 마음 같아서는 곧장 마르고트에게 달려가 열여섯 살 때 내가 정말 얼마나 단순했는지 확실히 말해주고 싶다. 아무튼 정신을 차릴 수 없는 극히 혼란한 상태에서 힘멜스바흐를 시야에서 놓쳐버렸다. 지금 막 내 몸을 파고드는 이런 기분도 내 삶의 일부인지 아닌지 자문해본다. 생각에 빠져 있는 데다가 기운도 거의 없던 탓에 주차된 자동차에 오른쪽 무릎이 부딪히고 만다. 내 앞을 걸어가면서 초콜릿을 그냥 초코라고 말하는 아이 두 명이 신경을 건드린다. 가만히 서 있지 말고 아이들에게 초콜릿이라고 말해야 한다고 지적을 해주었으면 좋겠다. 이런 게 광기의 시작일까? 하지만 한탄도 경고도 하고 싶지가 않다. 한탄과 경고는 인류의 95퍼센트가 즐겨 하는 일이다. 하지만 내 자만심은

이 일을 허락하지 않는다. 다만 잠시 내가 받은 하루 동안의 형벌을 말로 표현해내고 난 뒤 계속 삶을 살아가고 싶을 뿐이다. 아니, 내가 벗어나고 싶은 것은 지옥의 형벌이 아니라 이 하루의 기이함이다. 어떻게 단 몇 차례 만났을 뿐이고 아는 것이라고는 그녀의 이름밖에 없는데 그런 미용사가 그리워지고, 거의 망가져버린 사진작가에게 질투를 하고. 어차피 생계를 책임져주지 못하던 일자리를 잃었다고 슬퍼할 수가 있는가? 그리고 어떻게 그 모든 일이 하루에 일어날 수가 있단 말인가? 이런 기이한 인상을 받고 집으로 돌아가서는 안 될 것 같다는 생각이 든다. 나는 나무 벤치에 앉아 옆에 있는 관목덤불을 바라본다. 오직 참고 견디는 자신의 인내만을 보여주는 관목덤불이 무척이나 마음에 든다. 나도 저 관목덤불처럼 그렇게 살고 싶다. 그것은 매일 저 자리에 있고, 도망치지 않고 저항하며, 한탄하지 않고 말이 없으며, 아무것도 필요로 하지 않고 강하다. 재킷을 벗어 저 관목덤불 속으로 높이 던져버리고 싶다는 욕망을 느낀다. 어쩌면 그런 방식으로 난 관목덤불의 인내력을 함께 나누게 될지도 모르지 않는가. 관목덤불이라는 단어가 벌써 나에게 깊은 인상을 준다. 그것은 어쩌면 내가 오래전부터 찾고 있던, 모든 삶의 총체적인 기이함을 표현해줄 바로 그 단어일지도 모르겠다. 관목덤불은 내가 별로 애쓰지 않아도 내 고통을 표현해준다. 먼지로 뒤덮여 엉켜 있는 관목덤불의 잎을 바라본다. 잎에는 새똥들이 묻어 있거나 말라 굳어버렸다. 아이들이 꺾고 잡아 뜯어도 기죽지 않은 수많은 가지를, 그리고 관목 뿌리 주위에 모여 있지만 아무런 해도 입히지 않는 불쾌한 쓰레기를 바라본다. 언젠가 기이함의 느낌이 너무 강해지면 난 이곳으로 와서 내 재킷을 덤불

속으로 던져버릴 것이다. 재킷이 징표처럼 가지 사이에 놓여 있는 모습을 보고 싶다. 그 장면이 의미하는 바는 아주 분명할 것이나 누구도 그 의미를 깨닫지는 못할 것이다. 언제든 내가 원하기만 하면 그 재킷 옆을 지나갈 수 있고, 매번 새로운 고통을 극복해내면서 더 늙고 볼품없이 변해가고는 있으나 사실은 관목덤불처럼 점점 강해지는 그 재킷을 보며 놀라워할 수 있을 것이다. 그에 반해 나는 살아남은 나의 도플갱어 같은 그 재킷을 감탄의 눈으로 바라보며, 잠시나마 고통에서 해방될 것이다. **지금 이** 순간 내가 미쳐버릴 수도 있겠다는 생각이 든다. 어쨌거나 확실한 것은 언젠가 내가 재킷을 실제로 덤불 속으로 던져버리는 날, 그때 난 확실히 미쳐 있다는 것이다. 아직 그런 상태까지는 가지 않았다. 나는 미친 척하는 걸 즐겨 상상해본다. 그렇게 미친 척하는 덕분에 내가 초연하게 살아갈 수 있는 것이다. 이따금, 단 몇 분 동안이긴 하지만, 이 미친 척하는 연기가 진짜 광기로 바뀌며 현실과 나의 거리를 더 넓혀줄 것이다. 그러다가 만약 진짜 광기가 문제가 되면 그 즉시 언제든 다시 그 연기로 돌아올 수 있을 것이다. 사람들이 가짜와 진짜 광기 사이에서 언제든 선택할 수 있게 될 때, 그때 비로소 그들이 행복해질 수 있음은 후에 입증될 것이다. 난 사람들이 선천적으로 정신병의 성향을 지니고 있다는 사실을 이미 자주 봐왔다. 많은 사람들이 자신들의 정상적인 상태가 단지 가장된 것일 뿐이라는 사실을 시인하지 않는다는 것이 의아스러울 뿐이다. 방금 전 내 옆을 지나간 가족 또한 다 같이 미쳤다. 남편과 부인 그리고 할머니가 아이를 놀려댄다. 아이는 아직 어리고 유모차에 앉아 있으며 아무것도 할 수가 없다. 아이는 머리를 가눌 수 없고 손으로 움켜잡을 수도 없으며 입을 제대로 뗄 수도 없고 삼킬 수도 없다. 아이가 무엇인가를 하지 못할 때마다(지금은 입에서 침이 흘러나온다) 남편과 부인, 할머니는 즐거워하며 소리를 지른다. 불안하게 피하는 아이의 시선이 저 멀리에 있는 도피처를 찾고 있는 게 그들에게도 보일 텐데, 이 사람들은 그렇게 비열하게 신 나 하는 모습이 아이에게 모욕을 준다는 건 깨닫지 못한다. 기이하게도 저 미친 가족을 쳐다보면서 난 다시 현실로 돌아온다. 아이만이 아주 조금씩 유모차 속에 몸을 깊이 파묻는다. 나는 재킷 단추를 채우고 집으로 간다. 미친 가족이 킥킥대면서 멀어져간다.

집은 조용하고 아무것도 모른 채 여전히 그대로다. 부엌으로 들어서자 나 자신이 불쌍하게 느껴지지 않는다. 전화벨이 울리고 있지만 받지 않을 것이다. 재킷을 벗고 빵을 한 조각 썬다. 빵 맛이 아주 좋다. 안경을 벗고서 손으로 눈을 비빈다. 안경을 다시 쓰려는 순간 안경이 손에서 미끄러져서 돌바닥 위로 떨어진다. 왼쪽 안경알 테두리 한 부분이 깨져 나갔다. 안경을 쓰고 거울을 본다. 내가 새 안경을 사게 될 일은 없을 것이고, 깨져 나간 그 작은 부위는 하나의 징표가 될 것이라는 게 곧 뻔히 보인다. 전화기가 있는 곳으로 걸어가 결국 수화기를 든다. 상대방은 수잔네다.

네 편지를 찾았어, 그녀가 외친다, 네가 18년 전에 보낸 편지 말이야.

18년 전에? 나는 무덤덤하게 묻는다.

그래, 그녀는 말한다, 18년 전 8월에 네가 나를 이렇게 불렀어. 아주아주 사랑하는 수잔네……

하지만 18년 전에 우리는 아무 사이도 아니었잖아, 그렇지 않아?

맞아, 수잔네는 말한다, 어쨌든 아무 일도 없었지.

그런데 편지에 뭐라고 써 있어? 민망한 내용이야?

아니, 수잔네는 말한다, 너에게는 사랑이 민망한 일이니? 난 아닌데.

그 대답이 나를 당혹스럽게 만든다. 나는 침묵한다.

편지 읽어줄까?

아니, 난 말한다, 나중에 내가 한번 읽어보지. 그걸로 충분해.

곧 그럴 기회가 생길 거야, 수잔네는 말한다, 말하자면 조촐한 저녁 식사에 너를 초대하고 싶거든. 사무실 동료와 친구들 몇 명도 함께 말이야.

그 사람들 나도 아는 사람들이야?

한두 명은 알걸, 수잔네가 말한다, 예를 들어 힘멜스바흐라든가.

맙소사, 나는 말한다, 그 속을 알 수 없는 놈.

그렇다고 그렇게 말하면 안 되지, 수잔네는 말하면서 웃는다. 옛날에 같이 일했던 동료 하나가 오는데, 요즘 호화양로원의 고객을 유치하는 일을 맡고 있어. 그 일은 분명 끔찍할 거야.

수잔네는 누가 더 오는지 일일이 열거한다. 나는 그 말을 들으면서 내면의 마비 상태에 빠져든다. 18년 전에 내가 수잔네와 함께 지냈는지 아니면 단지 편지만 썼는지 생각해본다. 기억이 나지 않는다.

적포도주가 좋아 아니면 백포도주가 좋아? 수잔네는 묻는다.

적포도주, 나는 말한다.

수잔네는 저녁식사 날짜와 시간을 수차례 말한다. 나는 그것을 신문지 한 귀퉁이에 적는다. 18년 전에 그녀에게 썼던 편지는 확실히 읽고 싶지 않다. 이제 수잔네는 무슨 요리를 할지 이야기한다. 나는 들으면서 빵 한 조각을 소리 없이 씹는다. 호밀의 맛이 내가 곧 힘멜스바흐와 한 식탁에서 같이 식사하게 된다는 사실이 주는 기이한 느낌을 경감시켜준다.

7

난 벌써 한참 동안 수잔네의 집이 내게 어떤 것을 연상시키는지 생각 중이다. 우리는 흰색의 문직물 식탁보가 깔려 있는 타원형 식탁에 앉아 있다. 냅킨도 문직물로 만든 것인데 너무 딱딱하고 매끈거려서 처음엔 그걸로 입을 닦는 데 고생을 했다. 전채 요리로 시금치와 잣을 곁들인 아티초크 샐러드가 나왔고, 그다음엔 석쇠로 구운 가리비가 햄과 함께 나왔다. 수잔네의 요리 솜씨는 탁월하다. 단지 그녀가 잣과 가리비의 원산지와 특징에 대해 너무 오래 얘기해서 다소 짜증이 났을 뿐이다. 왼쪽 벽에는 미로의 그림 복사본이, 오른쪽 벽면엔 마그리트의 그림 복사본이 걸려 있는데, 두 그림 다 유리 액자 속에 들어 있다. 거실 왼쪽 벽 전면에 나란히 세워져 있는 빈 의자 세 개 위에는 실크 소재의 작은 쿠션이 놓여 있다. 아마 그것들은 가끔 손으로 쓰다듬

으라고 거기 놓여 있는 듯하다. 이제 알겠다. 집의 절반은 속옷 가게 그리고, 나머지 절반은 70년대 사탕병과 닮았다. 거실 장식장 유리 뒤로는 작은 인형과 도자기로 만든 동물, 오래된 수저, 기념품이 가지런히 진열되어 있고, 진주목걸이 하나가 놓여 있다. 프랄린과 사진, 고급 초콜릿, 비단 리본과 보석함들도 들어 있을지 모른다. 30분 전 내가 거실을 마가리타 멘도사의 전문 레스토랑이라고 불렀더니 수잔네는 무척 좋아했다. 식사에 초대된 사람들이 모두 마가리타 멘도사라는 이름이 의미하는 바를 알지 못했기에 나는 짧았던 수잔네의 연극 인생에 대해 이야기했다. 말하다 보니 그녀의 인생 이야기가 민망스럽게 느껴졌다. 하지만 아무도 그것을 눈치채지 못한 것 같았다. 내애기가 수잔네의 마음에 든 것 같았고, 나중에 그녀는 고마워하며 나를 안아주었다. 이제 그녀는 최소한 이 거실에서는 그리고 이날 저녁만큼은 그리고 이 사람들 앞에서만은 예술가로 통하는 것이다. 수잔네는 후식으로 오븐에 구워 마스카포네 크림치즈를 곁들인 복숭아를 놋쇠로 만든 예쁜 서빙카트 위에 실어 내왔다. 수잔네가 내 뒤에서 어깨 너머로 몸을 구부리자 그녀의 얇은 연회색 실크 원피스를 통해 그녀의 육체가 부드럽게 떨리는 것이 느껴진다. 수잔네는 핑크색 공단으로 만든 장식 끈들이 달려 있고, 부드럽고 반들반들 윤이 나는 주름 잡힌 가죽으로 만든 고급 샌들을 신고 있다. 난 그녀의 구두에 관해 짧은 강연을 할 수도 있다. 그걸 들으면 손님들은 모두 깜짝 놀랄 것이다. 하지만 그렇게 하지 않는다. 아니 어쩌면 나중에 하게 될지도 모른다. 수잔네와 힘멜스바흐 외에 이곳에 내가 아는 사람은 없다. 힘멜스바흐는 나를 거들떠보지도 않는다. 그는 옆자리에 앉은 여자와 열심히 이야기를 나누고 있다. 여행이벤트 기획자인 그녀는 흥겨운 목소리로 자신이 고객인 관광객들과 똑같이 아이디어라고는 없는 사람이 되어버렸다고 고백한다. 그녀는 조금 큰 소리로 자신의 일을 더 오래 하고 싶은 생각이 없다는 말을 벌써 두 번이나 하고 있다. 난 힘멜스바흐를 쳐다본다. 그 즉시 무력한 흥분이 내 몸을 파고든다. 그의 머리는 얼마 전에 자른 것 같지 않다. 백 퍼센트 확신할 수는 없지만 말이다. 대략 15분 전부터 힘멜스바흐와 계속 함께 있다는 사실에 약간의 메스꺼움을 느낀다. 그러자 불쾌했던 어느 휴가가 떠오른다. 15년 전쯤 난 그 당시까지만 해도 소유하고 있던 자동차를 몰고 아브루초*의 고불고불한 도로를 따라 내려가는 중이었다. 차를 타고 가던 내내 난 지금처럼 속이 메스꺼웠다. 그리고 도로가 끝나는 마지막 지점에 이를 때까지도 난 그 메스꺼움이 계속될지 사라질지 짐작조차 할 수가 없었다. 지금처럼 말이다. 이곳으로 오는 길에 난 의미심장한 말을 해야 할지 말아야 할지 고민했다. 지금 이 순간 초조한 동시에 당황스럽다. 내가 익히 잘 알고 있는 이 불쾌한 조합은 종종 제3의 무언가로 이어진다. 즉 내가 쉽게 빠져나오지 못하는, 침묵만이 흐르는 건조한 내면의 상태로 말이다. 식탁에서 내 오른쪽에 앉은 발크하우젠 부인 (수잔네는 내 왼쪽에 앉아 있다)은 다소 지쳐 맥이 빠져 있다. 그녀는 호화양로원의 고객 상담자로서 자신의 직업에 대해 벌써 수차례 이야기했다. 어쩌면 그녀는 그것 말고는 아는 것이 없는지도 모른다. 어쩌면 내가 자신을 즐겁게 해주길 원하고 있을지도 모르나, 나의 건조한

---

* 이탈리아 중서부에 위치한 지역.

110

내면 상태가 아직 나를 놔주지 않는다. 여행이벤트 기획자인 도른자이프 부인은 형편없는 남자들만 자기에게 수작을 건다고 한탄한다. 그 말이 마음에 든다. 그것은 또한 힘멜스바흐를 빗대서 한 말임에 틀림없다. 하지만 힘멜스바흐는 그 말을 무심코 흘려버리고는 도른자이프 부인과 계속 이야기를 나눈다. 수잔네는 웃는다.

나중엔 심뜩해시너라고요! 도른자이프 부인이 말한다. 난 오직 노인, 환자, 자포자기한 사람들 혹은 완전히 실패한 존재들하고만 상대하는 거잖아요! 끔찍한 일이에요!

도른자이프 부인은 자신의 신세 한탄을 재미있어하고, 힘멜스바흐는 자신의 잔을 바라본다.

언젠가, 나는 도른자이프 부인에게 말한다, 당신은 그 추한 남자들 중 누군가를 받아들이게 될 겁니다.

절대 그럴 일은 없어요, 도른자이프 부인은 말한다.

기다려보세요, 나는 말한다, 언젠가 더는 저항하지 못하게 될 겁니다. 그 사람이 말도 안 되는 이런저런 요구를 할 것이라고 예감하면서도 그 사람을 피하고 싶다는 생각이 더이상 들지 않는다면, 그게 사랑입니다.

브라보! 수잔네가 외친다.

정말 재미없네요, 도른자이프 부인은 말한다.

지루한 연인 관계가 아주 깊고 오래간답니다, 나는 말한다.

아아, 노른자이프 부인은 말한다.

사랑이 어떻다고? 수잔네는 말한다, 한 번만 더 말해볼래?

말도 안 되는 상황이 자신에게 닥치리라는 것을 예감하면서도, 나는 반복한다. 더이상 피하려고 하지 않는다면, 그게 사랑이라고.

요구라고 넌 말했어.

뭐라고?

그 사람이 말도 안 되는 요구를 할 것이라고…… 그렇게 넌 말했어, 수잔네는 말한다.

내가 생각해도 사랑에 대한 내 정의가 관심을 끌 만큼 특별해 보이지는 않는데, 그런 내 정의를 수잔네가 그토록 좋아하리라고는 생각지도 못했다. 힘멜스바흐를 제외하고는 모두가 나를 바라본다. 건조한 내 내면의 상태가 술을 한 모금 마실 것을 강요한다.

그 말을 좀더 자세히 설명해주실 수 있나요? 발크하우젠 부인이 묻는다.

나는 심호흡을 하고 잔을 비운다.

현재의 사랑을 통해 그 이전에 갖고 있던 사랑에 대한 견해가 모두 쓸모없는 것으로 느껴진다면, 나는 말한다, 그때 그 사람은 사랑을 하고 있는 겁니다. 이해하시겠어요?

아니요, 도른자이프 부인이 말한다.

자포자기한 남자들과 완전히 실패한 존재들을 너무나도 혐오하는 것이, 나는 말한다, 당신이 원하는 바라고는 생각하지 않습니다. 당신은 그들을 그토록 심하게 혐오하지 않을지도 모릅니다. 적어도 모든 사람들을 말입니다. 그리고 늘 그러지도 않을 겁니다. 당신은 최소한 혐오하지 않는 한 상대를 찾을 수 있을 겁니다. 그리고 만약 그 사람을 발견하고 그를 사랑할 수 있게 된다면, 당신은 당신의 죄 또한 사랑할 수 있을 겁니다. 그 어떤 것보다도 더—

뭐라고요? 이야기 중간에 도른자이프 부인이 묻는다. 이제는 더이상 아무것도 이해가 안 돼요. 도대체 사랑과 죄가 무슨 관계가 있다는 거죠?

당신이 사랑하게 된 사람이 이전에 당신이 거부했던 사람들의 무리에서 나왔기 때문에 그리고 부당하게 거부했던 것에 대해 당신이 죄책감을 느끼기 때문이죠, 나는 말한다.

변호사이자 수잔네의 사무실 동료인 아우하이머 씨가 집게손가락을 위로 들어 올리며 묻는다. 법률상의 죄를 말씀하시는 건가요, 아니면 우리가 가진 모든 죄, 원죄를 말씀하시는 건가요?

그 죄를 무엇이라 부르시든 상관없습니다, 나는 대답한다, 어쨌든 저는 사람들이 아무 죄도 짓지 않고 살아간다고 생각하는 사이 어느새 쌓여가는 그런 죄에 대해 이야기하고 있는 겁니다.

그렇다면 죄의 책임 관계가 정확히 어떻게 발생하게 되는 거죠? 아우하이머 씨가 묻는다.

세상을 살아가는 사람 누구나, 나는 대답한다, 자신과 함께 살아가는 다른 사람들에게 유죄 판결을 내립니다. 종종 수십 년간 말이죠. 어느 날 우리는 자신이, 모든 개개인이 저마다 재판관이 되어버렸음을 느끼게 됩니다. 그런 통찰을 통해 분명하게 드러난 죄는 그 후 죄인 개개인에게 긍정적인 영향을 끼치게 됩니다. 우리가 마침내 그들을 사랑할 수 있게 되는 것이죠. 이제 우리는 해냈습니다. 우리의 죄를 사랑하게 된 겁니다.

수잔네의 눈이 빛난다. 그녀의 거실에서 그런 이야기가 오가는 것이 너무나 멋지다고 느끼고 있다. 내가 오직 그녀 때문에 이런 얘기를 하고 있다는 것을 과연 그녀가 느끼고 있는지 잘 모르겠다. 내 생각엔 못 느끼는 것 같다.

하지만 대부분의 사람들이 그런 죄에 대해 전혀 알지 못합니다, 아우하이머 씨는 말한다, 그들은 자신에게 일말의 죄도 없다고 생각하죠.

그게 바로 문제입니다, 나는 말한다, 그렇기 때문에 대학에서 비교 죄학을 가르치는 것이 최선의 길일 겁니다.

뭐라고요? 도른자이프 부인이 묻는다.

비교 죄학요, 나는 반복한다.

정말이지 그런 것을 들어본 적이 없는데요, 아우하이머 씨가 말한다.

들어보셨을 리가 없지요. 비교 죄학은 존재하지 않으니까요. 아니 적어도 아직은 존재하지 않으니까 말입니다, 난 말한다.

수잔네가 일어나서 부엌으로 간다. 그녀는 오븐에 구운 복숭아와 마스카포네 크림치즈가 담긴 작은 접시 몇 개를 다시 거실로 내온다.

저녁 내내 떠들고 싶지는 않군요! 나는 말한다.

안 돼, 수잔네가 외친다, 해야 해!

수잔네는 와인을 내게 따라주고는 상체를 내 쪽으로 돌리며 앉는다.

역사적인 학문으로서의 비교 죄학을 생각하시나요? 아우하이머 씨는 묻는다.

그럴 수도 있지요, 나는 말한다, 우리는 모두 우리가 만들지 않은 질서체계 안에서 살아가고 있습니다. 우리는 그러한 질서체계를 위해 할 수 있는 것이 아무것도 없고, 그것들은 우리를 소외시킵니다. 시간이 흐르면서 그러한 질서체계의 죄를 우리가 떠맡게 된다는 것을 느끼기에 그것들이 우리를 소외시키는 거지요. 파시즘적 질서체계는 파시즘에 의거한 죄를 만들어내고, 공산주의적 질서체계는 공산주의에 의거한 죄를, 자본주의적 질서체계는 자본주의적인 죄를 만들어냅니다.

아 그렇군요! 아우하이머 씨는 외친다. 이제야 당신 말을 이해하겠어요! 당신의 말은 그러니까 인간들이 체제를 바꿀 때 죄가 생겨난다 그 말이죠?!

대다수의 경우가 그렇다는 것은 아닙니다, 나는 불필요할 정도로 자세히 말한다. 그것은 마치 사랑과 같아요! 우리가 아무 죄 없이 이 질서체계 속에서 살아가고 있다고 믿는 사이 천천히 우리 내면으로 들어와 자리를 잡는 체제의 일상적인 죄를 말하는 겁니다. 모든 정치적 질서체계가 원하는 것은 동일합니다. 바로 고통의 제거지요. 그 때문에 그것들은 정치적인 운동이 아니라 비현실적인 운동인 것입니다. 이해하시겠습니까? 고통의 제거는 실제로 불가능하니까 말입니다!

그러면 이제 뭐가 다시 죄가 되는 거죠? 아우하이머 씨는 묻는다.

죄는 말이죠, 나는 말한다, 우리가 원칙적으로는 모두 알고 있음에도 불구하고 우리에게 고통 없는 삶이 있다고 믿게 하는 그 사람들에게 속아 넘어가기 때문에 생깁니다.

아아! 도른자이프 부인은 외친다, 그런 말씀이셨군요!

갑자기 식탁에 있던 사람들이 전부 자신이 예전에 믿었던 것들에 대해 그리고 그것 때문에 그들이 어떻게 죄를 짓게 되었는지에 대해 이야기한다. 힘멜스마흐는 자신이 어머니와 아버지 그리고 선생님에 대한 믿음을 가졌다는 얘기를 하고, 발크하우젠 부인은 대학과 병원 그리고 법원에 대해 가졌던 빛바랜 믿음에 대해, 도른자이프 부인은 청춘과 남자들에 대한 그녀의 믿음에 대해 얘기한다. 나는 수잔네가 어떤 죄에 대해 이야기할지 궁금하다. 하지만 그녀는 아무 얘기도 하지 않는다. 나는 수잔네가 이 저녁의 감동을 더이상 손님들과 나누고 싶지 않기에 그들을 집으로 돌려 보내고 싶어 한다는 느낌을 받는다. 그녀는 잠시 후 부엌에서 두 병의 와인을 새로 가져오고, 난 와인을 따서 손님들에게 따라준다. 발크하우젠 부인과 도른자이프 부인은 (나의 착각이 아니라면) 비밀이 공개되는 순간에 자신들이 함께하고 있다는 인상을 받는다. 그들은 마침내 수잔네의 삶의 배후에 한 남자가 있다는 것을 알게 된 것이다. 수잔네와 난 각자 맡은 역할을 연기해나간다. 그것이 하나의 연극인지 그리고/혹은 우리가 내일이면 지난밤 공연한 연극에 대해 한숨을 내쉴지 아니면 킥킥거리게 될지는 우리 둘 다 모르지만 말이다. 발크하우젠 부인이 수줍어하며 내게 어떤 일을 하느냐고 묻는다. 그 질문에 기분이 약간 언짢아진다. 왜냐하면 질문을 받자마자 오늘과 같은 이런 저녁 모임에서도 내 삶이 동의받지 못했다는 사실이 떠올랐기 때문이다. 하지만 언짢은 기분을 떨쳐내고 다소 취한 상태로 숨을 거칠게 내쉬면서 나는 기억술과 체험술 연구소를 운영하고 있다고 대답한다.

아! 발크하우젠 부인은 말한다, 흥미로운데요!

나는 발크하우젠 부인의 잔에 또다시 와인을 가득 따라준다. 괜한 농담을 했나 후회해보지만 그녀는 벌써 내가 연구소에서 어떤 사람들을 상대하는지 묻는다.

나는 자신감 없이 그러나 동시에 노련하게 대답한다, 자신의 삶이 하염없이 비만 내리는 날일 뿐이고 자신의 육체는 이런 날을 위한 우산일 뿐이라고 느끼는 그런 사람들이 저희를 찾아옵니다.

그런 사람들을 도와주시는군요, 그렇죠? 발크하우젠 부인이 묻는다.

아 예, 그렇죠, 그렇게 되길 바라는 거죠.

그런데 어떻게요? 그러니까 제 말은, 어떤 일을 하시는 거죠?

저희는, 나는 말한다, 그런 사람들에게 텔레비전이나 휴가, 아우토반 그리고 마트를 벗어나 그들 자신과 직접 관련된 체험을 하도록 도와줍니다, 이해하시겠어요?

발크하우젠 부인은 진지하게 고개를 끄덕이면서 그녀의 와인 잔 옆에 놓여 있는 노란색 조화 장미를 바라본다. 그녀와 대화를 나누는 것이 이제 불편해진다. 발크하우젠 부인이 나의 체험지원 방식에 흥미를 갖는 듯하고 곧 또다른 질문을 계속 던질 것임을 난 알아챈다. 그때 이미 일어서 있던 나는 방 안에서 서성댄다. 그러는 사이 아우하이머 씨와 작별인사를 나눈다. 그는 나의 '통찰력 있는 말들'(그는 글자 하나 틀리지 않고 그렇게 말한다)에 대해 감사하다는 인사를 하고 간다. 몇 분 후면 밤 열한시다. 18년 전에 수잔네에게 쓴 편지를 저녁 모임이 끝날 때 받기로 약속했기 때문에 나는 부엌문 근처에서 계속 얼쩡거린다. 그런데 생각지도 못한 상황이 벌어진다. 부엌문 바로 앞에서 힘멜스바흐가 내 옆으로 다가와서는 2분만 개인적인 일에 대해 나와 이야기를 나누어도 괜찮겠냐고 묻는다. 나는 힘멜스바흐와 나 사이에 과연 어떤 개인적인 일이 있을 수 있는지 알 수 없었기에 놀라움찔하면서, 동시에 힘멜스바흐 같은 유의 사람은 우리 사이에 존재하는 이름 모를 개인적인 일을 실제로 또렷하게 말할 수 있을 것이라는 두려움을 느낀다. 나는 그를 피할 수가 없다. 그가 나를 옷걸이가 있는 쪽으로 밀어붙이고는 너무 크지 않은 나지막한 목소리로 말한다. 부탁이 있는데 나 좀 도와줄래.

나는 당황스럽고 아마도 거절하는 눈빛으로 힘멜스바흐를 바라본다. 하지만 힘멜스바흐는 주춤하는 기색이라고는 보이지 않는다. 그 반대다. 아마 내 시선이 그에게 심지어 용기를 북돋워주기까지 한 것 같다.

너 언젠가 게네랄안차이거 신문에 글을 기고한 적이 있지, 그가 말을 꺼낸다.

아휴, 나는 한숨을 쉰다, 그건 까마득한 옛날 얘기야.

나도 알아, 힘멜스바흐는 말한다.

난 그때 대학생이었어!

그래, 힘멜스바흐는 말한다, 하지만 넌 그곳의 요직에 있는 사람들을 잘 알잖아.

그런 것 같진 않은데.

내 말이 맞아, 힘멜스바흐는 주장한다, 이를테면 너 메서슈미트 알잖아.

그 사람 아직도 거기 있단 말이야? 나는 큰 소리로 외친다.

왜? 힘멜스바흐는 묻는다, 그 사람 싫어해?

싫어한다는 게 아니고, 나는 대답한다, 나와 별로 맞지 않다는 거지, 정리정돈에 대한, 피상적인 것에 대한 그의 욕구를 난 좋아하지 않아.

하지만 넌 그를 잘 알잖아?

그땐 그랬지, 나는 말한다.

게네랄안차이거 신문사하고는 더이상 아무 일도 하지 않니? 힘멜스바흐가 묻는다.

불현듯 그가 원하는 것이 무엇인지 어렴풋이 느껴진다.

지방 신문사 주위에는 말이야, 나는 말한다, 많다고 할 수 없는 2분의 1 혹은 4분의 1 심지어는 8분의 1의 재능만을 가진 많은 사람들이 늘 모여들어. 가진 재능이 적을수록 당사자는 그것을 가지고 더욱더 요란하게 설쳐대며 안절부절못하지. 난 거기서 얼쩡대고 싶지 않아, 내 말뜻을 네가 이해한다면 말이야.

난 너처럼 자신에게 그렇게 엄격하게 굴 처지가 못 돼, 힘멜스바흐는 말한다, 적어도 매일 그렇게 하진 못하지.

그가 짧게 그리고 빈정대듯 웃는다. 그 모습에 나는 잠시 옛날처럼 그에게 호감을 느낀다. 내가 30초간 그의 삶의 무게를 덜 수 있게 도와준 것도 아마 그 때문인 것 같다.

너 메서슈미트 밑에서 사진 찍고 싶은 거지, 그리고 그가 너를 필요로 하는지 내가 그에게 물어봐줘야 하고?

바로 그거야, 힘멜스바흐는 말한다.

그런데 왜 네가 직접 물어보지 않는 거지?

패배를 감당하기엔 난 너무 늙었어, 힘멜스바흐는 말한다.

일이 잘 안 되면?

그땐 그 사실을 내가 직접 듣는 게 아니라 너를 통해 알게 되잖아. 그런 직접적인 충격을 막아주는 완충재가 있으면 패배를 견딜 수 있을 거야.

그 설명은 마음에 든다, 나는 동감하면서 침묵한다, 힘멜스바흐가 나를 감동시킨다. 그가 (수잔네와 비슷하게) 나의 중요성에 대해 확신하고 있음이 분명하다. 아니 그 이상이다. 그는 내가 이 도시에서 영향력이 있다고 생각하고 있다.

좋아, 나는 말한다, 메서슈미트에게 전화해볼게.

그래, 힘멜스바흐는 외친다, 이 은혜는 절대 잊지 않을게.

결과를 지켜보자.

그런데 이제 우리 뭐 하지? 수잔네가 외치면서 우리에게 온다.

난 잠시 올랜도에 가보려고 해, 힘멜스바흐가 말한다.

그래, 올랜도로 가자!

몇 번의 한숨 소리가 터져나온 후, 올랜도 디스코테크를 가는 것으로 오늘 저녁 모임의 절정을 장식하자는 의견이 관철된다. 나는 올랜도에서 얻을 것이라고는 아무것도 없다고, 차라리 집에 가겠다고 수잔네의 귀에 대고 속삭인다.

분위기 망치는 인간아, 수잔네는 말한다. 그러지 말고 함께 가자, 그녀는 이렇게 말하고 나서 내 귀에 입을 맞춘다.

안 가는 게 나아! 내가 함께 가면 좋은 분위기를 깨고 말걸.

발크하우젠 부인은 자신의 핸드백을 찾고, 수잔네는 웃는다.

밤은 길어요, 도른자이프 부인이 말한다. 올랜도의 음악을 들으면서 우리는 주말 기분에 빠져들게 될 거예요. 마치…… 마치…… 맙소사, 그녀는 말한다, 아무 생각도 나지 않네.

힘멜스바흐는 바지 주머니에 든 지갑 속을 살펴보고는 내게 작별인사를 한다. 나는 그와 계단을 함께 내려가는 상황이 일어나지 않도록 주의한다. 난 발크하우젠 부인이 나와 이야기를 나누고 싶어 한다는 것을, 어쩔 수 없다면 디스코테크에서라도 계속 이야기를 나누고 싶어 한다는 것을 눈치챈다. 나는 수잔네에게 설거지하는 것을 도와주겠다고 자청하고 나선다. 발크하우젠 부인은 자신이 거부당한 것을 알아차리고는 사라진다. 2분 후 나도 작별을 고한다. 힘멜스바흐가 나보다 더 일찍 나갔는데도 난 고작 25미터 정도밖에 안 되는 간격을 두고 그의 뒤를 따라 걷고 있다. 그의 바지 왼쪽 주머니는 땅콩으로 가득 채워져 있고, 이제 그가 바지 주머니에서 땅콩을 하나씩 꺼내 걸어가면서 씹어 먹는 모습이 보인다.

　나흘이 지난 후 토요일 아침, 난 처음으로 물건을 파는 상인이 되어 벼룩시장에 나와 있다. 리자가 지하실에 남겨둔 도배용 작업대를 앞에 세워놓고 널빤지 위에 얇은 흰 종이를 압핀 몇 개로 고정시켜 깔아두었다. 그 위에는 하베당크에게서 마지막으로 받은 구두들이 나란히 놓여 있다. 난 구두를 한 켤레당 80마르크에 내놓았다. 터무니없이 싼 가격이다. 쉴새없이 지나가는 벼룩시장 방문객들 중 구두에 관심을 보이는 사람은 거의 없다. 사람들은 구두가 아니라 나를 쳐다본다. 거의 두 시간 가까이 이곳에 서 있지만 지금까지 구두 가격을 묻는 사람이 아무도 없었다. 내 왼편에 있는 남자는 군용품을 파는데 그 역시 아무것도 팔지 못한다. 그는 자신의 가판대 위에 휴대용 텔레비전을 올려놓고 튀링겐 지역에 대한 영화를 보고 있다. 미키마우스 넥타이를 맨 내 오른편 남자는 싸구려 양철 장난감을 판다. 다시 말하자면 군용품을 파는 남자나 나처럼 그도 거의 아무것도 팔지 못한다. 우리는 할 일 없이 빈둥빈둥 서서 한 번은 하늘을, 한 번은 땅을, 또 한 번은 텔레비전을 쳐다본다. 나는 부질없다는 느낌과 무의미하다는 느낌

중 어떤 것이 내게 더 강렬한지 계속 자문해본다. 그 질문에 답을 할 수가 없다. 그래서 잠시 후 정신병과 죽음 중 어떤 것이 먼저 내게 밀고 들어올지에 대한 질문으로 넘어간다. 죽음이라는 단어의 등장이 벌써 나를 주눅 들게 만들고, 난 재빨리 그 질문에 대한 생각을 그만둔다. 하지만 그것 말고 무엇에 대해 더 생각할 게 있겠는가? 나는 고급구두 상인으로 나서보는 것이 이른바 정상적인 삶을 찾는 나의 마지막 기회임을 어렴풋이 느낀다. 내 곁을 스쳐 지나가는 사람들의 모습을 관찰하면서 나도 그들과 다를 바가 없다고 나 자신을 설득해본다. 그들과 나의 공통점을 하나하나 열거해본다. 한동안 기분이 아주 좋아진다. 하지만 그 후 내가 원하는 대로 공통점들을 하나하나 열거해볼 수야 있지만, 그들과 내가 가진 것들을 각각 합산한 결과로 볼 때 세세한 부분들이 일치하지 않는다는 것을, 또 그 세세한 부분들이 살아가면서 일치하지 않게 변할 수도 있다는 것을 느낀다. 그래서 그 합계는 이 늦은 아침에도 나에게서 어떤 동의도 받지 못한다. 심지어 난 오늘 벼룩시장 상인이 되어보려고 시도했다는 이 기이한 사실을 남은 내 삶에 어떻게 끼워넣어야 할지도 모른다. 나는 18년 전에 내가 수잔네에게 썼다가 며칠 전에 다시 읽은 그 편지를 생각해본다. 처음엔 큰 기대를 품었다가 나중에 갑자기 맥없이 픽 하고 터져버리는 청년기 시절의 열광을 보여주는 민망한 기록이다. 나를 더 불편하게 만드는 것은 나의 장난기 어린 연애행각을 내가 잊어버리고 있었다는 것이다. 다행히 수잔네는 이 사실을 불쾌하게 받아들이지는 않지만 말이다. 이번엔 꼭 진지한 관계가 이루어질 거라고 난 거의 확신한다. 다만 수잔네가 내 집을 방문하게 되면 그녀에게 나뭇잎 방의 의미에 대해 말을 해주는 것이 좋을지 잘 모르겠다. 나뭇잎 방에 대한 생각을 그녀에게 이해시키는 것은 분명 그리 힘들지는 않을 것이다. 다만 나뭇잎에 대한 나 자신의 관심이 지난 며칠 사이 눈에 띄게 시들해졌다는 것이 다소 한심스러울 따름이다. 나뭇잎들은 방의 건조한 공기 때문에 양피지처럼 바스러질 듯 변해버렸다. 어제야 비로소 나는 나뭇잎 몇 개를 손에 쥐어보았다. 잎의 테두리가 벌써 부서져 내렸다. 나는 다리를 비스듬히 하고 방을 걸어다니며 구두 앞쪽으로 나뭇잎을 그러모으던 짓을 중단했다. 그리고 앞으로 더이상 나뭇잎을 방에 가져다놓지도 않을 생각이다. 오히려 나뭇잎 방을 만들 때 가져온 최초의 나뭇잎들을 다시 없애버리려 한다. 나는 가판대 뒤편 아래로 나 있는 작은 비탈을 내려다본다. 그 비탈은 일종의 쓰레기장이다. 상인들은 더이상 필요하지 않은 모든 것들을 이 아래로 던져버린다. 비닐커버나 덮개, 함석 양동이, 맥주 캔, 박스, 옷, 건축 현장의 돌더미, 자갈더미 말이다. 자갈 더미라는 말이 마음에 든다. 그것은 관목덤불이라는 말과 마찬가지로 삶의 기이함을 잘 표현해준다. 어쩌면 약간 더 잘 표현해주는지도 모른다. 왜냐하면 모든 삶의 진부함이 관목덤불보다도 자갈 더미 속에서 더 쉽게 연상되기 때문이다. 기분을 전환하기 위해 무엇을 해야 좋을지 더이상 모르겠다. 내 왼편의 군용품 상인은 자신의 휴대용 텔레비전으로 뉴스를 보고 있다. 그때 막 어느 정치가의 인터뷰 장면이 나온다. 언제나처럼 거들먹대며 그의 주위를 맴도는 이들 몇 명이 둘러서서 진지한 얼굴로 카메라를 쳐다본다. 어쩌면 난 그런 수행원들 중 한 사람이 될 수 있을지도 모른다. 정치가들이 텔레비전에 나올 때면 언제나 그곳으로 가서 무대배경으로 임무를 수행한다. 나는 모든 사건의 중대성을 강조하기에 더없이 적합한, 완벽하리만치 진지한 얼굴을 가지고 있다. 난 바빠질 것이고, 많은 돈을 벌게 될 것이다. 텔레비전의 배경맨이 꿈에 그리던 직업이 될 수도 있다. 마침내 이제 내게 침묵이 허용되고 그 대가로 돈도 벌 수 있는 것이다. 혼자 재미 삼아 해본 구상인데도 난 방송사에 전화를 해서 이 일을 제안해보는 것이 어떨까 생각하고 있다. 땅에 떨어진 털장갑 덕택에 내 작은 망상이 사라져버린다. 처음에 그 털장갑은 한동안 맞은편에 있는 큰 판매대 위에 놓여 있었다. 그 뒤에 누군가 탁자 가장자리를 살짝 건드리면서 털장갑을 낭떠러지로 떨어뜨린 것이다. 지금 먼지 속에 놓여 있는 털장갑은 내 마음속에서 모든 시대와 모든 벼룩시장을 견디고 살아남은 영원불변의 징표가 된다. 정오가 돼간다. 나는 아무것도 팔지 못하고, 나 자신이 죽은 사람처럼 느껴진다. 떼지어 몰려가는 사람들의 모습에서 그들이 무엇보다도 골몰하는 생각을 알 수 있다. 저 남자의 삶에 무슨 일이 일어났기에 지금 구두를 팔려고 하는 걸까? 난 철제 울타리 위에 걸쳐놓은 내 재킷을 관찰한다. 아무런 결론도 내지 못한 채. 집에 가는 편이 나을 것 같다. 하지만 그럴 경우 실패했다는 생각에 끊임없이 시달리게 될 것이다. 마침내 젊은이들에게 관심이 가기 시작한다. 그들은 자신들이 젊다는 사실을 한꺼번에 다섯 가지 형태로 표현한다. 그러니까 첫째로 그들의 몸을 한시도 가만히 두지 못하고 흔들어대는 것을 통해서, 둘째로 그들의 손에 들려 있는 물건들(콜라, 팝콘, 만화책, CD)을 통해서, 셋째로 그들의 옷차림새를 통해서, 넷째로 그들의 귀에 꽂혀 있는 이상한 마개와 연결되어 목 주위로 늘어져 있는 줄을 통해 표현되는 그들의 음악을 통해서,

그리고 다섯째로 그들의 은어를 통해서 말이다. 다음에 기회가 되면 수잔네에게 이 하이퍼리얼리티에 대해 이야기를 해줄 것이다. 그녀는 웃음을 터뜨릴 수밖에 없을 것이고, 우리 두 사람은 최소한 우리가 더이상 젊지 않다는 사실에 기뻐하게 될 것이다. 나이가 마흔에서 마흔다섯 살 정도 되어 보이는 한 점잖은 남자가 내 도배용 작업대로 가까이 나가와서는 구두를 본다. 그는 맨 왼쪽에 있던 구두 한 켤레를 집어 손을 구두 속으로 밀어넣고 구두코와 뒤창을 동시에 구부리면서 구두창을 팽팽하게 잡아당긴다. 나는 몇 마디 설명을 해주는 것이 좋을지 고민해보지만, 그 남자는 구두에 관해 뭘 좀 알고 있고 설명을 해주면 오히려 귀찮아할 것이 분명하다. 그는 똑같은 방식으로 다른 두 켤레의 구두 상태를 확인한다. 그리고 나서는 왼쪽 다리를 구부려 높이 들고서 그 구두의 크기와 자신이 신고 있는 구두의 크기를 비교한다. 크기가 딱 맞다. 그러자마자 곧 그는 지갑을 꺼내면서 자신이 살펴본 구두 세 켤레를 사고 싶다고 말한다. 나는 가격을 불러주고 구두를 비닐봉지 두 개에 차곡차곡 담는다. 몇 초 후 남자는 내게 60마르크 지폐 네 장으로 정확히 240마르크를 맞추어 내 손에 쥐여준다. 그러더니 내게 짧게 고개를 끄덕이고는 가버린다. 구두 판매 일이 놀라울 정도로 잘 성사되었고, 당연히 난 곧장 가판대를 접고 집으로 돌아갈 것이다. 다만 기쁨으로 지금 내 몸이 따뜻해지고 있고 그 온기를 더 느끼고 싶을 뿐이다. 나는 돈을 집어넣고 뒤에 있는 철제 난간에 몸을 기댄다. 쓰레기를 바라보면서 건축현장의 돌더미와 자갈 더미가 어떻게 여기까지 오게 되었을까 생각해본다. 신기한 것은 내가 우연히 머무르게 된 이곳을 마치 우리 동네라도 되는 듯 벌써 편안하게 느끼기 시작했다는 점이다. 바라건대 벼룩시장 상인으로 성공하는 내 모습을 상상하는 게 내 마음속의 열정은 아니기를 소망한다. 잠깐 사이에 모르타르 더미 근처에서 편안함을 느끼는 내 모습은 아마도 전후 시대의 잔재인 듯싶다. 그 당시 어린아이였던 나는 전쟁의 잔해 사이를 돌아다니면서 그 모든 폐허 속에서 과연 사람들이 살 수 있을지 궁금해했다. 전쟁이 끝난 지 얼마 안 된 때였던지라 난 그 파괴된 광경을 바라보면서 새로운 전쟁이 언제든 일어날 수 있으며, 전쟁이 터지면 사람들은 그 먼지 구덩이 속에 살 자리를 마련해야만 할 것이라고 확신했다. 아니, 난 곧장 집으로 가지 않겠다. 그전에 한동안 가지 않았던 로잘리아 카페에 들를 것이다. 거기서 오늘 매상에 상응하는 점심식사를 하면서 기쁨을 계속 만끽할 것이다. 네다섯 번의 손놀림으로 도배용 작업대는 접히고, 팔지 못한 구두는 두 개의 비닐봉지 안으로 사라진다. 전에 리자와 함께 로잘리아 카페에 자주 갔다. 바라건대 아직도 거기 그대로 있었으면 좋겠다. 그곳은 정식 카페라기보다는 다소 큰 규모의 낡은 빵집으로 좁은 복도를 따라가면 손님들이 먹고 마실 수 있는 작은 공간이 두 군데 마련되어 있다. 가는 길에 재봉용품 상점 앞을 지나는데 가게 진열창에 놀라운 세일 상품들이 진열되어 있다. 한 상자 안에는 개당 1마르크 하는 검은색과 흰색의 재봉용 실패가 수없이 놓여 있다. 정말 보기 드문 광경이다! 리자가 지금 여기 있다면 가게로 들어가서 검은색과 흰색 실패를 하나씩 사서 집 선반 위에 나란히 올려놓고는 이따금 마치 생명체라도 되는 듯 사랑스럽게 바라볼 텐데. 아 다행이다, 로잘리아가 아직도 저기 그대로 있다! 카페 안에는 여진히 단 한 개뿐인 데다 크기까지 작은 옷걸이가 세워져 있다. 그것은 대부분의 손님들이 재킷과 망토와 종이봉투와 가방을 둘둘 뭉쳐서 자기 옆 의자 위에 쌓아 올려놓는다는 것을 의미한다. 모양이 기묘하고 대부분 색상이 어두운 이런 뭉치와 더미가 마치 무언가에 싸인 작은 생명체처럼 보여서 그 공간은 잠시 애견카페 같은 인상을 준다. 로잘리아에는 손님들이 많았다. 단지 뜰로 통하는 뒤편 벽 쪽에만 자리가 남아 있다. 내 왼쪽 탁자에는 아홉 살쯤 돼 보이는 사내아이 하나를 데리고 온 중년 여인 두 명이 앉아 있고, 내 오른쪽에는 중년 부부 한 쌍이 앉아 있다. 나는 내 짐을 벽에 기대 세워놓고 1번 메뉴, 밥과 시금치를 곁들인 연어 요리를 주문한다. 식탁보는 세 군데나 꼼꼼하게 기워져 있다. 아마도 홀에서는 결코 모습을 볼 수 없지만 여전히 거기서 일하는 한 할머니의 솜씨인 것 같다. 남자아이가 작은 유리그릇에 우유와 블루베리를 섞어 숟가락으로 떠먹는다. 그 아이가 많은 블루베리를 으깨는 바람에 우유가 점점 더 푸른색으로 변한다. 우윳빛 푸른색, 그런 색깔이 있던가? 그런 색깔은 없겠지만 그것은 내가 있는 곳까지 푸른빛을 발한다. 소년 옆에 있던 여자가 자신의 과일케이크 위에 올려진 딸기 크기에 대해 불평을 늘어놓는다. 남자아이는 그녀를 나무란다. 적어도 딸기에 관해서만은 괜한 트집을 잡아서는 안 된다고. 내 오른쪽에 앉아 있는 중년의 남편 또한 비난받는다. 망가진 손목시계 좀 자꾸 쳐다보지 마, 옆에 있던 부인이 말한다. 남자아이는 블루베리를 다 먹어치우고는 몸을 앞으로 굽힌다. 머리를 탁자 위에 꼭 놓아야만 하겠니, 방금 전에 아이에게 한 소리 들은 여자가 말한다. 나의 행복은 바로 아무도 나를 비난하지 않는다는 것임을 깨닫는다. 남자아이가 탁자 밑을 기어다닌다. 탁자 밑 땅

바닥에 발랑 누워서 탁자를 올려다본다. 새 셔츠로 땅바닥을 쓸고 다
녀야겠니, 또다른 여자가 식탁 아래에 대고 소리친다. 살아간다는 것
이 견디기 힘든 일이라는 것을 보여주는 하나의 증거가 지금 막 이곳
에서 제시되고 있다. 그런 증거들이 더이상 필요 없어진 지 이미 오래
지만 말이다. 적어도 연어는 정말 맛있고 시금치도 마찬가지다. 나는
탁자 밑의 아이에게 손짓을 보내려 하지만 그럴 수가 없다. 여자들이
아이와 나의 연대를 알아채고는 그것을 의심스럽거나 적절치 못한
것으로 여긴다. 그들은 아이에게 올라오라고 소리친다. 아이는 이제
얌전하게 두 여자 사이에 앉아 있다. 그사이 그 여자들은 나를 마치
아이들을 망쳐놓는 인간처럼 바라본다. 막 정체가 발각되어 사람들
의 제지로 계획한 일을 하지 못하게 된 사람의 모습을 지켜보기라도
하듯. 마침내 나도 더는 신경쓰고 싶은 생각이 없어지고, 끊임없이 질
책당하는 세상만 그저 바라볼 뿐이다.

8

메서슈미트는 친절하게 전화를 받았다. 정말 다정했다. 그는 마치 수년간 내 전화를 기다리기라도 한 사람처럼 굴었다. 게다가 그는 내게 거의 말할 틈을 주지 않을 정도로 수다스러웠다. 나야 물론 그걸 막을 이유가 없었다. 그는 우리의 대학 시절을 회상했고, 난 그가 세세한 일들을 너무나 많이 정확히 기억하는 것에 놀라움을 금치 못했다. 난 말을 많이 할 필요가 없었기 때문에 그보다 내게 대학 시절이 더 괴로웠다는 사실을 쉽게 감출 수 있었다. 10분 정도가 지나서야 난 내 용건을 꺼낼 수 있었다. 그전에 그는 내게 그냥 아무 때나 자신의 편집실에 들르라고 두 번이나 청했다. 난 게네랄안차이거 신문사를 찾아가고 싶은 마음이 전혀 없었다. 메서슈미트와 카페에서 만나는 편이 내게는 훨씬 좋았지만, 너무나 단호한 그의 요청을 거부할 수가 없었다. 통화 말미에 내 일로 전화를 건 것이 아니라는 암시를 줄 수 있었다.

그래? 그는 전화기에 대고 외쳤다, 그럼 무슨 일 때문인데?

그게, 나는 말했다, 사진작가 힘멜스바흐에 관한 일이야.

맙소사, 메서슈미트가 말했다.

그 사람한테 무슨 문제 있어?

힘멜스바흐는 추측건대 비극적인 인물이야. 아니, 그는 비극적 인물이 아니야. 그는 무능력해, 메서슈미트는 말했다.

하지만 그래도 그는 게네랄안차이거에서 언젠가 한번 일한 적이 있었잖아?

그가 일하고 싶어 했던 거지, 메서슈미트는 말했다, 하지만 일한 적은 없었어. 한 번은 그가 약속을 잊어버렸고 그다음엔 그가 가지고 온 사진들이 너무 형편없었지, 정말로 너무나도 형편없었어. 심지어 게네랄안차이거에서도 그런 사진들은 인쇄할 수 없을 정도로 말이야! 메서슈미트는 이렇게 외치면서 약간 웃었다. 세번째 시도 땐 사진기가 고장이 났고, 네번째 땐 그가 주최자들에게 시비를 걸었거나 혹은 어떤 다른 문제가 있었지. 어쨌든 힘멜스바흐와는 어떤 일도 제대로 성공한 적이 없었어.

아 그랬군 하고 말하고는 나는 침묵했다. 다시 말하자면, 이미 난 힘멜스바흐에게 내가 중간에 나서서 얻어낸 결과를 어떻게 이야기해주는 것이 좋을지 생각하고 있었다. 아니 더 정확히 말하자면, 난 힘멜스바흐가 전에 일어났던 그 중요한 일들을 내게 이야기하지 않은 것에 마음이 상했다. 아니 그보다 더 정확히 말하자면, 그가 **그런** 일들을 내게 털어놓을 수 없었던 것은 당연한 일이란 것을 이미 난 이해하고 있었다.

그런데 왜 우리가 이렇게 오래 힘멜스바흐에 대해 이야기하고 있는 거야! 메서슈미트가 말했다. 오후에 커피 한잔 하러 들르지 않을래, 아니면 모레는 어때, 목요일, 그날 난 할 일 없이 빈둥거리며 앉아 있을 거고 너를 만나면 좋을 텐데.

오늘이 바로 그 목요일이고, 난 게네랄안차이거로 가는 중이다. 게다가 난 메서슈미트가 어떤 모습일지 약간 기대에 차 있기까지 하다. 우리가 거의 매일 만나던 그 당시에 우리는 젊었고, 내가 메서슈미트를 창피하게 생각했던 것을 난 분명히 기억한다. 그는 KPD*의 지역 위원회를 이끌고 있었다. 다시 말해, 그는 전단을 작성하고 인쇄해 여러 대기업의 공장 창고 앞에서 뿌리며 노동자들을 선동했다. 마오쩌둥이 죽었을 때 그는 시내에서 즉흥적인 시위를 조직했다. 몇 안 되는 젊은이들로 이루어진 그 무리의 우두머리는 메서슈미트였다. 그는 왼손엔 메가폰을 그리고 오른손엔 과일 상자를 들고 있었다. 때때로 그는 그 과일 상자 위에 올라가서는 메가폰을 입에 대고 이야기했다. 중앙위원회는 마오쩌둥 동지가 오늘밤 82세를 일기로 운명하셨음을 여러분께 알려드리며 깊은 애도를 표합니다. 메서슈미트는 마치 모든 청중이 원래 중국인이었거나 또는 이제 순식간에 중국인이 될 사람들이라도 되는 양 아주 당연하게 행동했다. 너무나 황당스러웠던 그의 말을 난 지금까지도 기억하고 있다. 우리는 위대한 당 주석의 죽음 앞

---

* 1919년 창설된 독일 공산당. 서독에서 내려진 위헌 결정으로 1956년 해산되었다.

에서 우리가 느끼는 슬픔을 하나의 힘으로 변화시키게 될 것입니다. 그 당시 난 메서슈미트에게 그런 변화의 기술을 내게 개인적으로 좀 가르쳐줄 수 있는지 진지하게 부탁해보려고 했다. 하지만 나중엔 그런 구호들이 우리를 점점 더 멀어지게 하는 이유가 되었고, 그러한 상태는 몇 년 후 메서슈미트가 게네랄안차이거의 편집국에 다시 모습을 드러내고 내가 그의 부탁을 받아 자유기고가가 될 때까지 계속되었다. 만약 메서슈미트가 적어도 자신이 기억하는 것만큼은 나도 정확히 기억하고 있다는 사실을 안다면, 아마도 나를 초대하지는 않았을 것이다. 오늘 난 당연히 그가 기억하고 싶어 할 만한 것들만 그에게 상기시킬 것이다. 게네랄안차이거 신문사 사옥은 두 개의 대형백화점 창고 뒤편에 있다. 고양이들이 살금살금 빈 박스 사이를 이리저리 돌아다니면서 먹을 것을 찾고 있다. 난 그 모습을 한참 동안 바라본다. 그 고양이들이 마음에 든다. 출입문 바로 앞에서 발을 헛디딘다. 그러자 집으로 다시 돌아가고 싶어진다. 그 순간 옷을 잘 차려입은 남자 한 명이 신문사 건물에서 나온다. 그 남자는 게네랄안차이거 신문 견본을 지팡이처럼 둘둘 말아서는 그걸로 자신의 오른쪽 허벅다리를 때리면서 걸어간다. 그 행동이 내게 어떤 압박을 가해온다. 기이하게도 그 순간 내가 더이상 되돌아갈 수 없음을 깨닫는다. 내 마음속 의구심이 소진해버릴 수도 있다는 가능성이 잠깐 머릿속을 스치며 지나갔다. 죽어버린 예민함이 존재하는지 존재하지 않는지 지금 당장 알고 싶다. 만약 존재한다면, 죽어버린 예민함 자체가 이미 죽어버린 예민함의 산물인지, 그리고 어떤 과정을 통해 예민함이 죽어버린 예민함으로 변할 수 있는지도 알고 싶다. 어쩌면 그건 메서슈미트가 알고 있을지도 모르지, 이렇게 생각하면서 나의 조소를 은밀히 즐겨본다. 몇 초 후 신문사 건물 현관에 들어선다. 광고국이 아직도 로비 왼편에 있는 것을 보자 내 불안의 일부분이 사라진다. 편집국은 여전히 2층에 자리하고 있다. 계단에서 나는 문예란 편집자 슈말칼데와 마주쳤는데 그는 나를 알아보지 못한다. 19년 전에 그는 익명의 광고 전단지 배포자들이 1년 동안 그의 편지함에 집어넣은 것들을 모두 모은 적이 있었다. 그 자료를 가지고 그는 『소통 비판 입문서』를 만들려고 했는데 그 입문서는 결코 인쇄된 적이 없다. 지금 슈말칼데는 한 번도 출판된 적이 없었던 책처럼 내 옆을 지나가면서 땅바닥을 내려다보고 있다. 내가 메서슈미트의 사무실 문을 열 때 그는 맥가이버 칼로 복숭아를 자르고 있다. 그는 칼을 치우고서 내게로 다가온다. 그는 그사이 살이 쪘고 방금 구역질이 난 사람처럼 얼굴에는 붉은 점 몇 개가 갓 생겨나 있다.

와! 너 노란색 구두를 신었네! 그가 외친다. 알고 있어? 누가 항상 노란색 구두를 신고 다녔는지. 히틀러와 트로츠키, 독재자들이 노란색 구두를 신는다고, 이 친구야!

나는 그 말에 아무 반응도 하지 않고 자리에 앉는다. 메서슈미트는 내 주위를 한 바퀴 빙 돌아가서는 커피 머신을 작동시킨다.

어떻게 지내? 무슨 일 해? 우리는 서로 묻는다.

나는 직접적인 대답을 회피하면서 근근이 살아가고 있다는 말만 한다.

아 그래, 메서슈미트는 말한다.

그런데 넌, 넌 잘 지내지?

난 아주 잘 지내지, 메서슈미트가 말한다. 내가 이렇게 잘 지낸다는 것이 나 자신도 믿기가 힘들 정도야. 내 삶이 내게는 너무나도 비현실적으로 느껴진다니까.

커피 머신이 끄르륵끄르륵 소리를 내고, 검은 커피가 유리 포트 속으로 한 방울씩 떨어진다. 메서슈미트는 아주 조그만 세면대에서 찻잔 두 개를 씻어 물기를 닦아낸다.

너도 알지, 그가 말한다, 우리 부모님이 얼마나 대단한 삶의 훼방꾼이었는지를, 내가 얘기했지?

너희 아버지가 어머니에게 자신의 낡은 팬티를 우선 한동안은 방 닦는 걸레로 쓰고 그 이후엔 구두 닦는 걸레로 쓰도록 강요하지 않았던가?

세상에! 너 기억력이 대단하구나! 바로 그랬지! 메서슈미트가 외쳐댄다. 청소년 시절 내내 난 탈출해야 한다고 느꼈어. 그곳이 어디건 그리고 어떤 방법을 통해서든 말이야. 그런데 요즘 들어서야 비로소, 상상해보라고, 그 느낌이 내게서 사라져버린 거야. 내가 탈출에 성공했다는 사실에 약간 혼란스러워지더라고. 나는 사람들과 아무 접촉도 하지 않고 지내. 난 탈출했기 때문에 그 어떤 소음도 좋아하지 않아. 그리고 끊임없이 떠벌려대는 사람들을 두려워하기 때문에 문화를 좋아하지 않아. 난 휴식이 필요해. 그리고 그런 휴식을 난 이곳에서 발견했지. 게네랄안차이거에서 말이야.

메서슈미트는 커피를 따라주면서 나지막하게 웃는다. 그의 오래된 고백에 대한 강박증이 다시 시작되고, 그는 예전과 변함없는 말투로 얘기한다.

그리고 너! 그는 외친다.

그래, 나, 나는 약간 바보같이 말한다.

네가 18년 전쯤 영화 〈카사블랑카〉를 분석하던 걸, 메서슈미트는 말한다, 난 절대 잊지 못할 거야. 기억나지?

나는 머리를 젓는다.

네가 말하길 그 영화가 그토록 감동적인 것은, 메서슈미트가 말한다, 주인공이 광범위한 결과를 초래하는 중대한 결단을 많이 내리기 때문이라는 거야. 그는 여러 사람들과 나라를 버리고 자신의 신분, 여자 그리고 정치적인 신념을 바꿔. 하지만 영화관에 온 사람들은 항상 아무런 결과도 없는 사소한 결단들을 내리지. 그들은 기껏해야 새 텔레비전이 필요할지 혹은 새 외투가 필요할지 고민하지. 그게 다야. 다른 말로 하자면, 메서슈미트는 말한다, 극장에 앉아 있는 사람들의 삶에는 항상 모든 것이 이미 결정나 있다는 거야.

내가 그런 말을 했어? 나는 묻는다.

네가 그 당시에 그렇게 말했지, 메서슈미트가 말한다, 게다가 난 네가 그것을 어디에서 말했는지도 알고 있는걸. 지금은 없어졌는데 말이야, 아데나워 광장에 있던 피자집이었지. 기억나?

나는 메서슈미트의 얼굴을 바라본다. 아무 기억도 나지 않는다.

네가 말하길, 메서슈미트는 말한다, 〈카사블랑카〉의 거짓말은 실제 삶에서 결정을 내릴 수 있는 영역과 관객들의 결정이라고는 존재하지 않는 영역을 서로 완전히 뒤섞어버려 극장에 와 있는 사람들에게 자신들 또한 중대하고 절박한 상황 한가운데에서 살고 있다는 착각을 갖게 하는 데에 있다는 거야.

내가 그렇게 말했다고?

글자 하나 틀리지 않고 그렇게 말했어, 메서슈미트가 말한다, 그리고 넌 덧붙였어. 정확히 말하자면 영화가 아니라 사람들이 영화를 이용해 거짓말을 하고 있다고, 하지만 영화가 관객들에게 그런 거짓말을 하게 만들기 때문에 바로 그 점에서는 영화도 거짓말을 하는 것이라고 말이야.

그 당시 상황에서는 괜찮은 말같이 들리는데, 나는 말한다.

지금은 더이상 그렇게 생각하지 않아? 메서슈미트는 묻는다.

아니, 여전히 그렇게 생각해, 나는 말한다. 다만 영화가 그것을 해석하는 사람에게도 몇 가지 착각을 하게 만든다는 걸 덧붙이고 싶을 뿐이야.

우리는 웃는다.

거봐, 맞잖아, 메서슈미트가 외친다, 커피 더 마실래?

아니, 고마워.

나는 빈 잔을 손으로 막는다. 메서슈미트가 신이 나서 내 기억을 되돌리려는 모습이 당혹스럽다. 그러면서 난 그보다 더 곤혹스러운 당혹감이 닥칠 것이라는 것을 어렴풋이 예감한다. 메서슈미트는 밀어두었던 복숭아를 다시 자기 앞으로 가져와 조각으로 자른다. 그는 서랍에서 케이크용 포크 하나를 꺼내 그걸로 복숭아 조각을 찍어서 입속으로 밀어넣는다. 나는 그가 내게도 포크를 주면서 함께 먹자고 할까봐 벌써부터 두렵다.

나를 위해 다시 일해줄 생각 없어? 메서슈미트는 말한다, 그 당시우리 두 사람 호흡이 아주 잘 맞았잖아? 네가 요즘 무슨 일을 하는지

나야 모르지만 이미 말한 것처럼 만약 네가 할 의향이 있다면 말이야, 메서슈미트는 말한다.

내가 지금도 그 일을 할 수 있을지 모르겠어, 나는 말한다, 메서슈미트의 제안을 즉석에서 거부하고 싶지 않아서 그냥 한번 해보는 말이다.

아이고! 메서슈미트는 외친다, 겸손한 척하는 거야 아니면 진짜 겸손한 거야?

메서슈미트가 내 겸손함에 대해 생각하고 있다는 사실이 나의 자만심을 일깨운다. 그는 최소한 내가 오직 삶의 모든 상황에서 무언가를 숨길 수 있을 때만 편안함을 느낀다는 사실을 모르고 있다. 그러한 사실 이면에는 요즘도 나를 경탄케 하는 어떤 메커니즘이, 즉 누군가 자신에게 너무 가까이 다가오면 새로운 자기 정체성이 형성되는 메커니즘이 있는 것 같다. 내가 생각에 잠기면서 메서슈미트와 내가 연결되어 있는 끈이 끊어질 가능성이 생겨난다. 침묵에 잠겨 있던 나는 처음엔 책상 모서리를, 나중엔 먹다 남은 복숭아를 응시한다. 아마도 메서슈미트는 내가 침묵하는 것을 자신의 제안에 대해 생각해보는 것으로 받아들일 것이다.

생각해보고, 메서슈미트는 말한다, 전화 한 통만 넣어주면 돼.

그런데 힘멜스바흐에 대해서는 더이상 이야기할 필요가 없는 거야? 나는 묻는다.

그 일로 네가 곤란해지지 않기를 바라지만 난 힘멜스바흐를 더는 만나고 싶지 않아.

알았어, 난 말한다.

집으로 돌아오는 길에 이미 난 메서슈미트의 제안을 거절하게 될지 완전히 확신할 수가 없다. 게네랄안차이거 신문사에서 일하면서 벌 수 있고 / 벌게 될 수도 있을 그 돈이 내게 시급하게 필요한 것은 사실 이지만, 지금 내가 생각하는 것은 나 자신이 아닌 수잔네다. 수잔네는 신문의 세계를 과대평가하면서 나와 함께 마침내 자기도 중요한 사람 이 되기라도 한 듯이 여길 것이다. 내 뒤에서 회사원 몇 명이 듣기 싫 게 큰 소리로 이야기하며 걸어오고 있다. 나는 잠시 어느 집 현관으로 들어가서 그 사람들이 먼저 지나가게 한다. 이제 내 앞에는 왼쪽 다리 가 오른쪽 다리보다 약간 짧은 남자가 걸어가고 있다. 걸을 때마다 그 남자의 몸의 왼편이 약간 가라앉으면서 그가 걷는 모양새가 마치 삽 질을 하는 듯하다. 삽질하는 듯한 그런 걸음걸이가 지금 이 순간 나한 테 어울려, 이렇게 생각하며 한동안 그 남자의 걸음걸이를 흉내 내본 다. 다리 바로 앞에서 아누슈카를 만난다. 13년 전 나는 한동안 그녀 의 마음을 얻으려고 애를 썼지만 나중에 그녀는 나를 거부하면서 이 런 말을 했다. 난 너의 상대가 되기엔 몸이 너무 말랐어. 간단한 동작 (그녀는 자기 얼굴을 비스듬히 세우고는 거부의 뜻으로 빤질빤질 빛 나는 왼쪽 뺨을 내게 보여준다)을 통해 그녀는 자신을 멈춰 세우지 말 고 자신에게 말도 걸지 말아 달라는 뜻을 전한다. 나는 그 부탁을 이 해했고 부탁대로 해준다. 고개를 한 번 끄덕이고 아누슈카 옆을 지나 가면서 그 당시 그녀가 한 말을 소리 없이 반복해본다. 난 너의 상대 가 되기엔 몸이 너무 말랐어. 단 한 문장의 말이 내가 아누슈카로부터 기억하는 마지막 말이라니 이 얼마나 기이한가. 설혹 아누슈카가 그 당시 자신이 무슨 말을 했는지 기억하지 못하거나 혹은 한 번도 기억

속에 간직한 적이 없다 할지라도, 그리고 설혹 내가 재킷을 관목덤불이나 자갈 더미에 던져 넣는 것을 통해서만 오직 삶의 기이함을 표현할 수 있다는 것을 오래전부터 알고 있다 할지라도, 난 지금 그녀와 그러한 기이함에 관해 이야기를 나누고 싶다. 삽질하는 것처럼 걷는 남자가 바지 호주머니에서 사탕 한 알을 꺼내 포장지를 벗겨내고 사탕을 입안으로 집어넣는다. 사탕 포장지가 길바닥 위를 이리저리 떠돌다가 내가 그 위를 지나가려고 하는 지금, 콘크리트 위에서 나지막하게 아름다운 소리를 낸다. 걸음을 멈추고 몇 초간 작은 사탕 포장지가 바스락거리는 소리에 귀 기울이고 싶다. 아누슈카의 마지막 말이 주는 기이한 느낌이 사탕 포장지의 바스락거리는 소리와 하나가 되어 사라져가는 이 순간, 난 모든 삶의 총체적인 기이함을 바스락거리는 소리라고 명명하고 싶다. 바람에 한 번은 이쪽으로 한 번은 저쪽으로 밀려다니는 작은 포장지를 향해 몸을 숙이고 싶은 마음이 간절하다. 하지만 삽질하는 듯한 걸음걸이의 남자를 한동안 더 뒤따라가보고 싶기도 하다. 그 덕분에 기이함을 표현해줄 새로운 단어를 알게 되었기에 그에게 거의 고마운 마음까지 가지면서 말이다. 시험 삼아 난 메서슈미트의 제안을 받아들이는 상상을 해본다. 한순간 난 매일매일 그 지역에서 거들먹대는 많은 사람들에게 둘러싸여 지내게 될 것이다. 별안간 다소 우울한 기분이 찾아들고, 지금 그런 기분을 짊어진 채 다리 위를 걸어가고 있다. 그와 마찬가지로 약간의 통증이 내 안에서 나를 툭툭 치면서 말한다. 너의 이익을 좇아야 하니 그 제안을 받아들여야 한다고. 이 통증은 잘 이겨낼 것이다. 하지만 이 우울한 기분과 싸우기 위해서는 무언가를 해야만 한다. 그것은 내 앞에서 아른대면서 나와 연애를 하고 싶어 한다. 나는 이 우울한 기분을 더 효과적으로 조롱하기 위해서 그것에 게르트루트라는 이름을 붙여준다. 게르트루트 우울, 썩 꺼져버려. 그 즉시 그녀가 앞에 나서서 자신을 소개한다. 실례합니다, 게르트루트 우울입니다. 제가 당신을 약간만 아래로 끌어내려도 괜찮을까요? 썩 꺼져버려, 나는 다시 말한다. 그녀는 사라지지 않는다. 그 반대다. 그녀는 나를 움켜잡고, 나는 그녀의 검은 온기를 느낀다. 아마도 그녀는 나를 마음대로 주무를 수 있다고 생각할 것이다. 그녀가 나를 다리 난간 쪽으로 밀어대고, 나는 다리 아래로 흐르는 검은 강물을 내려다본다. 이미 그 하찮음이 입증되었으니 이 삶과 이별을 하는 게 어때? 그녀가 묻는다. 그런 질문들을 나는 익히 잘 알고 있다. 그것들은 나를 침묵하게 만든다. 게르트루트는 교육시키기가 힘든 아이에게 하듯 내게 계속해서 이야기한다. 하지만 그녀는 약간 화가 나 있다. 내가 또다시 그녀가 하라는 대로 하지 않기 때문이다. 다리 위에서 30초간 게르트루트 우울과 싸우고 난 후 나는 내 힘이 아니라 그녀의 힘이 빠지고 있음을 느낀다. 게르트루트와 싸우는 사이 유감스럽게도 삽질하듯이 걷는 남자를 시야에서 놓쳐버렸다. 유리 가게의 배달차 한 대가 천천히 지나간다. 적재칸 버팀대 위에는 큰 진열창 유리가 두 장 고정되어 있다. 나는 나 대신 그 두 장의 진열창 유리가 박살나서 길 위로 떨어져버렸으면 좋겠다고 소망해본다. 그것도 지금 당장에 말이다. 하지만 잠시 후 그런 과격한 소원이 더이상 필요하지 않음을 느낀다. 게르트루트 우울이 제압되었다. 어쨌든 이번에는 말이다. 이제 노상 강도가 내 길을 가로막지만 않는다면 금방 집에 도착한다. 하지만 기뻐하기는 너무 일렀다. 다리 저 건너편에서 발크하우젠 부인이 보행자들의 무리에서 벗어나 곧장 내게로 다가오고 있다. 그녀가 내게 자신의 차가운 손을 내밀면서 나를 바라본다.

주말이 다가오는데, 그녀가 말한다, 무얼 해야 좋을지 정말 모르겠어요.

유감스럽게도 발크하우젠 부인에게 내가 방금 전 게르트루트 우울을 물리쳤고, 그 때문에 약간 힘이 빠진 듯 느껴지며 주말이, 나의 주말이든 다른 사람의 주말이든 간에, 내게 아무 상관 없어진 지도 이미 오래라고 말할 용기를 내지 못한다.

나는 헛기침만 한다.

제가 뭘 할 수 있을지 곰곰이 생각해보지만, 발크하우젠 부인이 말한다, 아무 생각도 나지 않아요. 그러면 전 창밖을 내다봐요. 하지만 보이는 것이라고는 아무것도 없거나 어제와 그제 이미 보았던 것이에요. 제게 조언 좀 해주실 수 있나요?

제가요? 나는 묻는다.

선생님은 기억술인지 삶의 기쁨인지 뭐 그런 연구소를 운영하시잖아요. 일일 강좌도 여시는 거 맞죠, 선생님께서 직접 그렇게 말씀하셨잖아요. 저는 그런 강좌에 관심이 있어요, 선생님은 분명 저를 도와주실 수 있을 거예요.

나는 발크하우젠 부인의 얼굴을 응시한다, 어쩌면 너무 오랫동안. 동정심이, 또한 감동이 엄습해오고, 지금 이 순간 난 어찌해야 좋을지를 모르겠다. 그럼에도 난 벌써 의무감 같은 것을 느끼고 있다. 어찌 되었든지 발크하우젠 부인은 말 못할 자신의 괴로움을 나한테 약간 털어놓았고, 그런 실토정 앞에서 나는 부럭해진다.

그러면 제게 전화 한번 주세요, 나는 말한다, 금요일 오후쯤?

그럴게요! 감사해요!

발크하우젠 부인은 고개를 여러 번 끄덕거리고, 나는 그녀에게 전화번호를 알려준다. 그녀는 그것을 작은 성냥갑 위에 받아 적는다.

감사해요, 그녀는 말한다, 정말 감사해요. 그러고 나서 가버린다.

나는 그녀의 뒷모습을 계속 바라보고, 그녀는 돌아보지 않는다. 그녀가 히잡으로 얼굴을 가린 아내와 함께 큰 박스에서 플라스틱 옷걸이를 꺼내고 있는 한 터키 남자를 비켜간다. 잠시 후 그 터키 남자와 아내는 옷걸이를 여러 개 가슴에 부여안고 내 옆을 지나간다. 나는 잠시 감사하는 마음을 안고 그 터키인 부부를 바라본다. 그들의 모습을 보자 나는 내가 다시 현실의 영역 안에서 움직이고 있다는 느낌을 또렷이 갖게 된다. 현실은 복잡한 내 문제들에 묻혀 언제나 저 멀리에 놓여 있다. 아마도 그 때문에 난 발크하우젠 부인에 대한 생각을 잊어버리게 된 것 같다. 5분 후 집에 도착한다. 최근 들어 현관문을 열 때마다 자주 어머니 생각이 난다. 어렸을 때 어머니가 집에 돌아오면 난 방에서 뛰어나와 어머니에게 달려들었다. 그러면 어머니는 일단 안으로 좀 들어가게 해달라며 한숨을 내쉬었다. 그러면 나는 어머니가 나와 똑같이 기뻐하지 않았기 때문에 조금 화가 났다. 지금 현관을 들어서면서 그 당시 어머니가 했던 것과 똑같은 말을 중얼거린다. 일단 안으로 좀 들어가자! 그러고는 화가 나서 어디에선가 빈둥거리고 있는 어릴 적의 내 모습이 보이지 않을까 주위를 둘러본다. 잠깐 사이에 난 어머니이자 동시에 그녀의 아이가 된다. 그러고 나서 생각한다. 집에 돌아온 사람은 그냥 집에 돌아온 사람일 뿐이라고. 기분이 너무 묘해서 부엌 창문을 열지 않을 수 없다. 식탁 위에는 어제 버리려고 했던 빵 한 조각이 놓여 있다. 그 빵을 천천히 씹으면서 난 여덟 살짜리 아이처럼 다소 화가 나 있는 동시에 마흔여덟 살의 아이 엄마처럼 다소 신경이 예민해져 있다. 그리고 나서는 곧 놀라우리만치 삶에 호의적인 기분에 빠져든다. 나는 창문을 닫고 전화기 앞으로 간다. 메서슈미트에게 전화를 걸어 그의 제안을 받아들이겠다고 말한다.

9

문제는 내가 아는 음식점이 거의 한 곳도 없다는 것이다. 가고 싶은 곳도 가기 싫은 곳도, 비싼 곳도 싼 곳도, 독일 음식점도 외국 음식점도 난 알지 못한다. 리자와 함께 지내던 시절, 우리는 외식을 별로 하지 않았다. 지금 나는 친절하면서도 훌륭하고 그러면서도 비싸지 않은 레스토랑을 찾아야 한다/ 찾지 않으면 안 된다. 수잔네가 오후에 전화를 걸어왔다. 그녀는 내가 자신을 마중 나와 함께 식사하기를 원했다. 당연히 난 아는 레스토랑이 하나도 없다는 말을 하지 않았다. 어차피 그녀는 내 말을 믿지 않았을 것이다. 일찌감치 길을 나서기는 했지만, 나중에 수잔네에게 주저 없이 추천할 수 있는 레스토랑을 찾지 못했다. 내게 주어진 이 과제가 어떤 즐거움도 주지 못함을 느낀다. 아니 정반대로 레스토랑만큼 내 관심을 끌지 못하는 것도 없다.

그럼에도 난 다시 베르디라는 이름의 이탈리아 음식점 내부를 둘러본다. 이름만 빼고는 괜찮아 보인다. 베르디에서 멀지 않은 곳에는 이례적으로 내가 알고 있는 그리스 음식점 미코노스가 있긴 하지만 그곳은 음악 소리가 너무 커서 고려 대상이 되지 못한다. 어떤 특징에 따라 레스토랑을 골라야 할까? 음식점이 초만원을 이루지만 않는다면 나한테는 이미 괜찮은 축에 속한다. 그 대가로 난 맛이 썩 좋지 않은 음식도 먹을 준비가 되어 있다. 짐작하건대 그러한 기준에 수잔네는 동의하지 않을 것이다. 나는 한 태국 레스토랑의 문을 열어본다, 문을 열자마자 감미로운 음악 소리가 딩딩 동동 밀려온다. 맙소사! 저물어가는 석양이 모든 사람들의 얼굴을 노랗게 만든다. 꾸며낸 체험담을 으스대며 떠들어대는 아이들 몇 명이 마음에 든다. 아이들은 기대에 못 미칠까봐 아주 격렬하게 자기 얘기를 떠들어댄다. 옆 골목에서는 한 아이 엄마가 자동차 안에서 아이에게 젖을 물리고 있다. 큰 옷에 감싸여 더는 몸매를 알아볼 수 없는 여자들이 내 옆을 소리 없이 휙 지나간다. 한 남자가 자동차에서 하늘색 플라스틱 목발 두 개를 꺼내 절룩거리며 걸어간다. 리자 생각이 스치듯 지나간다. 나는 그녀를 잊은 것 같다. 아니, 그것은 정확한 말이 아니다. 그 반대다. 난 매일 여러 차례 그녀 생각을 한다. 하지만 그녀를 더이상 보지 못한다는 사실이 더는 나를 힘들게 하지 않는다. 내게서 그녀의 얼굴과 목소리에 대한 기억이 사라지려면 얼마나 오랜 시간이 걸릴까? 한 스페인 레스토랑 진열창으로 안을 들여다보려던 바로 그때, 힘멜스바흐를 발견한다. 그의 동반자는 마르고트. 결국 그랬군! 이미 반들반들해지다시피 한 가죽재킷을 입은 힘멜스바흐가 마르고트에게 계속 이야기를 하고 있다. 그의 목에 매달린 카메라가 흔들거린다. 그는 여전히 사진작가의 꿈을 꾸고 있으며 그에 대한 이야기를 한다. 이따금씩 그는 집게손가락으로 카메라를 가리키고 잠시 그것을 손으로 잡는다. 엘부로라는 간판을 달고 있는 그 스페인 레스토랑은 괜찮아 보인다. 적어도 밖에서 처음 본 인상으로는 그렇다. 지금 힘멜스바흐와 마르고트는 동시에 얘기를 하고 있으며, 이야기하며 걸어가는 동안 땅바닥을 쳐다보고 있다. 무릎에 힘이 약간 빠지면서 앉고 싶어진다. 하지만 지금은 앉아서는 안 된다, 마르고트와 힘멜스바흐를 놓쳐서는 안 된다. 왜 무릎에 힘이 빠지는 거지? 차라리 머리에 힘이 빠지는 편이 내게는 훨씬 나을 텐데. 그럼 생각하는 일을 멈추게 될지도 모를 테니 말이다. 하지만 난 지금 힘멜스바흐에게 게네랄안차이거에서는 더이상 아무 일도 얻지 못할 것이라는 이야기를 어떻게 해야 할지 생각하고 있다. 그리고 자신이 거부당하는 데에 내가 한몫했을지도 모른다는 그의 의구심을 어떻게 풀어줄지에 대해서도. 아마 난 그가 내게 위임한 그 일을 잊은 척할 것이다. 그러면 그는 나를 게을러터진 놈 취급을 하며 더는 나와 말하고 싶어 하지도 않을 것이다. 그런 결말에 만족할 수밖에 없다. 그런데 힘멜스바흐의 일이 잘 안 풀린 것에 대해 왜 내가 죄책감을 느끼는 거지? 게다가 마음속에서 약간의 경쟁심이 번져가고 있다는 사실에 화가 치민다. 내 생각엔, 내가 소위 작업을 거는 와중에 한 여인을 뺏기거나 혹은 한 여인이 나를 떠난 것은 이번이 처음이다. 그래, 난 마르고트에게 계속 신경을 써주지 못했다. 미용실 밖에서도 그녀에게 관심이 있다는 것을 보여주어야 했다. 경악할 만한 진실은 내가 미용실 밖에선 그녀에게 거의 아무 관심도 없다는 것이다.

그런데 그럼 왜 그녀의 모습이 나를 고통스럽게 하는 걸까? 그리고 왜 난 그녀가 힘멜스바흐와 같은 부류의 손아귀에 들어가기를 원치 않는 것일까? 휘파람 소리를 내는 선로 청소차량 한 대가 덜거덕거리고 지나가면서 끝없이 이어지는 질문에 제동을 건다. 힘멜스바흐는 자신의 오른쪽 팔을 마르고트의 어깨에 올리고 손은 앞쪽으로 늘어뜨린 채 걸어간다 힘멜스바흐가 늘어뜨린 손으로 무엇을 하는지 그리고 마르고트가 그것에 어떻게 반응하는지 보고 싶어서 그들과의 거리를 약간 좁힌다. 얼마 지나지도 않아 힘멜스바흐의 흔들거리는 손이 이따금씩 마르고트의 젖가슴을 스친다. 마르고트는 힘멜스바흐의 품 안에서 몸을 빼지 않는다. 그런 접촉이 그녀에게 아무렇지도 않은 게 분명하다. 두 사람 사이가 그렇게 진전된 모습이 내가 느끼는 경쟁심에 유익한 작용을 한다. 중고생같이 접근하는 힘멜스바흐의 모습에 갑자기 그가 불쌍하게 느껴진다. 마르고트의 젖가슴을 스친 게 마치 실수로 일어난 듯이 보인다(보여야만 한다). 믿을 수 없는 일이다! 힘멜스바흐가 마치 열여섯 살 학생처럼 굴다니! 계속해서 힘멜스바흐의 손은 우연히 그러하기라도 한 것처럼 마르고트의 젖가슴 위를 스치고 지나간다. 난 열일곱 살 때 바로 그와 똑같은 방법으로 동갑내기 유디트에게 접근했다. 접촉이 일어나는 시간 간격이 점점 더 짧아지더니 마침내 힘멜스바흐의 오른손이 순간적으로 마르고트의 오른쪽 젖가슴을 한 번 꽉 움켜잡는다. 힘멜스바흐가 그런 식으로 접근하면서 결국 그녀의 가슴까지 만져노 마르고트는 그런 그의 행동에 경악하지도 놀라워하지도 않는 듯이 보인다. 믿을 수 없는 일이다! 마흔두 살 정도 먹은 힘멜스바흐가 사춘기 때나 쓰는 고릿적 수법을 반복하면서 자기와 나이가 엇비슷한 마르고트에게 접근하고 있는 것이다.

이것으로 난 마음속에서 그를 기괴한 인물로 낙인 찍어버린다. 내 착각이 아니라면, 이제 마르고트를 포기하는 것이 힘겹지 않다. 내 머릿속에서 기이한 흥정이 벌어진다. 힘멜스바흐 자신은 원하지 않았지만 그는 내가 게네랄안차이거에서 다시 일할 수 있게 도와주었다. 그 대가로 난 그에게 순순히 한 여인을 넘겨준다. 난 중간에 나서서 힘멜스바흐를 도와주려던 일을 성공하지 못한 것에 대한 죄책감을 상실에 따른 이 고통으로 대신한다. 그런가? 하지만 나는 나 자신이 메서슈미트에게서 행운(성공)을 얻었거나 혹은 얻게 될 것이라는 사실 때문에도 죄책감을 느낀다. 그 기이한 죄책감은 이해하기 어려운 동시에 가장 혹독하다. 물론 이와는 전연 다를 수도 있다(가능성 II). 그러니까 힘멜스바흐는 자신이 게네랄안차이거에서 더이상 아무 일도 할 수 없다는 사실을 내 죄로 인해 결코 알지 못하게 될 것이고, 그 때문에 나는 나 자신이 게네랄안차이거에서 좋은 기회를 얻게 된 데 대한 책임을 그에게 전가한다. 왜냐하면 한 번 잘못이 생기면 나중에 또 새로운 잘못이 쌓이기 마련이기 때문이다. 가능성 III은 현실성이 너무 없어 착각일 확률이 높은데, 내용은 다음과 같다. 사실 힘멜스바흐와 나는 이미 오래전부터 육체적 접촉을 찾고 있었고, 그것은 아무것도 모르고 도와준 마르고트의 육체적 협력으로 마침내 가능해졌다. 우리 두 사람은 마르고트와 육체적 관계를 가지면서 처음으로 가까워졌다. 가능성 IV는 개인적으로 가장 많은 충격을 준다. 그것에 따르면 힘멜스바흐와 과도하게 맺고 있는 친분은 우리의 삶 전반이 오직 끊임없이 서로 상대에게 부담을 주는 것이며, 유례없이 증가하는 고통이라는 것을 분명히 해줄 뿐이다. 갑자기 무릎의 힘이 다시 빠진다. 내가 처음부터 말하지 않았던가. (내 머리의 힘은 차치하고라도) 내 무릎의 힘이 이 어려운 문제들을 정리하기에는 역부족이라고. 다행히도 난 지금 재킷을 안 가지고 있다. 가지고 있었더라면 내가 절대 동의할 수 없는 삶의 기이함이 지금 내게 재킷을 아무 관목덤불이나 혹은 자갈 더미 속으로 던져버리고 그것을 이틀간 말없이 지켜보라고 강요했을 것이다. 마음속에서 이런저런 논의가 진행되는 사이 다행히도 힘멜스바흐와 마르고트를 시야에서 놓쳐버렸다. 잠시 동안 난 힘멜스바흐 때문에 이 도시를 떠나는 것이 좋을지 생각해본다. 어리석기 짝이 없는 이 생각이 나를 더 힘 빠지게 만든다. 노란색 하늘이 천천히 오렌지 빛깔을 띠어간다. 수잔네와 약속한 시간까지는 한 시간 이상이 남아 있다. 그 시간 내내 사색에 잠기고 싶은 생각은 결코 없다. 내가 착각한 것이 분명하다. 마음속에서는 그 어떤 흥정도 벌어지지 않으며, 단지 차츰 뭔가가 자꾸 수그러드는 게 느껴질 뿐이다. 하지만 도대체 무엇이 수그러들고 또 정확히 무엇 때문에 그렇게 되었단 말인가? 맙소사, 또다시 질문이 시작된다. 이때 열 살 정도 되어 보이는 한 소년의 모습이 나를 도와준다. 옆 골목에 있는 어느 집 발코니 밖으로 나온 소년은 양복 솔을 긴 끈에 매달아 발코니 난간 아래로 내려뜨린다. 한동안 솔을 이리저리 흔들어대던 소년은 나중엔 끈을 붙잡고 매달린 솔이 움직이지 않을 때까지 가만히 기다린다. 나는 진열대 창턱에 걸터앉아 천천히 맴돌고 있는 솔을 쳐다본다. 소년이 집 안으로 들어가서 발코니 문을 닫는다. 문이 닫히고 얼마 안 있어 옆 창문의 커튼 틈새로 아이 얼굴이 보인다. 거기에서 아이는 가만히 매달려 있는 양복 솔을 주시한다. 나도 그 솔처럼 냉정하고 평정심을 잃지 않은 채 나 자신으로부터 다정스레 관찰당하고 싶다. 몇 초 후 난 바로 그 말에 웃지 않을 수 없다. 동시에 난 사실 그 말에 감사하고 있다. 그 말은 단지 내가 안정을 찾을 수 있었다는 신호인 셈이다. 심지어 난 지금 솔의 평정심 일부가 나 자신에게로 옮겨오고 있다고 믿는다. 지금 이 순간 난 모든 걸 다 이해하지 못한다는 사실에 더이상 흥분하지 않는다. 오렌지 빛깔의 하늘이 다시 빛깔을 바꾼다. 용마루 위로 진한 장밋빛 하늘이 나타나고, 그 윗부분이 연한 자줏빛을 띠어간다. 미풍에 양복 솔이 이리저리 흔들거린다. 무의미하기만 한 그런 흔들거림도 난 기꺼이 내 몸속에 받아들일 것이다. 지금 나는 모든 걸 다 이해하지 못한다는 사실에 나의 가치가 존재한다고 믿는다. 45분이 흐른 뒤 난 양복 솔이 내 몸속에서 이리저리 흔들거리는 걸 느낀다.

유감스럽게 수잔네는 약속 시간 직전에 잔잔히 흔들거리는 양복 솔을 바라보며 시간을 보낼 수 없었다. 그녀는 신경이 예민해져 있고, 진이 빠져 있고, 지친 모습이다. 우리는 베르디 안으로 들어간다. 음식 맛이 좋은 게 틀림없다. 식당이 거의 만원이다. 다행히 음악은 나오지 않고, 조명은 강하지 않다. 한동안 난 사람들의 모습을 지켜본다. 입을 닦고, 바지와 치마를 추어올리고, 머리를 정리하는 사람들, 계속해서 자신을 단장하는 사람들의 모습을. 수잔네는 에스트라곤 겨자 소스를 곁들인 닭 가슴살 요리를 주문하고, 난 샐비어를 곁들인 포카시아를 먹기로 결정한다. 수잔네가 주변 사람들에게 의혹의 시선을 보내거나 혹은 조용히 욕을 하기 시작한다.

오늘은 내 주위에 있는 불만에 찬 얼굴들을 못 봐주겠어, 수잔네는 말한다. 그런 얼굴을 보면 난 공격적이 되고 화만 내게 돼.

　수잔네는 샐러드 접시 안에 있는 숟가락이 그녀 쪽으로 향해 있는 것조차 못 견뎌한다. 예상하건대 그녀는 곧 잘못된 삶에 그토록 오래 몸담아온 자신에 대해 한탄을 늘어놓을 것이고 그녀가 그토록 오랫동안 억눌러온 연극에 관한 이야기도 내게 할 것이다. 리자가 짜증을 많이 낼 때면 난 그녀가 곧 생리를 하게 되리라는 것을, 그리고 그녀가 거의 울먹한 상태로 지내고 있다는 것도 알고 있었다. 울먹한 상태라는 말은 리자가 만들어낸 말이다. 지금 난 그 말을 다시 사용해서 수잔네에게 직접적으로 묻고 싶다. 울먹한 상태야? 아마도 수잔네는 자신의 상황을 내가 너무나 정확히 알고 있다는 사실에 기뻐할 것이다. 종업원이 수잔네의 닭 가슴살 요리를 그리고 내 포카시아를 가지고 온다. 우리는 허겁지겁 음식을 먹어대기 시작한다. 하지만 잠시 후 수잔네의 기분은 더 나빠질 것이다. 왜냐하면 울먹한 상태라는 말을 만든 게 내가 아니라는 사실을 당연히 그녀가 어렴풋하게나마 짐작하게 될 테니까. 나는 지레 겁을 먹고는 그 말이 리자가 내게 남긴 몇 가지 것들(돈을 제외하고 말이다. 난 돈 얘기는 안 할 것이다) 중 하나라는 것을 시인해버릴 것이다. 그러고 나서는 한 사람을 어느 정도 이해했다 싶어지면 늘 **그전에** 알던 다른 사람에 대한 기억을 떠올릴 수밖에 없다는 것이 얼마나 비참한 일인지에 대해 이야기할 것이다. 사람들이 서로 너무 비슷비슷하다는 사실을 난 나중에서야 인정했다. 그전엔 사람들이 너무나 다르게 생겼다고 오랫동안 믿어왔다. 그리고 그 당시 울먹한 상태라는 말 자체는 좋았지만 그로 인해 초래된 결과는 그렇지 못했다. 그 말이 내게 그처럼 강렬한 인상을 남기면서 내 관심을 집중시키지만 않았다면 리자는 내게 많은 말들을 했을 것이다. 그때 난 울먹한 상태!라고 계속 외치면서 웃어댔고, 결국에 가선 리자가 자신이 한 말 때문에, 어쨌든 자주, 침묵할 수밖에 없었다는 사실을 알아채지 못했다.

여기서 내가 아는 사람이라곤 하나도 없는데도, 수잔네가 말한다, 마치 바로 어제 이 사람들과 공동부엌에서 같이 아침식사를 한 느낌이야.

그 말에 뭐라고 대꾸를 해야 할지 모르겠다. 수잔네와 나 사이에 흐르고 있는 이 분위기가 전혀 마음에 들지 않는다. 분위기를 바꿔보려고 내가 수잔네에게 유치한 편지를 썼을 당시에 했던 상상 한 가지를 그녀에게 이야기한다.

그 당시 저녁에 집에 들어갈 때마다 네가 우리 집 문 앞에 서 있는 상상을 자주 했어.

네가 나를 집에 들어오게 했을까?

그건 그저 상상이었을 뿐이야.

그러니까 넌 나를 집에 들어오게 하지 않았을 거란 말이지?

당연히 너를 들어오게 했겠지. 여러 날 밤 동안 내가 우리 집 문 앞에서 너를 발견하기를 얼마나 기대했는데. 흥분으로 눈물이 고일 정도였다니까.

흥분으로 아니면 기대로?

그 당시엔 단정지을 수가 없었어.

우리는 웃는다.

눈물이 고이면 더이상 난 아무 생각도 할 수가 없었어, 적어도 그때는 그랬지.

그래 그랬겠지. 그러면 요즘은?

요즘엔 아무 상상도 하지 않아.

정말이야?

그래. 어느 순간에 내 갖가지 상상이 사라져버렸어.

난 그렇게 생각하지 않아, 수잔네는 말한다, 아마도 너의 상상과 네가 하나가 되어버려 상상을 한다는 사실 자체가 더이상 눈에 띄지 않는 걸 거야.

바로 그때 레스토랑에 음악이 흘러나온다. 남은 저녁 시간을 위해 좋은 징조가 아니다. 수잔네는 한숨을 깊이 내쉬고 먹다 남은 닭고기를 탁자 중앙으로 밀어버린다. 음악이 나오지 않는지 미리 확인해야 했는데. 수잔네가 주위를 둘러본다. 한동안 우리는 서로 아무 말도 하지 않는다.

저 여자들 좀 봐, 수잔네는 말한다, 얼마나 모순적으로 보이는지! 자신의 젖가슴을 바라보는 눈빛은 자신에 차 있지만 저 슬픈 얼굴들을 봐! 저 눈빛을! 씁쓸해하는 입술들! 가슴이 그리 만족스럽지 않을 것이라는 게 벌써 뻔히 보이잖아.

후식을 주문해야 할지 말아야 할지 생각하지만 곧 물어본다, 나갈까?

와인은 다 마시고 가자, 수잔네가 말한다.

종업원 한 명이 우리가 나가려는 것을 금방 알아챈다. 그가 우리에게로 와서는 테이블 가장자리에 계산서를 올려놓는다.

오늘밤 우리 집에서 함께 보낼래?

네가 내 모습을 참아줄 수 있다면, 나는 말한다.

나는 네가 내 모습을 참아줄 수 있는지 물어보려고 했어.

우리는 웃는다.

그런데 너 임무를 하나 수행해줘야 해, 수잔네가 말한다.

난 기다린다.

유감스럽게도 내가 자다가 자주 깨, 수잔네가 말한다. 어쨌든 요즘엔 그래. 요즘 내가 다소 신경이 날카롭고 불안한 상태라서. 자꾸 불을 켜서 손거울로 아픈 내 혀를 관찰할 거고, 갑작스럽게 암과 난소 그리고 그와 관련된 온갖 것들에 대해 극심한 공포에 휩싸이게 될 거야. 내 침대 협탁 속에 초콜릿 반 판이 들어 있으니까 만약 내가 말을 너무 많이 하면 그때 네가 초콜릿 한 조각을 내 입에 넣어주고 내 머리를 베개 위로 지그시 눌러줘야 해. 그러면 난 입에서 천천히 녹는 초콜릿과 함께 다시 잠들 수 있을 거야.

그 임무를 내가 맡을게, 나는 말한다.

나중에 침실에 들어오고 나서야 수잔네는 원피스가 마음에 드냐고 물었다. 그것은 공군 비행사 제복을 응용하여 만든 옷으로 천연섬유 소재의 얇은 연회색 원피스다. 그 옷에 비스듬하게 달려 있는 지퍼는 그날 저녁 내내 반 정도 열려 있었다. 그 옷 밑으로는 레몬색 블라우스가 빛나고, 그 목선 주위로 목걸이가 보인다. 어린아이에게나 어울릴 만큼 작은 진주들이 달린 목걸이다. 그녀는 지금 눈가 아래로 뿌린 약간의 금가루를 지우고 있다. 피라미드 모양의 귀고리도 뺀다.

뭐라고 말해야 할지 모르겠어, 나는 사실대로 말한다. 내 대답에 그녀가 너무 실망할까봐 나는 이어서 말한다. 일반적으로 여자들은 자신의 옷이 남자들에게 미치는 영향을 과대평가하고 있어. 대부분의 남자들에게는 여자들이 어떤 옷을 입었는지는 중요하지 않아.

너도 그런 남자들에 속해?

그런 것 같은데.

그녀는 자신의 침대 협탁에서 초콜릿 반 판을 꺼내 침대 맞은편에 놓는다. 성냥갑도 꺼낸다. 그녀는 서랍장 위에 놓인 길쭉한 촛대에 꽂힌 여섯 개의 초에 차례차례 불을 붙인다.

내가 자주 쇼핑하는 부티크 주인에게서 옷을 선물로 받아. 그녀가 두세 번 착용하고 나서 팔 생각이 없는 블라우스나 원피스를 말이야.

아 그래, 나는 건성으로 말한다.

네가 정말로 옷에 관심이 없다는 걸 알겠다.

내가 미안하게 생각해야 하는 건가?

수잔네는 웃으면서 초가 꽂혀 있는 촛대를 약간 더 뒤쪽으로 밀어놓는다. 오렌지와 사과로 반쯤 채워진 과일 쟁반 바닥에 두통약이 돌돌 말려진 것을 보고 생각한다. 그래, 그렇지, 당연하지.

내가 유치하게 촛불 아래서 사랑을 나누고 싶어 한다고 생각하지는 마, 수잔네가 말한다, 이유는 훨씬 간단해. 내 모습을 너무 자세히 보이고 싶지 않아서야.

맙소사, 나는 대답한다. 그 문제도 여자들은 과대평가하고 있어.

단지 내 마음을 달래주려고 하는 말 같은데, 수잔네는 말한다.

내 마음을 달래기도 하지.

근본적으로 수잔네에게는 우울한 성향이 있는 것 같다. 바로 그 때문에 우리는 함께 이야기를 나누고 어느 정도 서로를 이해할 수 있는 것이다. 수잔네가 자신의 우울한 성향에 대해 알고 있는지는 지금까지도 명확하지 않지만 말이다. 그녀를 에워싸고 있는 물질 숭배(너무 많은 옷들, 너무 많은 재미 추구, 너무 많은 의미 추구, 너무 많은 장식품)는 오히려 그녀가 아무것도 모르고 있음을 시사해준다.

지루한 사람이 되려고 해야 해, 나는 말한다.

왜?

사랑이 지루한 일이라는 것을 결국에 가서는 부정할 수 없거든.

난 그럴 수 없어, 수잔네가 말한다.

뭐가 문젠데?

난 어차피 반평생 존재감이 없다는 생각과 싸워왔어.

지루한 여자들이 삶에서 가장 큰 성공을 하게 돼. 그들의 사랑은 진실하고 오래가, 나는 말한다.

수잔네는 오렌지 두 개와 사과 하나를 촛대 옆에 놓는다.

오렌지 먹고 싶어? 나는 묻는다.

아니, 난 침대에 누웠을 때 과일이 또렷이 잘 보였으면 좋겠어, 그렇지 않으면 잠시 후 시체 보관소에 누워 있다는 느낌이 엄습해오거든.

넌 생각을 너무 많이 해, 나는 말한다.

맞아, 수잔네는 말한다, 너는 아냐?

우리는 서로 웃고 키스를 한다. 그러고 나자 그녀가 맨다리를 드러낸 채 침대 모서리 위에 걸터앉고서 묻는다. 나를 비판적인 시선으로 한번 자세히 봐줄 수 있어?

나는 하나뿐인 의자에 앉아서 수잔네를 관찰한다. 수잔네와 같은 여자를 위해서는 식사와 레스토랑 그리고 옷과 주말이 그러해야 하듯 섹스 또한 멋져야만 한다는 생각에 약간 걱정이 된다.

어때? 수잔네가 묻는다.

뭐가 어때?

눈에 띄는 거 뭐 없어?

네가 뭘 원하는 건지 모르겠다.

그러면 날 자세히 살펴봐.

나는 막 밤 열한시를 넘긴 그 시간에 내가 할 수 있는 한에서는 아주 꼼꼼히 그리고 샅샅이 수잔네를 살펴본다.

안 보여? 수잔네는 말한다, 내 무릎 아래로 무릎 몇 개가 더 생긴 게.

나는 말없이 수잔네의 무릎을 살펴본다.

처음엔 그저 불분명한 혹같이 돌출됐던 거였어, 수잔네는 말한다, 얼마 정도 시간이 흐르면 없어질 거라고 생각했지. 어림없는 소리! 그것들은 점점 더 커지고 점점 더 둥글게 변했어. 그리고 이제는 마치 내 다리에 무릎이 각각 두 개씩 달린 것처럼 보이는 거야. 마치 노인네 다리 같아!

수잔네는 마치 아픈 신체 부위를 만지듯 자신의 다리를 여기저기 눌러댄다.

나는 셔츠와 바지를 벗으면서 말한다. 나이가 들어가면서 실제로 생기는 변화는 오직 두 가지뿐이야. 남자들은 귀가 더 길어지고 여자들은 코가 더 길어지지.

수잔네는 웃으면서 이중으로 나 있는 자신의 무릎을 잊는다. 적어도 그 순간엔. 그녀가 나를 침대 위로 잡아끌고는 격렬하게 키스를 해댄다. 마치 시간에 쫓기는 사람처럼. 나는 당황스러웠고 동시에 그것이 적절치 못하다고 자신을 설득해본다. 네가 스스로 꾸민 일이 지금 진행되고 있을 뿐이다. 너는 한 여자에게 중요한 사람이 되려고 했잖아. 수잔네는 키스를 하면서 나를 침대 위로 눕힌다. 그녀는 육체적인 관계가 가능할 정도로 충분히 발기될 때까지 기다리지 못한다. 그녀는 반쯤 발기된 내 성기 위에 앉아서는 상체를 내 상체 위에 올려놓는다. 아마도 그녀는 더이상 탱탱하지 않은 젖가슴을 창피하게 생각하고 있을 것이다. 우리는 잘못 시작했다. 다시 한번 처음부터 시작할 수 있을 것이다. 나는 그녀의 몸속으로 밀고 들어가본다. 하지만 성기가 아직 충분히 단단해지지 않았기 때문에 곧장 다시 밖으로 미끄러져 나온다. 그때 양말 벗는 걸 잊었다는 생각이 난다. 즉각 난 수잔네가 그런 것을 견디지 못할 것이라는 생각을 해본다. 하지만 그 순간 그녀가 눈치 못 채게 양말을 벗어서 안 보이게 치워버린다는 것은 불가능하다. 그런 실수는 나한텐 아무런 해가 되지 않는다. 그 반대다. 실수는 내가 천진난만하다는 것을 보여준다. 그것들은 내가 삶에 대해 충분히 알지 못하며 또 이제껏 삶에 대해 제대로 안 적이 한 번도 없었다는 사실을 살짝 상기시켜주는 것이다. 갑자기 난 내가 기본적으로 늘 품고 있는 어떤 느낌 속으로 빠져든다. 나 자신이 항상 제자리를 잡지 못하고 어정쩡하게 살아가고 있고, 그 때문에 마치 실수로 살아가는 듯한 느낌 말이다. 그때 부드러운 수잔네의 육체가 내게 어린아이가 갖는 신뢰를 느끼게 한다. 실수로 살아간다는 느낌은 제어가 되지 않는 탓에 굴욕적인 작은 실패에 대한 생각으로 바뀐다. 그러한 느낌도 내게는 친숙하다. 난 실패 속에서 계속 살아가는 것에 익숙해져 있다. 한동안은 무슨 일이 일어난 건지 그리고 어떻게 거기서 벗어날 것인지 알지 못하지만 그럼에도 난 삶을 계속 이어간다. 불현듯 내가 새로운 제2의 시작의 한복판에 서 있다는 느낌을 갖게 될 때까지. 수잔네와 나는 이제 더이상 아무 얘기도 하지 않는다. 몸 위에 있는 수잔네를 내려놓고 내 옆에 누인다. 동시에 난 발을 이불 한 귀퉁이 아래로 밀어넣는 데 성공한다. 수잔네의 음부에서 지금 다소 시큼한 냄새가 풍겨오고, 그 냄새가 수잔네의 마음에는 들지 않겠지만 나를 자극한다. 어머니의 부엌에는 빵을 담아두는 통이 항상 열려 있었다. 바로 그 빵 통에서 나는 냄새가 갑자기 침대에서 난 것이다. 수잔네가 나를 쳐다본다. 마음 같아선 그녀의 불안감을 없애주면서 이렇게 말하고 싶다. 안심해, 너에게선 오래되고 맛있는 빵집 같은 냄새가 나. 아마 수잔네는 그런 비유에도 동의하지 않을 것이다. 그녀는 일상적인 생각이 숭고해야 할 우리 사랑의 열정을 방해하는 걸 절대 허락하지 않는다. 나는 몸을 뒤집어 수잔네의 두 다리를 벌린다. 엉덩이를 뒤로 빼면서 침대에서 미끄러져 내려온다. 수잔네는 나의 의도를 알아채고 자신의 하체를 내게 들이민다. 그녀는 할 수 있는 한 다리를 활짝 벌린다. 나는 그녀 위로 몸을 굽혀 시큼한 냄새가 나는 그녀의 음부에 입을 맞춘다. 그러고 나서야 비로소 난 내가 사랑의 빵 냄새를 싫어하지 않는다는 것을, 아니 정반대라는 것을 말할 수 있다. 수잔네는 나지막한 신음 소리를 내면서 두 손으로 내 머리를 잡는다. 나는 입을 앞으로 쑥 내밀어 입속으로 음순을 빨아들였다가 아랫니 위로 미끄러뜨린다. 바로 그 순간 힘멜스바흐가 떠오른다. 그와 마르고트가 시내를 함께 걸어가는 모습이 보인다. 양상을 보아하니 수잔네와 나의 사랑의 전초전이 또다시 방해를 받을 것 같다. 나는 힘멜스바흐와 중고생같이 미숙했던 그의 작업방식을 비웃어본다. 나는 수잔네의 음순을 내 입에서 슬그머니 빠져나오게 하면서 생각한다. 봐라, 힘멜스바흐, 이렇게 하는 거야. 나는 생각했던 것보다 더 오래 수잔네의 음부에 입을 맞춘다. 힘멜스바흐를 내 의식 속에서 다시 몰아내는 데 걸리는 시간만큼 더 시간을 늘여서. 힘멜스바흐를 의식에서 몰아낼 확신이 없어 내 목과 머리에는 땀방울이 맺힌다. 이런 식으로 가다가 수잔네와 나는 세번째 전초전을 시도해야 할 판이다. 더이상 힘멜스바흐에 대해 생각하지 않기 위해 무엇을 해야 좋을지 모르겠다. 내가 할 수 있는 것이라고는 오직 수잔네 음부에 전념하는 일뿐이다. 그러나 내 집중력이 서서히 떨어지면서 그것이 점차 공허하게 느껴진다. 이때 난 내가 끊임없이 삶 앞에서 약간씩 머리를 숙인다는 생각을 한다. 그리고 동시에 머리를 숙임으로써 난 삶 자체를 굴복시킨다. 내가 삶 앞에 머리를 자주 숙인다면 언젠가는 산다는 것에 동의할 수도 있으리라는 희망이 수잔네의 두 다리 사이에서 생겨난다. 결국에 가서는 내가 삶 앞에 머리를 숙인 것인지 혹은 삶이 스스로 굴복한 것인지 더이상 구분할 수 없을 때 마침내 놀라우리만치 끈질긴 나의 인내심이 승리를 거머쥘 것이다. 머리를 숙인다는 것에 대해 생각함으로써 힘멜스바흐를 내 의식에서 몰아낸 게 분명하다. 힘멜스바흐가 머릿속에서 사라져버렸고, 난 더이상 그에게 말을 걸지 않는다. 그리고 어쩌면 수잔네에게서 나는 빵 냄새가 내 성기를 다시 단단하게 만들었을 수도 있다. 몸을 일으켜 수잔네의 몸을 침대 안쪽으로 좀더 민다. 이번엔 그녀가 몸을 움직이지 않고 가만히 있어서 난 아무 어려움 없이 그녀의 몸속으로 밀고 들어갈 수 있다. 실패의 위협 직후에 오는 환희는 가장 짜릿하다. 나의 삽입 동작은 마치 완벽하게 머리를 숙이는 동작이며, 지금은 사랑 앞에서 완벽하게 머리를 숙이는 동작과도 같다. 수잔네는 지금 한 마리 작은 짐승처럼 나지막한 소리를 지른다. 다시는 알아들을 수 있는 말을 하고 싶지 않다는 듯이. 그리고 2분 후 그녀가 나에게 조심해달라는 말을 한다.

어떻게 할까, 나는 묻는다, 그만할까?

할 수 있는 한 계속하다가 나중에 내 배 위에 해줘.

그 부탁이 내 상상력을 자극해 난 더이상 섹스를 오래 끌 수가 없다. 수잔네는 얼굴을 옆으로 돌리고 팔을 쫙 편다. 다행히도 난 자신도 모르는 사이 정액이 빠져나가는 남자들 부류에 속하지 않는다. 나의 육체적 감각은 정액이 추진력을 가지고 발사되어 나가는 그 순간을 알아차릴 수 있다. 그때가 임박해오자 난 수잔네에게서 떨어져 나와 재빨리 그녀 위로 몸을 숙인다. 정액이 그녀의 배 위로 흘러내린다. 수잔네는 한숨을 내쉬고 흐느껴 울더니 내가 그녀의 몸 위에서 내려올 수 있도록 도와준다. 잠시 후 손으로 정액을 배 위에 넓게 문지른다. 한동안 그 모습을 바라보며 무언가 묻고 싶다. 하지만 잠자코 있는 여자에게는 지금 뭐 하냐고 묻지 않는 편이 낫다는 생각이 떠오른다.

10

며칠 동안 난 화가 치미는 것을 억누르지 말고 그냥 구두 테스터 일을 그만둘까 고민했다. 어제 저녁에야 난 형편없이 줄어든 임금에도 불구하고 당분간 그 일을 계속하기로 결정했다. 방에 앉아 하베당크에게서 마지막으로 받은 구두에 관해 보고서를 쓰고 있다. 물론 예전에도 이따금씩 불성실하게 일한 적이 있긴 했지만, 오늘 처음으로 보고서를 완전히 지어서 쓰고 있다. 앞으로도 난 상상으로 지어낸 보고서만을 제출할 것이고, 보수의 감소분을 메우기 위해 구두를 계속 벼룩시장에 내다 팔 것이다. 며칠 동안 계속 비가 내리고 있다. 나는 창문을 열어놓은 채 앞쪽 방에 앉아 있다. 비가 오래도록 내린 후 도심 속에서 피어오르는 냄새를 나는 아주 좋아한다. 그 냄새는 모르타르, 진창, 곰팡이, 소변, 먼지, 습지, 녹 냄새가 혼합된 것이다. 이따금씩

하던 일을 멈추고 집 안을 조금 오가며 맞은편 집에 사는 사람들을 쳐다본다. 그들도 나를 쳐다보고, 우리는 서로 피하지 않는다. 때때로 서로 바라보며 잠시 미소를 짓기도 한다. 어쩌면 비가 우리의 마음을 넉넉하게 만들었는지도 모른다. 그때 가장 인상적이었던 것은 예순 정도 돼 보이는 한 여인이다. 그녀는 발코니 위에서 꼼꼼하게 오물과 먼지를 한곳으로 쓸어 모으고 있다. 그러고 나서는 그 작은 쓰레기 더미를 그대로 놔두고서 이따금 집 안에서 그것을 바라본다. 내가 봤을 때 그리 중요한 일이 일어날 것 같지는 않은데. 바람이 불어와 여인이 쓸어 모은 쓰레기 더미를 흩날려버린다. 그녀는 자신이 해놓은 일이 완전히 무용지물이 되는 것을 바라보지만 그것을 막기 위해 아무런 조치도 취하지 않는다. 비가 내린 지 사흘째 되던 날 발크하우젠 부인이 전화를 걸어온다. 수화기를 들고 난 한동안 별말을 하지 못한다. 당황스럽기까지 하다. 정확히 말하면 나와 발크하우젠 부인을 묶어주는 것이 무엇인지 잘 모르겠다. 그리고 보아하니 이 사실을 완전히 감출 수도 없다. 전화를 받을 때면 내가 가장 자주 갖게 되는 느낌이 어김없이 엄습해온다. 나쁜 소식을 들을 마음의 준비가 되어 있어야 하지만 준비를 하기엔 너무 늦어서 무방비 상태로 나쁜 소식을 들을 수밖에 없을 때의 느낌 말이다. 그러나 발크하우젠 부인은 기껏해야 나쁜 소식을 상징하는 캐리커처에 지나지 않는다. 그녀는 내가 가만있어도 자기 혼자 대화를 이끌어 나갈 수 있는 사람들 중 하나다.

제 물건 중 세 가지가 방금 망가져버렸어요, 그녀가 말한다. 욕실 전구가 나가버렸고, 꽃병이 발 밑으로 떨어졌고, 파란색 바지의 솔기가 뜯겼네요!

발크하우젠 부인은 웃고, 나는 침묵한다. 혹은 명확히 전달되지 않는 짧은 문장 하나를 내뱉는다.

그래서 전 당신에게 전화를 걸어야겠다는 결정을 내렸어요! 발크하우젠 부인은 말한다. 당신이 그렇게 하라고 직접 저를 자극하셨고요! 제가 당신의 기억술연구소에 전화한 거 맞죠?

아 맙소사! 난 발크하우젠 부인에 관해서도 그 연구소에 대해서도 까맣게 잊고 있었던 것이다. 이제 나도 웃어보지만 이 웃음이 연구소를 잊어버리게 만드는 데에는 역부족이라는 것을 느낀다.

전 아주 자주 당신 연구소를 생각했어요! 발크하우젠 부인은 말한다.

우리는 오후나 늦은 오후 아니면 저녁 중 언제 만나는 것이 좋을지에 대해 장시간 이야기를 나눈다. 발크하우젠 부인이 기억술연구소에서, 다시 말하면 내 집에서 그리고 나와 함께하는 일회분의 체험을 예약했다는 사실이 이제야 기억난다. 발크하우젠 부인은 가능하면 이른 오후에 만나고 싶어 한다.

저녁에 사람들은 술집에만 가려고 하잖아요, 그녀는 말한다, 그러면 다시 그 끔찍한 체험의 프롤레타리아들과 함께 앉아 있어야 하고요! 전 이런 사람들과 더이상 상종하고 싶지 않아요!

체험의 프롤레타리아라는 말을 난 이제껏 한 번도 들어본 적이 없다. 나는 체험의 프롤레타리아가 무엇을 뜻할 수 있는지 또는 자신이 평범한 체험에 만족하지 못하는 까다롭고 어려운 사람이라는 생각을 내게 심어주려고 발크하우젠 부인이 그저 만들어낸 말은 아닌지 생각해본다. 통화하는 내내 난 문이 열려 있는 나뭇잎 방 안을 들여다보고 있다. 그사이 완전히 말라버린 나뭇잎들은 매우 독특한 모양으로 돌돌 말려지거나 휘어졌다. 순간적으로 내가 왜 나뭇잎 방을 그리워했는지 그 이유가 분명해진다. 내가 놀랄 일이 전혀 생기지 않는 공간이 이 세상에 적어도 하나쯤은 있어야 한다. 내게 어떤 상처도 주지 않는, 어떤 요구도 하지 않는 공간이 적어도 하나쯤은 있어야 한다. 나뭇잎 사이를 이리저리 거닐다보면 심지어 무언가와 담판을 지어야 할지도 모른다는 느낌도 사라져버린다. 저 나뭇잎 방은 아마도 교활한 내 영혼의 발병품임이 확실하다.

전 이 세상에 하나뿐인 체험을 찾고 있어요, 발크하우젠 부인이 말한다, 진정 개인적인 체험 말이에요. 당신은 절 이해하시지 않나요?

발크하우젠 부인과 무엇을 해야 좋을지 도무지 감이 잡히지 않았지만 그럼에도 난 오후 네시에 그녀와 만날 약속을 한다.

선착장에서.

선착장에서요, 발크하우젠 부인이 따라 말한다, 그리고 우리는 전화를 끊는다.

실제로 여름이 끝나가고 있고, 무엇보다도 그것에 내 관심이 더 쏠린다. 풀들이 빛을 잃어가고, 나뭇잎은 노랗게 변할 뿐만 아니라 아래로 떨어져 내린다. 며칠 전부터 갈매기 몇 마리가 지붕 위를 맴돌고 있다. 도대체 이 갈매기들은 어디서 온 걸까? 어쩌면 비가 이 새들을 유혹했을지 모른다. 어쩌면 이것들은 어디엔가 물이 많이 있을 거라고 추측했을지도 모른다. 지금 하늘 저 멀리에서 갈매기들은 주부들이 방금 세탁한 옷을 발코니 안쪽 깊숙한 곳에 너는 모습을 지켜보고 있다. 매일 주위의 발코니 문들이 열리고, 주부들이 나타나 빨래가 다 말랐는지 반쯤 말랐는지 아니면 거의 다 말라가는지 손으로 확인한다. 방금 세탁한 옷을 담은 플라스틱 바구니를 들고 지금 막 발코니로 나온 한 중년 여인을 보며 그녀가 빨랫감을 다루면서 살짝 미쳐버렸을지도 모른다는 추측을 해본다. 그녀는 빨래를 널고는 다시 집 안으로 사라진다. 하지만 고작 2분 후에 그녀는 빨래가 아직 안 말랐는지 첫번째 검사를 한다. 다시 그녀가 집 안으로 들어간다. 하지만 얼마 지나지도 않아 그녀가 다시 발코니에 모습을 드러내고는 빨래를 손으로 만져보는 검사를 반복한다. 정상이 아닌 자신의 조급증으로 그녀의 몸은 지칠 대로 지쳐버리고 만다. 어쩌면 사정은 정반대일지도 모른다. 그러니까 오직 녹초 상태에서만 그녀는 자신의 광기에서 벗어나 잠깐의 휴식을 맛볼 수 있는 것이다. 잠깐 사이에 그녀는 열 번에서 열다섯 번 정도까지 빨래를 만진다. 그리고 나서는 갑자기 등나무 의자 위에 펄썩 주저앉아버린다. 그러더니 바람에 약간씩 이리저리 펄럭이는 침대보 사이에 그냥 앉아 있다. 그녀는 오직 담배 때문에 발코니로 나온 이웃집 여자를 쳐다보다가 잠이 든다. 그녀의 머리는 지금 발코니 뒤쪽 벽에 기대 있고, 입은 벌어져 있고, 손은 미동도 없이 무릎 위에 올려져 있다. 아래로 축 내려뜨려진 채 왼쪽과 오른쪽 빨랫줄에 널려 있는 침대보들은 마치 곧 그녀 몸 위로 넓게 펼쳐질 염포처럼 보인다. 하지만 얼마 후 그 여인은 한 번 더 잠에서 깨어나고, 깨자마자 아직도 마르지 않은 빨래를 손으로 만져본다. 경이적인 광경이다. 죽은 이가 깨어나 염포와 접촉하면서 자신의 실제적인 죽음을 한 번 더 피한 것이다. 담배를 피우던 여자는 그사이 두번째 담배를 피우는 중이다. 자신이 관찰당하고 있다는 사실 때문에 그녀는 약간 화가 났고 이제 공격성을 드러냈다. 그러나 그녀가 공격적으로 대할 상대가 거기엔 아무도 없다. 그녀는 단지 불안을 드러내고 애처롭게 주위를 두리번거리고는 격렬하게 담배를 빨아댄다. 잠시 후 난 내 광기의 올가미 속에 나 자신을 옭아맨다. 화장실을 가는 도중에 복도 거울을 너무 오래 보다가 갑자기 내 얼굴이 다시 열한 살 소년의 얼굴이 되어버렸다고 확신한다. 소년의 얼굴은 희고, 거의 달 모양으로 둥글며 머리카락 테두리가 금빛을 띤다. 눈은 푸른색으로 촉촉이 젖어 있고, 입술은 말라서 서로 달라붙었으며, 피부는 약간 꺼칠꺼칠하고, 입안에선 좋지 않은 밍밍한 맛이 사라지지 않고 머무르며, 두피는 계속 가렵고, 혀는 움직이지 않고, 작은 달 모양의 두 눈만 무언가를 찾아 이리저리 움직이면서 계속 묻는다. 삶에서 고통은 언제 시작되지? 그리고 무엇 때문에? 누군가 나를 조롱하게 될까? 또다른 아이는 곧 내게 이 머저리야, 라고 말할까? 그러고 나서는 내 우스꽝스러운 스웨터를 건드리면서 급기야 내 옷을 가지고도 나를 웃음거리로 만들어버릴까? 그러면 난 집으로 돌아와, 지금처럼, 소파 위에 앉아서 유령이 사라질 때까지 기다리게 될까? **이런** 얼굴을 하고 발크하우젠 부인 앞에 나타날 수는 없을 것이다. 자신감이라고는 없었고, 끔찍스럽기만 했으며, 무능력하게 도망치기만 하던 내 어린 시절이 매번 새로이 나를 파고들면서 난 거의 한 시간 동안 몸을 소파 위로 내리누른다. 그 후 몸을 일으켜 옷장 문을 연다. 이제 최소한 이 공간에는 기이한 현상이 두 가지 있는 셈이다. 열려 있는 장과 나. 발코니 위의 그 여인처럼 나는 리자가 예전에 다려놓은 빨래를 손으로 만져본다. 손수건 한 장을 꺼내 들고 방 안을 약간 돌아다닌다. 발코니의 여인이 그랬듯 나도 피곤해질 것이다. 포개진 손수건을 베개 삼아 소파 위에 등을 기대고 앉는다. 손수건에서 리자 냄새가 풍겨오고, 그 냄새가 나를 잠들게 도와준다. 대략 한 시간쯤 잠을 잔다. 그러고 나니 어린아이 얼굴의 유령이 사라지고 없다.

며칠 동안 계속 내린 폭우로 강물이 범람했다. 하천의 넓은 풀밭 상당 부분이 물에 잠겼다. 선착장이 자취를 감추고, 돌로 만들어진 강둑을 따라 강물이 밀려 들어와 강둑에 부딪혔다 흘러간다. 발크하우젠 부인은 소방차 근처에 서서 몇 명의 남자가 몇몇 가옥의 지하실 창문에 물이 스며들지 못하게 모래 주머니로 막는 모습을 지켜보고 있다. 흙색 원피스를 입고 있는 그녀는 풀이 죽어 보인다. 그녀에게 다가가 인사를 하자 그녀는 몸을 앞으로 숙인 채 약간 괴로워하는 모습으로 옆을 본다. 우리는 원래 산책을 하려고 했지만, 두 사람 모두 넘실대는 강물을 바라보고 싶어 한다는 것을 알아챈다. 그래서 우리는 벤치 위에 앉아 흙빛 강물을 내려다본다. 곧이어 발크하우젠 부인이 자신이 갖고 있는 권태 문제에 대해 이야기한다.

전 제가 원하는 것을 할 수 있어요, 그녀는 말한다, 하지만 늘 제가 금방 싫증을 낼 거라는 걸 미리 알아요. 지난 몇 달 동안 상태가 너무 안 좋아서 뭔가 대책을 세워야겠다고 생각했지요…… 그러다가 마치 신의 섭리처럼 당신을 알게 된 거예요.

나는 움찔한다. 그것을 발크하우젠 부인은 알아차리지 못한다.

어떤 형태의 권태로 괴로우신가요? 나는 묻는다. 개인적 권태인가요 아니면 오히려 집단적 권태인가요?

개인적 권태요? 발크하우젠 부인이 묻는다.

혼자 계실 때면, 나는 묻는다. 권태로움이 당신의 내면에서 어찌해볼 도리 없이 찾아온다는 느낌이 드시지는 않나요? 그것이 그냥, 소위 음흉하리만치 급작스럽게 찾아오지 않나요?

그래요, 바로 그래요, 음흉하리만치 급작스럽게.

그게 개인적 권태죠, 나는 말한다. 혹은 또 이렇기도 하지요. 그러니까 당신은 다른 사람들과 함께 있습니다. 극장이나 수영장 혹은 그 밖의 다른 어떤 곳에 말이지요. 당신은 사람들과 이야기를 나누며 즐거운 시간을 보냅니다. 사람들과 좋은 시간을 보내려고 일부러 극장이나 수영장을 갔던 것이죠. 하지만 그러다가 당신은 즐겁게 해주던 모든 것이 사실은 지루하기 짝이 없다는 것을 느끼게 됩니다.

그런 느낌도 자주 들어요! 발크하우젠 부인이 말한다. 그리고 그것이 특히나 고통스러워요. 저는 제가 아는 많은 사람들과 함께 시간을 보내요. 즐겁고 편안함을 느낀다고 확신하죠. 하지만 그러다가 갑자기 그 어느 것도 저의 마음을 실제로 사로잡지 못하고, 모든 것이 내 곁을 그냥 스쳐 지나가버린다는 끔찍한 느낌을 갖게 돼요. 그건 집단적 권태인가요 아니면 오히려 개인적 권태인가요?

우리는 지금 치료를 위해 본격적인 대화에 돌입한 것이다. 이제 발크하우젠 부인도 나 자신도 멈춰 세울 수가 없다.

최근 권태의 발작 증세는 어떠했습니까? 그때 무엇을 먼저 느꼈나요? 자기 자신의 공허함이던가요 아니면 다른 사람들의 공허함이던가요?

최근에는…… 그래요…… 어땠느냐 하면, 발크하우젠 부인은 외친다, 아 그러니까…… 맙소사…… 튀빙겐…… 끔찍해요…… 말을 도저히 못하겠어요.

혼자였나요?라고 물으면서 당황한 나는 이마에서 흐르는 진땀을 살짝 눌러 닦아낸다. 발크하우젠 부인이 내 모습을 지켜본다. 하지만 내 생각에 그녀는 내가 땀을 흘리는 것을 진지함과 집중의 징표로 간주하고 있다.

아니요, 발크하우젠 부인이 말한다, 전 제 남자친구와 함께 어디 가는 길이었어요. 그가 튀빙겐 미술관에서 대규모로 열리는 인상파 화가들의 전시회에 관한 기사를 읽었고요. 그 즉시 전 말했죠. 우리 거기 가자! 인상파 화가들이라고! 세상에! 마침내 우리도 오리지널 작품들을 볼 수 있게 되었네. 우리는 정말로 기뻐했어요. 그곳에서 하루를 묵을 계획이었어요. 그럼 그다음 날 한 번 더 그림을 볼 수 있으니까요. 그런 유명한 그림들을 한 번 힐끔 보고 갈 수는 없잖아요. 그렇지 않나요? 그리고 우리는 그 후 몇 시간 동안 차를 타고 달린 끝에 튀빙겐 미술관에 들어갔어요. 들어서자마자 오른편에 그림이 걸려 있었어요…… 으음…… 제목이 〈수확〉이던가 아니면 뭐라던가. 어쨌든 그렇다 치고, 참 멋진 여름 풍경이었지요. 당신도 보시게 될 거예요! 그때 전 끔찍스러운 권태에 사로잡히고 말았지요! 전 생각했죠, 아아, 세잔. 전 왼쪽을 쳐다보았어요, 거기엔 또다른 여름 풍경 그림이 걸려 있었어요. 제목이 지금은 기억나지 않아요. 전 이렇게 생각했죠. 저 그림들은 요즘 모든 교실과 사무실에 걸려 있잖아. 정말 이제는 더이상 못 봐주겠어! 대기실에나 거는 평범하기 짝이 없는 그림들이야! 권태가 제 몸을 마비시켰어요. 전 거의 한 발짝도 뗄 수가 없었지요. 그리고 나서는 남자친구를 쳐다봤죠. 그의 마음은 벌써 밖에 가 있었어요. 차를 타고 오는 동안 이미 그는 지루해하고 있었던 거예요.

나의 흥을 깨지 않으려고 입을 다물고 있었을 뿐이었던 거죠. 나중에 그가 말했죠. 자신은 고속도로 위에서 이미 그림을 보려는 사람들로 혼잡을 이루리라는 것을 예상했다고 말이에요. 사방에서 사람들이 당신을 툭툭 치며 지나가고, 그가 말했죠, 왼편에선 로이트링겐에서 온 아줌마들을 위한 전시설명회, 오른편에서는 뵈블링겐에서 온 아줌마들을 위한 전시설명회, 뒤에서는 노인네들의 땀 냄새가 나고, 당신 앞에선 라벤부르크에서 온 한 학급의 아이들이 미친 듯이 날뛰어대고! 곧장 우리는 차에 몸을 싣고 집으로 돌아왔어요.

그림도 보지 않고요?

예, 발크하우젠 부인이 말한다. 그림도 보지 않고요.

발크하우젠 부인은 이야기를 하면서 반은 녹초가 되고 반은 당황한 상태다. 우리는 아무 말 없이 흘러가는 강물을 내려다본다. 작은 나무탁자 하나가 뒤집혀서 다리가 위로 들린 채 우리 옆을 표류해간다. 난 발크하우젠 부인이 왜 내게 튀빙겐에서 경험한 권태 이야기를 했을까 곰곰이 생각해본다. 내가 찾아낸 단 한 가지 설명은 발크하우젠 부인이 무기력에 빠져 이리저리 배회하는 여인이라는 것이다. 그녀 앞에서 난 무력하기만 하다. 지금 우리 눈앞에서는 물을 잔뜩 머금은 매트리스가 떠내려가고, 부러지거나 혹은 찢겨진 가지와 관목덤불들이 그 뒤를 따르고 있다. 경찰차 한 대가 다리에 와서 멈춘다. 경찰관 세 명이 차에서 뛰어나와 다리의 통행을 차단하기 시작한다. 계단이 물에 잠겨 다리가 끊겼다. 우리의 눈앞에서 무슨 일인가 벌어지고 있다는 것이 기쁘기만 하다. 왜냐하면 이제 어떤 질문을 던져야 할지 혹은 발크하우젠 부인의 이야기를 어떻게 분석해야 할지 혹은 그녀가 겪고 있는 삶의 애환에 어떤 충고를 해주어야 할지 도통 감이 잡히지 않기 때문이다. 지칠 대로 지친 발크하우젠 부인의 상태를 해결해줄 수 있는/있을지도 모를 사람이 그 어디에도 존재하지 않는다는 것이 그사이 내가 가진 생각이다. 그녀 또한 누군가의 도움을 원하지 않는다. 단지 늘 누군가를 무기력하게 만들고 싶어 할 뿐이다. 그러니까 오늘은 나를 말이다. 그렇기 때문에 내가 실제로 고백을 한다 해도 괜찮을 것 같다. 우리의 만남이 오해 때문에 벌어진 일이라고 말이다. 발크하우젠 부인, 전 체험 전문 치료사가 아닙니다. 다소 농담 삼아 말했을 뿐인데, 유감스럽게도 당신이 제게 속아 넘어가신 것이지요. 그렇게 말하면 아마도 발크하우젠 부인은 웃어버릴 것이다. **그녀가 내게 속아 넘어갔다고 아직도 내가 믿고 있다는 사실 때문에.** 텔레비전 취재팀 차량이 다리 근처에 와서 멈춰 선다. 카메라맨과 음향 담당자 그리고 여성 리포터 한 명이 차에서 내린다. 그 외에도 견습생 한 명이 차에서 내려 장비를 차에서 꺼낸다. 발크하우젠 부인과 나는 그 모습을 지켜본다. 시간은 잘도 가고, 내가 뒤집어쓴 사기꾼과 야바위꾼의 가면을 벗어던지는 일은 한 번 더 뒤로 미뤄진다. 그사이 난 용서를 구하기 위해 어떤 말을 해야 할지 머릿속으로 연습해본다. 저, 그건 술기운 탓이었습니다. 이따금씩 저도 어찌하지 못할 때가 있거든요. 얼마나 자주 제가 수다를 떨고자 하는 제 욕망의 희생양이 되는지 상상할 수 없으실 겁니다. 대충 이 정도면 충분하리라. 텔레비전 리포터가 마이크를 들고 지나가는 사람들에게 왜 이곳에 있으며 홍수가 났을 때 어떤 것이 흥미롭냐고 묻는다. 행인들은 단지 직접적인 답을 피하거나 혹은 당황해하면서 대답한다. 그들은 **그냥요** 혹은 **우연히** 혹은

모르겠는데요라고 말하거나 **에에**라는 소리만 낸다.

나한테는 물어봐주는 사람도 전혀 없잖아요, 내 옆에 있던 발크하우젠 부인이 말한다.

물어봐줬으면 좋겠어요? 뭐라고 대답하실 건데요?

저도 당연히 부끄러워서 말을 잘 못할 거예요, 발크하우젠 부인이 말한다. 하지만 부끄러워하지 않는다면 선 이렇게 말할 거예요. 전 홍수를 사랑해요. 왜냐하면 세상이 침몰해가는 모습을 보는 걸 좋아하기 때문이죠.

발크하우젠 부인이 웃고, 나도 함께 웃는다.

당신은 그 말을 꼭 카메라 앞에서 해야만 합니다, 나는 말한다.

하지만 카메라가 저를 향하면, 그녀는 말한다. 전 부끄러워서 아무 말도 꺼내지 못할 거예요. 게다가 그들은 어차피 제 설명을 방송에 내보내지 않을 거예요.

전 그렇게 생각하지 않습니다. 그 반대죠, 나는 말한다, 오늘은 극단적이고 비현실적인 것들만 방송에 내보낼 겁니다.

하지만 그럼에도 전 부끄러운걸요, 발크하우젠 부인이 말한다.

왜요?

사실 전 아주 평범한 말들만 하고 싶어요. 튀고 싶지 않거든요.

그렇지 않은 것 같은데요.

제가 튀고 싶어 한다고 생각하시는 건가요?

예.

그럼 제가 어떻게 해야 하죠?

제가 당신과 함께 가드리지요.

그러고 나서는요?

우리는 의도하지 않은 것처럼 리포터에게로 다가가요, 나는 말한다. 그러면 리포터가 당신을 발견하고는 마이크를 갖다 대겠죠, 그러면 당신은 지금 제 앞에서 하신 대로 말씀하시면 됩니다.

발크하우젠 부인은 약간 저항해보지만 그녀 또한 어쩌면 실제로 카메라 앞에서 말할 수 있을지 모른다는 사실에 흥분해 있다. 우리는 자리에서 일어나 그곳을 떠나는 척한다. 하지만 그러고 나서 몸을 돌려 텔레비전 취재팀이 있는 쪽으로 되돌아간다. 리포터가 팀에서 떨어져 나와 친절한 얼굴로 발크하우젠 부인을 향해 다가온다. 내가 이미 말한 바와 똑같은 상황이 벌어진다. 그리고 발크하우젠 부인은 힘을 내서 이렇게 말한다. 전 홍수를 정말 좋아해요. 왜냐하면 세상이 침몰하는 모습을 보는 걸 좋아하거든요.

깜짝 놀란 리포터가 기뻐하면서 말한다. 독창적이네요! 그리고 나서는 그에 대한 또다른 질문을 하려고 말을 끊는다. 하지만 세상은 그럼에도 침몰하지 않잖아요?!

당연히 그렇지 않죠, 발크하우젠 부인이 말한다. 단지 그렇게 보인다는 거죠. 이해하시겠어요?

아아, 리포터가 말한다, 당신은 가상을 좋아하시는군요?

예, 발크하우젠 부인이 말한다. 가상과 가정을 좋아해요! 사람들은 마침내 온갖 쓰레기 더미가 전부 다 떠내려가버렸다고 생각하죠. 하지만 그 후에도 그것들은 여전히 그대로 있어요. 또는 다시 돌아오지요! 그건 모두 단지 작은 범람이었을 뿐이지요. 그뿐이에요!

리포터는 잠시 웃고서 마이크를 아래로 내린다. 마음에 드는 표현이네요, 그녀가 말한다.

제 말을 방송에 내보내실 건가요? 발크하우젠 부인이 묻는다.

아주 확실히는 저도 모르겠네요. 하지만 아마 내보내게 될 거예요.

언제요?

오늘 오후 일곱시 저녁뉴스 시간에요.

리포터는 고맙다는 인사를 하고는 또다른 홍수 관광객들 쪽으로 몸을 돌린다. 흥분한 발크하우젠 부인이 나와 팔짱을 낀다.

믿을 수가 없어요, 돌아오는 길에 발크하우젠 부인이 말한다. 제가 정말로 제 생각을 말했어요. 그런 일이 여태껏 한 번도 없었던 것 같아요.

그녀가 내게 예약한 두 시간의 체험 연습이 끝났다. 발크하우젠 부인이 자신의 조그만 손지갑을 열어 약속한 사례금 2백 마르크를 내게 건넨다. 그 순간 내 몸을 파고드는 다양한 가책을 그녀가 알아챘는지는 나도 모른다. 나는 그 어떤 생각도 내게 다가오지 못하게 하려고 갖은 애를 써본다. 하지만 실패. 마음속에서 고통스러운 불쾌감이 퍼져간다. 그 뒤 발크하우젠 부인이 작별인사를 한다.

기회가 되면 언제 다시 전화드려도 될까요? 그녀가 묻는다.

당연하죠, 나는 지나치게 열성적으로 말하면서 고개까지 끄덕인다.

발크하우젠 부인은 아직 통행이 가능한 왼쪽 편 남쪽 다리 쪽으로 걸어간다. 구경하기 좋아하는 사람들이 선착장 근처로 점점 더 많이 몰려들고, 신착장은 이제 완전히 물에 잠기다시피 했다. 잔교의 철제 난간만이 물 위로 드러나 있다. 발크하우젠 부인이 끊임없이 흔들거리는 난간을 보았다면 좋아했으리라. 경찰이 통행 차단 작업을 끝낸다. 텔레비전 취재팀이 장비를 차에 차곡차곡 쌓는다. 갑자기 황량해진 강가가 내 마음을 사로잡는다. 나무에 묶인 채 물결을 따라 이리저리 흔들거리는 조각배 한 척이 특히나 마음에 든다. 절반이 물에 잠긴 배는 더이상 제대로 떠오르지 못한다. 하지만 가라앉지도 않는다. 내 상태가 꼭 그런 느낌이야 하고 난 즉시 생각한다. 그리고 마찬가지로 그 즉시 내 삶과 배를 동일시하는 게 우습게만 느껴진다. 아아, 의미를 부여하며 사물을 바라보려는 이 강박관념이 너무 짜증난다. 하마터면 난 내가 나 자신에게 하는 경고의 말을 직접 내 귀로 들을 뻔한다. 조각배는 그냥 조각배일 뿐이야. 그리고 얼마 안 있어 오리 한 마리가 강물 위를 헤엄쳐 지나간다. 오리가 특이하게 다리 하나를 높이 들어올렸다. 더이상 의미를 두고 바라보지 말라고 방금 전 나 자신에게 경고했음에도 불구하고 말 한 마디가 머릿속에 떠오른다. 맙소사, 이제 오리들도 장애를 갖게 되었구나. 몇 초 후 오리가 높이 쳐든 다리를 다시 물속으로 집어넣고 정상적으로 계속 헤엄쳐간다. 난 발크하우젠 부인이 확실히 멀리 사라질 때까지 한동안 기다렸다가 그 뒤그녀와 마찬가지로 남쪽 다리 쪽으로 걸어간다. 만약 지금 이 순간 삶의 기이함을 표현하고 싶다면, 난 재킷을 갈색 강물 속으로 던져버려야 할 것이다. 더 정확히 말하면 다리 위에 가 닿을 때까지 기다렸다가 곧장 재킷을 물속으로 던질 것이다. 재킷은 물속을 떠다니고, 물살이 재킷을 휘감고 또 내동댕이쳐버릴 것이다. 그리고 바로 그 휘감는다, 내동댕이친다라는 말이 삶의 기이함을 표현해줄 (내가 발견한) 가장 최근의 말이 될 것이다, 그러니까 얼마 지나지 않아 실제로 남쪽 다리를 밟는다. 즉시 난 재킷을 물속으로 던져버리고 싶은 유혹을 느긴다. 왜 그렇게 하지 않았는지는 나도 모른다. 내가 만약 약간씩 맴돌면서 강물 위를 떠다니는 내 재킷을 다리 위에서 바라볼 수 있다면 (재킷은 잠깐 사이에 완전히 물에 젖어버려 그것이 **내** 재킷이라는 것을 알아볼 수 있는 사람이 나밖에는 없을 것이다), 방금 전 어처구니없는 오해와 마찬가지로 어처구니없는 잡담을 통해 2백 마르크를 벌어들인 그 기묘한 사건을 이해할 수 있게 될지도 모른다. 하지만 난 재킷을 벗지 않은 채 지난 두 시간의 기이함을 그냥 견뎌낸다. 그리고 다리 반대편 끝에 다다른다. 나는 아직은 내게 죽음이 먼 일이기만을 바란다. 하지만 지금 이 순간 난 내 죽음에 자꾸 마음이 끌리는 걸 느낄 뿐이다. 맙소사, 또 몹시도 의미심장한 말이군! 사실 난 내 삶의 끝엔 죽음이 있다는, 모든 삶에 두루 해당되는 그 통속적인 운명에 대해 공감하고 있는 것뿐이다. 난 왜 내가 재킷을 강물 속에 던지지 않았는지도 알고 있다. 그러니까 이 모든 기이함에도 불구하고 난 아직까지 미치지 않은 것이다. 미쳐버릴지도 모른다는 불안은 늘 항복해버릴지도 모른다는 불안이었을 뿐이다. 나는 사람들로 북적이는 샤미소 가로 접어든다. 호의적인 시선으로 분주히 움직이는 사람들을 바라본다. 하지만 그러다가 깜짝 놀랄 만한 광경과 부딪치고 만다. 힘멜스바흐가 전단지를 가득 실은 슈퍼마켓 카트를 끌고 거리를 걸어가는 게 아닌가. 그는 모든 집 문 앞에 멈춰 서서는 집집마다 편지함 투입구에 전단지를 한 장씩 밀어넣는다. 문에 편지함 투입구가 없으면 몸을 숙여서 진단지 몇 상을 문 밑 틈새로 밀어넣는다. 끔찍한 생각이 든다. 나 대신 힘멜스바흐가 실패한 삶을 살아간다는 생각이. 처음부터, 파리에서 일이 안 풀리던 그를 봤을 때부터, 그가 안은 과제는 패배자의 영상을 내 앞에 보여주며 나 자신의 모습에 스스로 경악하게끔 만드는 것이었다. 힘이 빠진다. 엄청난 혼란이 밀려와 내 몸을 파고들며 눈을 촉촉하게 만든다. 발걸음을 늦추면서 주차된 차들 뒤로 몸을 숨긴다. 난 힘멜스바흐와 마주치고 싶지 않고 이야기도 나누고 싶지 않다. 그는 나도 자신도 이해하지 못할 것이고, 난 내가 받은 충격을 그에게 설명할 힘도 재간도 없을 것이다. 순간순간 점점 더 분명해지는 사실은 내가 오직 처음에만 힘멜스바흐 때문에 눈물이 났다는 것이다. 이제는 나 때문에 눈물이 난다. 나 또한 더이상 딴 방도가 없다면 한심하기 짝이 없는 전단지들을 가지고 시내를 돌아다니게 될 것이다. 언젠가 세상 사람들 앞에서 끝없이 세상과 타협하는 내 모습을 보여줘야만 할 것이라는 게 내가 늘 갖고 있던 가장 큰 공포였다. 다행히도 또다시 유치하기 짝이 없는 일이 벌어진다. 절반은 나 그리고 절반은 그와 관련된 이 충격에서 해방시켜주는 것은 또다시 힘멜스바흐다. 그는 두 차례나 몸을 숙이고 한 자동차 사이드미러 앞에서 머리를 빗고 있다. 힘멜스바흐, 나는 좋은 마음에서 그를 꾸짖는다, 그 비참한 상황에서도 멋지게 보이고 싶냐. 그런 어리석음에 내 동정심을 보태고 싶지는 않다. 나는 실내가 아주 건조한 어느 패션 매장 안으로 들어가 에어컨이 내 눈물도 말려주기를 기다린다.

11

　어느 수요일 늦은 아침 예전 리자의 방에 펼쳐놓았던 나뭇잎을 다시 주워 담았다. 머지않아 곧 수잔네가 우리 집을 들락날락할 것이고, 난 그녀와(혹은 그 어떤 이와도) 지난날의 혼란에 대해 이야기하고 싶은 생각이 추호도 없다. 저 나뭇잎들 위 어디엔가 살던 아주 작은 검은색 딱정벌레들이 여러 날이 지나면서 나뭇잎에서 떨어져 나와 양탄자의 합성섬유 속에 죽어 있다. 자세히 말하자면, 그중 살아 있는 두 놈을 발견한다. 그놈들은 고작 시침편의 머리 크기 정도밖에 안 된다. 약간의 공포가 엄습해온다. 나는 벽장에서 청소기를 꺼내 우선은 리자의 방을, 그다음엔 복도를, 그리고 나서는 다른 방들을 청소한다. 리자가 떠난 이래로 집을 그처럼 깨끗하게 치운 것은 처음인 듯싶다. 청소하는 데 거이 한 시간이나 길린다. 나중에 봄은 땀으로 젖고 공허

감이 밀려들면서 의자 위에 그냥 주저앉는다. 15분쯤 후 공허한 상태
의 중심에서 즐겁게 뛰노는 아이들의 모습이 떠오른다. 내가 기억하
기로는 그 시절 낙엽 속을 이리저리 걸어다녔다. 내 눈앞에서 혹은 마
음속에서 연속적인 장면들이 짜맞추어지고, 그 중심에는 조금 오래돼
보이는 석탄차가 서 있고 석탄차의 적재함은 위가 뚫려 있다. 차는 그
당시 우리 식구들이 살던 거리로 접어들더니 어느 임대주택 앞에 멈
춰 선다. 단순한 형태의 후미판이 달린 낡은 그 화물차는 덜덜거리는
소리가 날 정도로 고물이다. 아마도 오펠 브리츠이거나 아니면 이차
대전 이전 시기에 나온 하노마크 화물차쯤 될 것 같다. 석탄 먼지로
새까매진 두 남자, 즉 운전수와 조수석에 앉아 있던 남자가 화물차 앞
칸에서 뛰어 내려와 집 쪽으로 향해 있는 트럭 뒷문을 연다. 자신보다
더 새까만 후드 형태의 모자를 머리에 뒤집어쓴 남자들은 조개탄, 코
크스 혹은 계란 모양의 석탄으로 가득 채워진 무거운 석탄 자루를 화
물차 적재함에서 내려 지하실로 옮기기 시작한다. 남자들은 길 위에
서 몇 번이나 열어놓은 지하실 창문을 통해 석탄을 지하실 아래로 직
접 쏟아부으려고 해본다. 일을 좀 편하게 하려고 시도해본 이 일은 번
번이 실패한다. 집 벽에 부딪혀 많은 석탄들이 보도 위로 떨어져 흩어
진다. 거대한 석탄 먼지 구름이 사방으로 흩어진다. 그 순간 열네 살
의 나는 길모퉁이로 돌아가서는 그 광경을 지나칠 정도로 한참 동안
바라본다. 잠시 후에 이미 난 내 앞에 쏟아진 그 석탄들이 용인할 수
없는 삶에 대한 초기 증거라는 결론에 이른다. 비록 그와 동시에 내가
퍼져나가는 먼지를 바라보며 즐거움을 느끼기도 하지만 말이다. 나는
석탄을 운반하는 그 남자들이 일을 다 마칠 때까지 지켜보면서 이제

곧 일어나게 될 일을 고대해본다. 일 솜씨가 서툰 주부 하나가 문 앞에 나온다. 그녀는 빗자루를 가지고서 먼지를 쓸어 모으려 애쓴다. 비질하면서 전체적으로 먼지 양이 아주 조금씩이나마 줄어든 것은 나도 인정할 수밖에 없지만, 비질은 먼지 소용돌이만 일으킬 뿐이다. 비질하는 여인은 적어도 10분 동안 자신이 들쑤셔놓은 석탄 먼지 속에서 그림자처럼 그리고 지칠 줄 모르고 움직이면서 용인할 수 없는 삶에 대한 내 느낌을 한층 더 강렬하게 만든다. 동시에 먼지가 여인의 머리카락 속으로 그리고 옷 속으로 파고드는 모습이 날 매료시킨다. 나 자신도 이해할 수 없는 어떤 낯선 쾌감을 느낀다. 시간이 어느 정도 흐른 뒤 사물을 변화시키는 능력을 가진 내 눈은 먼지 속에서 보낸 이 짧았던 삶의 장면을 모든 사람들에게 공통된 먼지투성이의 삶의 모습으로 바꾸어 보여준다. 그런 먼지투성이의 삶을 어떻게 대다수의 많은 사람들이 별 문제 없이 받아들일 수 있는 것인지 이해가 안 간다. 내가 그런 먼지투성이의 삶을 쉽게 받아들이지는 못할 것이라는 생각을 이미 어렸을 때부터 갖고 있었는지는 지금으로선 더이상 알 길이 없다. 혹은 내면의 동의를 받기 위해 길고도 번거로운 과정을 거치면서 갖게 된 생각인지는. 이러한 과정은 현재도 계속 진행되고 있지만, 내 직감이 나를 속이는 게 아니라면 아마도 곧 끝날 것이다. 지금에서야 비로소 그 옛날의 내가 의미를 부여하며 사물을 바라봐야 했던 첫번째 희생자였을 것이라는 생각이 든다. 지금 당장 석탄차가 모퉁이로 꺾여 사라져가는 모습을 보고 싶다. 슬픔으로 몽롱해진 채 예전 리자의 방 창문 뒤에 서서 거리를 내려다본다. 그 순간 전화벨이 울린다. 전화를 건 여인은 차커트 부인이라고 자신을 소개한다.

제 동료인 발크하우젠 부인에게서 당신 전화번호를 받았습니다.

아 예.

발크하우젠 부인이 당신 연구소에 있는 어느 신사분과 함께 아주 멋진 오후 체험을 했다고 얘기해주었어요.

아 예, 나는 말한다.

저도, 차커트 부인이 말한다, 당신의 연구소에서 그런, 에에, 오후 체험을 예약할 수 있을지 묻고 싶어서요.

뭐라고요? 에에, 그래요, 좋죠, 나는 말한다.

발크하우젠 부인은 감격했답니다. 틀림없이 한 번 더 당신께 전화할 거예요, 차커트 부인이 말한다, 아시나요, 발크하우젠 부인은 저녁에 처음으로 자신이 텔레비전에 나오는 것을 보았답니다. 그리고 그것이 당신 덕택이라고 말하더군요.

아, 굉장하네요, 나는 말한다.

그렇죠! 차커트 부인은 외친다.

이제 그만 통화를 끝내는 것이 좋을 듯하다. 하지만 내 몸을 파고드는 민망함에도 불구하고 난 차커트 부인에게 다음주 오후 퇴근 직후에 두 시간의 체험 '예약을' '관례대로' 2백 마르크에 '해준다.' 차커트 부인은 기뻐하고, 우리는 통화를 마친다.

전화를 끊자마자 내가 자신을 제일 처음 능수능란하게 속여 넘긴 것이 석탄차를 바라보던 어린 나 자신이었는지에 대해 계속 생각해보고 싶어진다. 하지만 더이상 예전 모습들에 대한 기억의 흔적 가까이로 다가갈 수가 없다. 잠시 후 지붕 위로 요란한 소리와 함께 천둥번개가 잠깐 친다. 어머니가 늘 하시던 말씀이 생각난다, 번개가 치면

우유가 시큼해진다던 말씀이. 리자가 여기 있다면, 지금 이렇게 외칠 것이다. 이건 정말 한여름의 악천후야! 전혀 시원해지지 않아! 그전이나 후나 똑같이 후텁지근하잖아! 여러 주 동안 리자의 얼굴을 보지도 그녀와 이야기를 나누지도 못했다는 생각이 떠오른다. 그녀가 영원히 내 삶에서 사라져버린 듯하다. 곧바로 나는 생각을 바로잡는다. 단지 그렇게 보이기만 하는 것이 아니야. 그녀는 내 삶에서 사라져**버렸어**. 심지어 난 최근에 그녀를 우연하게라도 만나지 못한 것이 다소 다행스럽기까지 하다. 그녀를 만났다면 난 틀림없이 의기양양하게 소식을 전하고 싶은 유혹을 참지 못했을 것이다. 상상할 수 있겠어, 난 존재하지도 않는 연구소를 이끌면서 심지어 그걸로 돈까지 벌어. 아주 현대적으로 살고 있다고! 명심해, 난 중요한 사람이 되기를 원한 적이 한 번도 없는데도 그사이 중요한 말들을 한다고. 그리고 나서는 이렇게 말하리라. 난 다시 한 여자와 함께 지내고 있어! 그다음에는 가장 뻔뻔스러운 말을 할 것이다. 일이 잘 풀리면 난 게네랄안차이거 신문사에서 정기적으로 돈을 벌게 될 거야! 난 리자가 당황해하는 모습을 금방 알아챌 수 있을 것이고, 과장된 말을 몇 마디 덧붙이고 싶어질 것이다. 생활 기반이라고는 갖지 못했던 예전의 내가 아니야. 당신도 그렇게 생각하지 않아? 난 더이상 숨어서 내 삶을 엿보는 짓은 하고 싶지 않아. 외부세계가 마침내 내 내면의 텍스트들에 맞아떨어지기만을 더이상 기다리지 않는다고! 이제 나 자신의 삶의 눈먼 승객으로 사는 짓은 그만둘 거야!

그런 말을 하지 않아도 되다니 다행이다. 마침내 리자가 내 머릿속에서 다시 빠져나가다. 모든 것을 건너내고 난 후에 맞이하는 정적은 기묘하기만 하다. 싸움이라고는 전혀 없었던 양 갑자기 아주 조용해진다. 나는 방 안을 둘러본다. 근처에 날짜 지난 신문이 놓여 있다. **구청의 법안 의결**(Verabscheidungen)이라는 표제를 실수로 **구청의 영락**(零落, Verarmungen)이라고 읽는다. 구청 안을 한 번도 본 적이 없지만 그럼에도 난 구청이 자신의 영락을 마침내 시인했다는 사실에 순간적으로 감격한다. 천둥번개를 동반한 소나기가 지나갔고, 앞 정원의 잔디가 반짝거린다. 아직 여름이고, 도처에 창문이 열려 있다. 이주 후면 내 생일이 온다. 생일이 돌아오면 난 주로 생일이라는 것을 잊거나 그냥 조용히 넘어가버렸다. 이번에도 그렇게 했을 것이다. 하지만 어렸을 때부터 내 생일을 알고 있는 수잔네는 생일 파티를 하고 싶어 한다. 난 얼굴도 모르는 차커트 부인에 대해 생각한다. 그녀와 무엇을 할지 감조차 잡히지 않는다. 오늘 저녁엔 여름 축제가 벌어지고, 난 게네랄안차이거 신문을 대표해 축제에 참가해야 한다. 그리고 메서슈미트를 위해 **시원한**(이것은 메서슈미트의 말이다) 기사를 한 편 써야 한다. 무심히 나는 수잔네에게 함께 축제에 가자고 청했다. 좀더 무심히 난 게네랄안차이거를 대표해 거기에 간다고 말했다. 수잔네는 그 말에 아무런 반응도 보이지 않는다. 그래서 난 내가 무심한 행동을 아주 훌륭히 해냈다는 결론을 내린다. 장난 삼아 지어낸 가짜 연구소로 돈을 벌고 있다는 사실을 오늘밤 수잔네에게 고백하는 것이 좋을지 고민해본다. 아마 수잔네는 웃음을 터뜨릴 수밖에 없을 것이고, 연구소는 기억에서 사라질 것이다.

그리고 얼마 안 있어 나뭇잎들이 담긴 비닐봉지 세 개를 들고 거리로 나간다. 내가 비닐봉지에서 나뭇잎을 쏟아내는 모습을 누군가 지켜보지 않았으면 한다. 나는 인적이 뜸한 작은 녹지시설을 찾아 양편에 사람 키 높이로 늘어서 있는 덤불 사이를 헤치고 들어간다. 정확히 그 덤불 사이에서 비닐봉지를 비운다. 지금 난 리자, 아니 나의 통장을 들여다보고 있다. 처음 현금 인출을 시도했다가 실패한 이후 난 은행 지점에 발을 들여놓지 않았다. 은행 가는 길에 도미니카너 가의 한 빵집에서 방금 구운 흰 빵을 산다. 빵은 아직도 따뜻하다. 그것은 내게 리자와 수잔네의 몸을 동시에 떠올리게 한다. 순간적으로 당황스럽기도 하지만 잠시 후 난 그러한 동시성에 동의한다. 나는 빵을 옆구리에 끼고서 두 여인의 냄새를 가능한 한 내 몸 가장 가까운 곳에 둬본다. 은행에서는 새 얼굴들과 새로 달라진 부분이 보인다. 전에 한 번도 본 적이 없던 한 앳된 여직원이 입출금 용지를 작성하는 내 모습을 관찰한다. 그녀에게 난 은행 카드와 함께 용지를 내민다. 여직원이 입출금 용지와 내 카드를 확인하는 사이 지난 몇 주 동안의 입출금 사용 내역서를 대충 훑어본다. 예상 그대로였다. 리자는 내가 소위 버림받은 것에 대한 보상(그러한 해석을 난 고수한다)으로 계좌에 모아놓은 돈을, 더 정확히 말하자면 지난 2년간 쓰지 않고 남은 돈을 내게 넘겨준 것이다. 여직원은 내 서명과 카드가 확실하고 내가 리자의 계좌에서 돈을 찾을 권리가 있음을 확인했다. 나는 돈을 주머니에 집어넣고, 그에 대한 반응으로 수치심이 약하게 밀려오는 것을 느낀다. 내 몸은 어린 시절부터 이미 그런 느낌에 익숙하다. 길거리로 나온 나는 더는 참지 못하고 흰 빵 한 귀퉁이를 떼어낸다. 집게손가락으로 빵 덩어리에 구멍을 내고 걸어가면서 빵의 속살을 조금씩 뜯어 입안에 넣는다.

하늘은 저녁까지도 색깔이 변하지 않고 그대로 벌꿀색을 띠고 있다. 수잔네는 사라사 천으로 만든 형태가 단순하고 민소매에 반쯤 등이 파인 밝은 갈색 원피스를 입고 있다. 목에 두른 진홍색의 숄이 바람에 나부낀다. 그녀는 아무런 장신구도, 귀고리나 하물며 팔찌조차도 하지 않았다. 살짝 화장을 한 그녀는 기분이 좋아 보인다. 광장에서는 여름 축제의 절정으로 레이저쇼가 개최될 예정이다. 수잔네는 아직 한 번도 레이저쇼를 본 적이 없단다. 나도 본 적이 없다. 하지만 그 사실을 수잔네에게 말하지 않는다. 그뿐만 아니라 한 번도 레이저쇼를 보고 싶은 적이 없었다는 사실도 이야기하지 않는다. 나는 내면에서 분명하게 느껴지는 이런 나의 모순 때문에 내가 여름 축제에 참가한 저 사람들 대부분보다 더 현대적인 사람이라고 믿고 있다. 광장 한가운데 세워둔 세미트레일러의 적재함 위에 거대한 조명 시설이 설치된 모습에 수잔네와 나는 한동안 할 말을 잊는다. 한두 시간 후면 거기서 형형색색의 서치라이트가 하늘 위로 빛을 비출 것이다. 광장 주위를 빙 둘러 간이 샴페인 바와 꼬치구이 판매대 그리고 작은 브레첼 가게들이 서 있다. 왼쪽에는 야외극장이 설치되었다. 밤새 거기서 재미있는 만화영화들이 상영될 것이다. 그 건너편 끝에는 라이브 무대가 설치되었다. 나중에 그룹 웨이브즈가 그 위에서 공연을 할 것이다. 축제조직위원회에서 나온 한 사람이 마이크를 잡고 광장 전역을 파티 구역으로 명명한다. 점점 더 많은 사람들이 골목에서 나와 광장 위로 흩어진다. 아마도 저 사람들을 두고 바로 발크하우젠 부인은 체험의 프롤레타리아라고 했을 것이다. 나는 그 사람들을 바라보면서도 바라보지 않는다. 나는 그들을 잘 알면서도 잘 모른다. 그들은 나의 관심을 끌면서도 끌지 못한다. 난 그들에 대해 이미 너무 많은 것을 알고 있으면서도 아직 충분히 알지 못한다. 수잔네는 검게 그을린 종업원들을 쳐다보고 있다. 그들은 모두 지중해에 요트를 한 대씩 갖고 있고 지금 막 그것들을 다른 사람들에게 임대해준 사람들처럼 보인다. 그들은 거의 바닥까지 닿을 정도로 긴 하얀색 앞치마를 더럽히지 않으려고 조심스럽게 걸어다닌다. 젊은이들은 얼굴로 웃고, 중년들은 몸으로 웃어댄다. 아직 세상을 비판해도 된다면, 아마도 난 기만당하고, 이용당하고, 속이고, 착취하는 세상의 모습을 지금 밝혀내야 할 것이다. 하지만 메서슈미트는 단지 시원한 기사 하나를 원할 뿐이다. 조직위원회의 또다른 사람이 광장을 **흥겨움의 지대**라고 명명한다. 문신을 하고 러닝셔츠 차림에 너덜너덜해진 바지를 입은 남자 둘이 오렌지주스 한 병을 함께 나눠 마셔버린다. 이 남자들은 귀고리와 코걸이를 하고 있고 머리를 빡빡 밀었다. 팔뚝은 그들이 마시는 오렌지주스의 플라스틱 병만큼 굵다. 중요한 체험이라도 되는 듯이 반쯤 차 있는 잔을 들고 이리저리 돌아다닌다. 대다수의 방문객들이 인위적인 삶을 실제 삶으로 여기고 싶어 하는 것이 분명하다. 수잔네와 내 곁을 스쳐 지나가는 한 여자가 자기 동반자의 귀에 대고 소리친다. 나는 내 삶을 연구하면서 한평생을 보내고 싶지는 않아. 또다른 여자가 말한다. 내겐 청춘이라는 것이 전혀 없었어, 몰랐어? 한 남자가 자신을 일부일처제를 꿈꾸는 몽상가라고 말하면서 구운 소시지를 한 입 베어 먹는다. 또나른 남자가 함께 온 여인에게 상냥하게 말한다. 나를 알게 된 게 너에겐 행운이야. 수잔네가 나를 쳐다보며 어깨를 한 번 으쓱한다. 서서히 땅거미가 지고 있다. 그룹 웨이브즈기 무대 위에 올라가 악기를 조율한다. 야외극장에서는 만화영화 〈톰과 제리〉가 상영되고 있다. 나는 관찰을 무수히 많이 하고 그것들 중 **시원**하지 않은 것들을 추려내버린다. 아마도 오늘밤 난 국제미용사협회 간부급 인사가 되겠는걸. 그 즉시 경고의 말이 뒤따른다. 맙소사, 너 그런 허황한 감정에서 벗어나고 싶다고 하지 않았어. 사람들은 모두 위험하다고 여기는 일에 대해서만 생각하고 싶어 해, 그뿐이라고. 모두가 세상에 속해 있다는 느낌을 만들어내는 일에 몰두한다고. 수잔네가 샴페인 두 잔을 가지고 온다. 우리는 웨이브즈가 내는 굉음 앞에서 피할 곳을 찾기 위해 한 스테이크 부스 뒷벽에 몸을 기댄다. 수잔네와 나는 동시대의 놀이들과 동시대의 사람들이 항상 아주 잘 들어맞는다는 것에 경탄하면서 그 사실에 대해 서로 잡담을 나눈다.

왜 50년대에는 레이저쇼가 없었던 거지, 수잔네가 묻는다.

왜냐하면 50년대엔 레이저쇼가 사람들에게 전쟁과 고사포에 대한 기억을 너무 많이 상기시켰을 테니까, 나는 대답한다.

고사포가 뭐야? 수잔네가 묻는다.

고사포는 대공화포의 약자야, 나는 말한다. 전쟁중에 사람들은 커다란 전조등을 하늘에 비추면서 적군의 비행기들을 탐색했어.

그럴듯하게 들리기는 하지만, 수잔네가 말한다, 난 그렇게 생각하지 않아.

다른 설명이 있어?

50년대에 왜 레이저쇼가 없었냐 하면 그 당시엔 권태가 아직 오늘날처럼 세계를 지배하지 못했기 때문이야, 수잔네가 말한다.

우리는 웃으면서 술을 마신다. 나는 블라우스에 하모니 심포니 메모리라는 단어가 쓰여 있는 한 여자를 관찰한다. 손 너비 크기로 여자의 가슴 위에 일렬로 쓰여 있는 그 단어에는 반짝이가 서로 포개져 달려 있고, 여인이 움직일 때마다 반짝거리면서 나지막하게 바스락거린다. 문화국장이 조명시설 위로 기어오른다. 이 도시에서 처음으로 이처럼 호화로운 빛의 쇼가 벌어진다는 사실에, 그는 말한다. 저의 마음은 기쁩니다. 박수 갈채. 총 열다섯 개의 서치라이트가 세워졌고, 그것들은 각각 40킬로미터 밖까지 빛을 쏩니다. 박수 갈채. 오늘 저녁 대략 총 50만 킬로와트의 전력이 소모될 겁니다. 박수 갈채. 약 백 개의 특수 전구와 열두 가지의 다양한 조명 시스템이 설치되었습니다. 박수 갈채. 나는 메모를 한다. 수잔네는 내 샴페인 잔을 들어주면서 메모하는 내 모습을 지켜본다. 거의 실패한 것이나 다름없던 내 삶에 대한 불안감이 이제 막 찾은 탈출구에 대한 흥분으로 변한다. 그럼에도 난 사람들의 즐거움과 기대를 마음속으로 함께 나눌 수가 없다. 지금 즐거워하고 있는 이 사람들 모두가, 만약 갑자기 냉혹하게 처신하는 것이 득이 될 것처럼 보이면 제일 먼저 냉혹해질 거라고 난 확신한다. 불쾌한 일에 또는 불쾌한 것을 다루는 일에 혹은 불쾌한 현실에 내가 연루되어버린 것이다. 지금으로선 이 상황들을 분명하게 구분지을 수는 없지만 말이다. 나는 일을 앞에 두고 좌절감에 비틀거리고 있다. 지금으로선 내일 메서슈미트에게 전화를 걸어 그가 제안한 일을 포기하겠다고 말할 가능성이 커 보인다. 혹시 여기 어디엔가 내 재킷을 던져버릴 수 있는, 자길 더미로 가득 찬 비탈이 없나? 하지만 여기 있는 것이라고는 고작 오락거리를 제공하는 부스와 안에서 게걸스럽게 먹어댈 수 있는 간이음식점과 키오스크뿐이고, 자갈 더미에 대한 감정을 난 마음속으로만 계속 간직할 수밖에 없다. 그때 갑자기 난 열두 살쯤 돼 보이는 한 사내아이가 발코니 위에서 동굴을 짓고 있는 모습을 발견한다. 아이는 철로 된 발코니 난간의 기둥과 두 개의 빨래 고리 사이에 줄을 팽팽하게 묶고서 그 줄에 담요들을 덮어씌운다. 담요를 빨래집게로 고정시킨 아이는 제대로 고정되었는지 이따금씩 검사한다. 계속해서 아이는 자신이 만든 건축물에서 나와 다시 집으로 들어갔다가 새 담요와 수건, 쿠션들을 가지고 발코니로 돌아온다. 때때로 아이는 소란스러운 광장을 슬쩍 한 번 내려다본다. 그 발코니는 평범한 임대가옥 4층에 자리하고 있다. 나는 수잔네에게 그 아이와 그 아이의 동굴에 대해 주의를 환기시켜준다. 소년이 내가 세운 삶의 계획들이 무산되지 않게 해주었다는 걸 그녀가 알아챘는지는 확실하지 않다. 나는 천사에 대해 아는 바가 없다. 그리고 천사의 존재에 대해 믿지도 않는다. 그럼에도 난 그 소년이 오직 나 때문에 하늘과 땅 사이를 이리저리 윙윙거리며 날아다니고 있는 게 가능하다고 믿는다. 그 아이는 나를 일과 시간의 혼란스러움에서 벗어날 수 있게 해주고, 헤어나올 수 없는 사건 한가운데에서 나를 헤어나올 수 있게 만들어준다. 지금 막 아이가 자신의 동굴 지붕을 세우고 있다. 발코니 난간과 벽 옆면에 설치된 중간 높이의 블라인드 사이에 또다른 빨랫줄을 맨다. 끈을 팽팽하게 묶고서 아이는 나중에 구해온 담요를 그 위로 던지고 담요 양 끝을 빨래집게로 고정시킨다. 동굴 입구는 발코니 문 쪽을 향해 열려 있다. 발코니 문 안쪽에는 부엌이 있는 듯싶은데 불은 꺼져 있다. 집 안의 모든 창문에는 불이 꺼져 있다. 아마도 아이의 부모 또한 광장을 이리저리 쏘다니고 있을 것이다. 동굴은 발코니 난간을 따라

길게 두 개의 담요를 서로 잇대는 방식으로 만들어졌다. 소년은 이따금씩 담요의 가장자리 사이로 손을 내밀어 창구멍을 만들어서 내다본다. 그 순간 담요 사이에 아이의 하얀 손이 나타나면서 그 뒤로, 이 아래에서는 거의 알아보기 힘들지만, 미동도 하지 않는 아이의 얼굴이 나타난다. 그 모습은 어떤 말로도 표현할 수 없다. 만약 천사가 존재한다면, 그건 천사의 모습이다. 집 안으로 들어가버린 소년이 한동안 보이지 않는다. 야외극장에 있는 사람들은 어쩌면 한층 더 크고 더 강력한 자극이 있을지도 모를 다른 무대 쪽으로 계속 머리를 돌린다. 문화국장이 조명시설 위에서 내려온다. 그러자 곧 첫번째 서치라이트가 하늘을 향해 빛을 비추면서 창공에서 천천히 맴돈다. 그룹 웨이브즈가 광장 위로 하나의 리듬을 요란하게 연주해댄다. 소년이 발코니에 다시 모습을 드러낸다. 식량을 담은 박스 하나와 물 한 병을 자신의 동굴 속으로 나른다. 그곳에서 오래 머물 준비를 하는 것임이 분명하다. 수잔네와 나는 조금 더 거리를 쏘다니다가 여름 축제 장소를 떠난다. 수잔네는 피곤해진 데다 약간 술에 취한 상태다. 그녀는 침대로 가 곧장 잠자리에 들고 싶어 한다. 나는 그녀를 집까지 바래다주고는 한 번 더 광장으로 돌아온다. 한동안 소년의 동굴을 더 바라보고 싶었을 뿐이다. 한번은 아이가 창구멍을 손 너비만큼 열고서 시끄럽게 떠들어대는 군중 물결을 오랫동안 둘러보기 시작한다. 아이는 불신에 차 있으면서도 안도하는 듯한 눈빛으로 바라본다. 세상을 바라보는 나 자신의 눈빛일 수도 있는 그런 시선으로 말이다. 한 시간이 조금 지난 후 나도 집으로 돌아가 잠을 청한다. 다음날 정오에 난 게네랄안차이거로 가서 메서슈미트에게 시원한 기사 하나를 준다. 난 동굴이

어떻게 되었는지 확인하고 싶어 광장을 가로질러 간다. 동굴은 아직
도 거기 있다. 한동안 난 위를 올려다본다. 소년의 모습은 보이지 않
는다. 아마도 학교에 갔을 것이다. 몇 분 후 한 여인이, 아마 그 아이
의 어머니로 보이는 여인이 발코니로 나온다. 플라스틱 양동이를 들
고 집 안으로 들어가면서 동굴이 망가지지 않게 조심조심 몸을 움직
인다. 어젯밤에 벌어진 여름 축제의 흔적은 더이상 남아 있지 않다.
레이저쇼, 웨이브즈의 무대, 야외극장, 확성기, 부스들, 모든 것이 사
라졌다.

어느 도시 방랑자의 이야기

빌헬름 게나치노는 언론인과 출판 편집인으로 일하다 1970년대 자유문필가로 작품 활동을 시작한다. 데뷔 소설 『라스틴 가』로 큰 주목을 받지 못한 게나치노는 그 후 편집자로 일한 경험을 토대로 삼부작 소설 『압샤펠』 『불안의 근절』 『거짓된 세월』을 내놓으며 주목을 받는다. 일하기 싫어하는 평범한 회사원 압샤펠의 고독한 내면세계를 다룬 『압샤펠』 삼부작을 통해 게나치노는 70년대의 독일 소시민 계층의 세계와 그들이 일을 통해서 겪는 자기소외의 현실을 보여준다. 이러한 일련의 작품들을 통해 게나치노는 평범한 회사원을 소재로 하는 소설 장르의 대표적인 작가로 평가받는다. 80년대에 그의 저작활동에서 유일하게 다소 긴 휴지기를 가진 게나치노는 1989년 침묵을 깨고 소설 『얼룩, 재킷, 방, 고통』을 발표한다. 1인칭 화자의 등장과 작은 이야기들이 서로 연결되는 새로운 형식이 시도되는 『얼룩, 재킷, 방, 고통』에서 게나치노는 침묵하는 것, 눈에 띄지 않고 숨겨진 것, 사라져가는 것에 대해 변론한다. 게나치노의 문학 작업에 결정적인 역할을 하는 이러한 '작은 사물들의 문화'는 이후 그의 작품 속에서 다양하게 형상화된다. 그는 주목받지 못하는 작은 존재들에 시선을 돌리는 관찰자, 옹호자로 "하찮을 정도로 작은 사물들의 변호사"(2003년 4월 26일자 독일 일간지 〈벨트〉)라는 별칭을 얻는다. 평범하고 하찮은 독일의 일상, 반(反)영웅, 기인(奇人)이 주로 등장하는 그의 소설들은 섬세한 감각적 묘사를 통해 내면세계와 현대사회를 비판적으로 그려낸다.

게나치노는 왕성한 창작 활동을 펼치면서 꾸준히 새로운 작품들을 독자들에게 선사하고 있으며, 소설의 영역뿐만 아니라 강연과 에세이, 논문 등을 통해서도 많은 주목을 받고 있다. 문화 정책이나 외국인 차별에 반대하는 그의 발언에서 볼 수 있듯 그는 사회정치적으로 논란이 되는 현안에 대해서도 적극적인 관심과 의견을 개진하는 동시대 작가이다. 게나치노는 소설 『얼룩, 재킷, 방, 고통』으로 브레멘 시 문학상을 받은 후, 2004년 마침내 다름슈타트의 독일 언어문학 아카데미에서 수여하는 독일에서 가장 중요한 문학상인 게오르크 뷔히너 상을 수상하는 영예를 안는다. 그 외에도 바이에른 주의 순수예술 아카데미 문학상, 폰타네 문학상, 클라이스트 문학상 등 많은 상을 수상하고 프랑크푸르트 대학교 등 여러 대학에서 시학을 강의하는 게나치노는 독일의 중요한 현대작가 중 한 명으로 손꼽힌다.

게나치노의 소설 『이날을 위한 우산』은 2001년에 발표된 작품으로,

독일 공영방송 ZDF의 문학 프로그램인 '문학 사중주'에 소개되면서 주목을 받는다. "매우 철학적인 책…… 어린아이의 의미심장한 경탄의 시선으로 쓰인……" "재능이 뛰어나고 아주 재미있는 작가, 매혹적인 소설! 무겁지 않으면서 명료한 내용의 소설." 독일 문학비평계를 대표하며 신랄한 비판을 주저하지 않는 라이히 라니츠키를 비롯해 모든 토론자로부터 이 같은 극찬을 받은 이 작품은 게나치노의 대표적인 소설이다.

20세기 말의 시대적 풍경들이 곳곳에 묻어나는 이 소설의 분위기는 음울하면서도 그 속에는 웃음을 자아내는 익살스러움이 배어 있다. 이 소설에서는 많은 사건이 일어나지 않는다. 줄거리는 간략하다. 소설의 화자이자 주인공은 구두 테스터라는 직업을 가진 46세의 남자로, 영국제 고급 수제화를 신어보고 착용감을 시험하는 일을 하며 살아간다. 부정기적인 소득을 가져다주는 구두 테스터라는 일 말고 그에게는 확실하게 생활을 보장해줄 수 있는 어떤 직업도 없다. 우리의 이름 없는 주인공은 평가서를 써주고 구두 한 켤레당 2백 마르크를 받으며 근근이 살아가는 인물로, 자신의 표현을 빌리자면 "교육만 많이 받은 (…) 아웃사이더"이며 "어디에 몸을 숨겨야 할지 아무도 말해주지 않는 현대판 거지"다. 주인공의 유일한 즐거움은 그저 구두를 신고 시내와 강가 풀밭을 이리저리 돌아다니면서 사람과 사물 들을 유유히 관찰하는 것이다. 말의 털을 빗질하는 여자, 빨래를 너는 노무자의 아내, 사과를 먹고 사과심을 자신의 지갑에 집어넣는 일본 여자의 모습 등을 관찰한다. 하지만 여유롭게 산책을 하는 주인공의 실제 삶은 그런 겉모습과 달리 결코 평화롭지도 녹록지도 않다. 그에게 여자친구 리자는 유일한 행복이었지만 그는 그녀에게 버림을 받는다. "자신의 이상을 위해, 국가를 위해, 아이들 혹은 자신의 환상을 위해 자기 자신을 파멸시킨 대가로" 연금을 받으며 살아가는 리자는 전직 김나지움 교사로, 아이들과 함께하는 생활에 적응하지 못하고 일찍 은퇴한다. 경제적으로 무능력하며 그런 삶에 자족하며 살아가는 그에 대한 그녀의 이해심과 그를 변화시켜보려는 노력은 한계에 다다른다. 마침내 그녀는 그에게 "더 나은 (경제적) 배경"에 신경을 쓰게 하기 위해서, 절약하며 살아간다면 2년 정도 근근이 버틸 수 있는 액수의 돈이 들어 있는 연금통장만을 남긴 채 그를 떠난다. 유일하게 그를 이해해주던 여자친구가 떠나고, 이별의 고통을 극복할 틈도 없이 그는 자신이 꾸준히 그리고 성공적으로 해나갈 수 있었던 구두 테스터의 직업을 잃을 위기에 처한다. 구두를 감정하고 평가해주는 대가로 받는 사례금이 4분의 1로 삭감된 것이다. 또한 일탈의 의미에서 이따금씩 육체관계를 가지던 미용사 마르고트가 다른 남자와 관계를 갖는다는 사실을 목격한다. 그 상대가 다름 아닌 옛 친구 힘멜스바흐라는 것을 알게 되고 충격에 휩싸이는데, 힘멜스바흐는 그에게서 5백 마르크를 빌려가서는 여태껏 갚지 않고 있으며, 사진작가로서의 꿈을 이루지 못하고 실패자의 삶을 사는 인물이다.

어느 날 갑자기 주인공에게 닥친 경제적 위기와 애정 문제, 이런 암울한 삶 한가운데에서도 그가 하는 일이라고는 말없이 그리고 천천히 도시를 떠도는 것뿐이다. 삶의 위기를 타파해나가려는 적극적인 의지도 그에게서는 찾아볼 수 없다. 그는 투쟁해야 할 일이 생기면 언제나 우울해지고, 복잡한 문제들을 직시할 힘이 없어 언제나 딴 데로 도망만 다니며 살아간다. 그는 뜻대로 되지 않는 세계 속에서 좌절하는 무기력한 소시민인가? 그러나 또한 그는 침묵시간표를 작성할 계획을 세우고, 젖가슴을 만지며 자신이 죽는 모습을 상상하고, 여자친구와의 이별을 극복하려고 방을 낙엽으로 채우고, 상상으로 기억술과 체험술 연구소를 만들어내고, 흔들리는 구두 솔이 되고 싶어 하는 엉뚱한 인물이기도 하다. 그의 기이한 특성들을 설명해주는 것은 바로 그가 유일하게 좋아하고 편안함을 느끼며 그의 성격에 부합하는 구두 테스터라는 일 속에서 찾아볼 수 있다.

구두를 신고 이리저리 돌아다니면서 구두 착용 시 생기는 압박 부위와 착용감을 몸으로 느끼는 구두 테스터라는 직업의 본질은 걷기와 감각이다. 현대인들이 추구하는 '웰빙' 문화는 사회적으로 걷기 열풍을 일으키고 있다. 그러나 이러한 걷기의 의미를 넘어서 걷기, 산책 혹은 방랑은 독일 문학사에서 중요한 핵심어로 자리 잡는다. 괴테의 『빌헬름 마이스터의 수업시대』를 선두로 한 독일 교양소설에서 방랑이나 편력, 그를 통한 세계의 경험은 자신을 찾아가는 자기 발견이자 의식의 발전, 성장을 의미한다. 그러나 이 소설에서 주인공의 걷기 혹은 방랑은 이러한 문학적 경향과 맥을 달리한다. 방랑을 통해 만나는 세계와 주인공 사이에서 소통은 이루어지지 않고 단절된다. 그는 철저한 이방인으로서 외부세계를 관찰할 뿐이며 그렇게 관찰된 세상의 모습은 주인공의 삶에 어떠한 변화도 주지 못한다. 방랑을 통해 숙고하는 자신의 내면세계는 성장 혹은 빌진과는 거리가 먼 것으로, "산산이 부서져 내리는, 가닥가닥 풀리거나 너덜너덜해"진 해체된 모습이다. 또한 그가 만나는 외부세계는 작고 소소한 감각저 세계다. 주인공의 방랑은 의식이 아닌 몸으로, 육체를 통해 행해진다. 그는 자신의 밖에 존재하는 것들을 의식의 개입 없이 모든 감각기관을 이용하여 카메라로 찍어내듯 있는 그대로 지각해낸다. 철저한 이방인으로서 세계를 감각적으로 지각해내려는 시도, 정신사적인 전통 속에서 소외되어온 몸을 통해 자신과 세계를 이해하려는 바로 이러한 전복의 시도 속에 이 책의 혹은 주인공의 현대적인 특성이 자리한다.

그에게는 사랑 또한 본래의 낭만적 개념으로 이해되지 않는다. "내 생각엔 우리가 다른 사람들을 잊지 못하는 것은 함께한 경험 때문이 아니라, 그 사람들을 마지막으로 보고 나서 오랜 시간이 흐른 후에야 비로소 우리의 머릿속에 선명히 떠오르는 세부적인 신체 부위들 때문이다." 그에게 사랑은 영원하지도 않고 정신적인 것도 아니다. 속눈썹 뭉텅이로 첫사랑이 시작되고 속눈썹 뭉텅이 때문에 첫사랑은 끝난다. 젖가슴에 관한 아련한 추억에서 다시 사랑이 시작된다. 즉 그에게 사랑은 순간적이며 육체적이다.

"우리는 사람들을 수년간, 그들 중 많은 이들을 심지어는 수십 년간 쳐다보게 되며 그들도 마찬가지로 우리를 쳐다본다. 하지만 어느 날 갑자기 알고 있던 집들이 사라져버리거나 개조되어 그중 많은 집을 다시 알아보지 못하게 되고, 그 후로는 화가 나서 더이상 보지 않는다."

매일 보던 골목에 하루아침에 새로운 건물들이 들어서면서 낯선 거리에 와 있는 듯한 느낌을 현대인이라면 누구나 경험해봤을 것이다. 이방인으로 세상과 일상을 바라보는 방랑자의 눈빛 속에는 사회와 문화 전반에 대한 비판적 시선이 녹아 있다. 소통이 부재하고 성과를 중시하는 사회, 속도전의 시대에 주인공이 보여주는 느림의 존재방식은 시대에 대한 반항이자 비판이다. 그는 복잡다단한 삶 한가운데를, 즉 도심을 유유히 부유한다. 우리의 방랑자의 발길이 닿는 곳에선 시간이 멈춰버리고 공간은 사라진 듯이 느껴진다. 그가 한 컷 한 컷 찍어내는 세상의 풍경은 암울하면서 우스꽝스럽다. 빛바랜 연극배우의 꿈을 잊지 못하고 살아가거나 사진기자로서 꿈을 이루지 못하고 망가져가는 유년시절 친구들. 권태에 빠진 사람들, 서로 쳐다보지 않고 외면하는 판매원과 손님들, "죽은 사람처럼 찾을 수 없"는 청소부 내외, 노숙자, 떠돌이, 장애인들. "매일 휘청거리면서 몰락의 길을 걷는" 미용실, 텅 비어 있는 채로 고무 밴드가 늘어나 너덜거리는 낡은 트렁크, 관목덤불, 자갈 더미. 도시가 뿜어내는 진창, 곰팡이, 소변, 먼지, 습지, 녹 냄새. 그가 바라보는 세계는 평범한 사람들, 작고 하찮은 사물들과 일상이다. 그는 철저한 이방인의 시선으로 작은 세상의 모습을 렌즈에 담듯 세세히 관찰한다. 민망하리만치 세세하고 감각적인 그의 묘사를 통해 독자는 소소한 세상과 만나게 된다. 우리의 방랑자는 마치 낯설고 기이한 모습을 뚫어져라 쳐다보는 이방인처럼 평범하면서도 진부한 작은 세계를 온몸으로 지각한다. 몸으로 하는 그의 '감각 산책'을 통해 독자의 눈앞에는 마치 사진첩을 보듯 암울하면서도 우스꽝스러운 사람들과 사물, 일상의 모습이 조용히 펼쳐진다. 이런 비판적인 이방인의 시선을 통해 세상은 자신의 소소함과 기이함을 명료하게 드러낸다.

『이날을 위한 우산』은 삶의 소소함과 기이함에 관한 책이다. 삶이 견디기 힘든 고통이라는 인식은 주인공의 삶 전반을 지배한다. 그래서 "내면의 동의 없이 이 세상에 존재하고 있다"는 느낌을 갖고 위축

된 삶을 살아갈 수밖에 없는 주인공 혹은 반영웅은 끊임없이 우울을 앓고 죽음과 대면한다. 그러나 주인공은 결코 죽음에 손을 내미는 염세적인 인물이 아니다. 자신만의 동굴을 세우고서, 흥청거리는 거리의 사람들을 "불신에 차 있으면서도 안도하는 듯한 눈빛으로" 내려다보는 어린아이의 시선처럼 주인공은 회의적이며 비판적인 시선을 세상에 던진다. 그와 동시에 그의 시선에는 평범하고 보잘것없는 삶에 대한 긍정이 담겨 있다. 소용돌이치는 삶 속에 몸이 "휘감기"고 "내동댕이쳐"진 채 살아가는 존재들과 우스꽝스럽기까지 한 소소하고 진부한 삶의 단면들을 통해 독자는 염세적인 우울한 기분에 빠져들기보다는 오히려 삶에 한 걸음 더 가까이 다가감을 느낀다. 삶이 얼마나 소소하고 기이한가를 극명하게 보여주는 이 책은 역설적이게도 독자에게 삶에 대한 긍정의 힘을 갖게 한다. 그래도 산다는 것은 아름다운 일이라고. 게나치노의 소설 『이날을 위한 우산』은 고통으로 가득 차 있는 먼지투성이의 삶을 묵묵히 몸으로 견뎌내는 사람들, "자신의 삶이 하염없이 비만 내리는 날일 뿐이고, 자신의 육체는 이런 날을 위한 우산일 뿐이라고 느끼는 그런 사람들"을 위한 책이다.

이 소설은 개인적으로 독일에서 힘들게 보낸 시간들을 견뎌내는 데에 잠시나마 위로와 힘을 주었던 책이다. 문학사적으로 중요한 의미를 갖는 이번 세계문학전집을 통해 이 책을 한국 독자들에게 소개할 수 있게 되어 상당히 기쁘게 생각하며, 큰 도움을 아끼지 않은 문학동네 편집부와 곁에서 늘 응원해준 남편에게 진심으로 감사의 인사를 전한다.

박교진

1943년   1월 22일 독일 만하임의 평범한 가정에서 태어남.

1961년   아비투어와 라인 네커 신문사에서 수습을 마친 후 프랑크
          푸르트에 있는 요한 볼프강 괴테 대학에서 독문학, 철학,
          사회학을 전공함. 대학 졸업 후 언론인으로 활동했으며 여
          러 신문사와 잡지사에서 편집자로 일함. 마지막으로 프랑
          크푸르트의 풍자문학 월간지 『파르동』의 편집자로 활동함.

1965년   소설 『라스린 가*Laslinstrasse*』 출간.

1971년   자유문필가로 활동을 시작함.

1977~   삼부작 소설인 『압샤펠*Abschaffel*』 『불안의 근절*Die
1979년   Vernichtung der Sorgen*』 『거짓된 세월*Falsche Jahre*』 출간.

1980년   잡지 『서표』의 공동 발행인으로 활동.

1981년   소설 『방탕*Die Ausschweifung*』 출간.

1984년   소설 『이상한 싸움*Fremde Kämpfe*』 출간.

1986년   베스터만 문학상 수상.

1989년   소설 『얼룩, 재킷, 방, 고통*Der Fleck, die Jacke, die Zimmer,
          der Schmerz*』 출간.

1990년   『얼룩, 재킷, 방, 고통』으로 브레멘 시 문학상 수상. 소설
          『단순함에 대한 사랑*Die Liebe zur Einfalt*』 출간. 다름슈타
          트에 있는 독일 언어문학 아카데미 회원이 됨.

1992년   소설 『나지막이 노래하는 여인들*Leise singende Frauen*』 출간.

1994년   소설 『잠잘 곳 없는 물고기들*Die Obdachlosigkeit der
          Fische*』 출간.

1995년	졸로투른 문학상 수상.
1996년	베를린 문학상, 베르겐 시 문학상 수상. 소설『햇빛에 구멍 뚫린 날*Das Licht brennt ein Loch in den Tag*』출간.
1997년	파더본 대학교에서 객원교수로 시학 강의를 함.
1998년	하이델베르크에서 생활하기 시작함. 바이에른 주의 순수예술 아카데미 문학상 수상. 수필집『주의! 공사중*Achtung Baustelle*』, 소설『여계산원들*Die Kassiererinnen*』출간.
2000년	사진집『위기*Auf der Kippe*』출간.
2001년	전 작품으로 크라니히슈타인 문학상 수상. 소설『이날을 위한 우산*Ein Regenschirm für diesen Tag*』출간.
2002년	『이날을 위한 우산』이 프랑스어로 번역 출간됨.
2003년	폰타네 문학상 수상. 소설『여자, 집, 소설*Eine Frau, eine Wohnung, ein Roman*』출간.
2004년	한스 팔라다상 수상. 하이델베르크에서 개최하는 드라마 작가대회에서 작가상 수상. 독일에서 가장 중요한 문학상으로 다름슈타트의 독일 언어문학 아카데미에서 수여하는 게오르크 뷔히너 상 수상. 다시 프랑크푸르트에서 거주함. 수필집『넓어진 시선*Der gedehnte Blick*』출간.
2005년	소설『어리석은 사랑*Die Liebesblödigkeit*』출간. 프랑크푸르트 대학교에서 '사각지대의 소생'이라는 제목으로 시학을 강의함.
2006년	『사각지대의 소생*Die Belebung der toten Winkel*』출간. 두 편의 희곡을 묶어『신이 내 눈을 멀게 한다 / 집의 요정 *Lieber Gott mach mich blind / Der Hausschrat*』출간.『이날을 위한 우산』이 영어로 번역 출간됨.
2007년	소설『평범한 향수*Mittelmäßiges Heimweb*』출간.『잠잘 곳 없는 물고기들』재출간. 코리네 문학상 수상. 클라이스트

문학상 수상.

2009년	소설 『행복과는 거리가 먼 시대의 행복*Das Glück in glücks-fernen Zeiten*』 출간. 오토 프리드리히 밤베르크 대학교에서 객원교수로 시학을 강의함.
2010년	링케 문학상 수상.
2011년	소설 『우리가 동물이었다면*Wenn wir Tiere wären*』 출간.
2014년	소설 『비 오는 날 방안에서*Bei Regen im Saal*』 출간.
2016년	소설 『우리 말고는 아무도 우리 이야기를 하지 않는다 *Außer uns spricht niemand über uns*』 출간.
2018년	소설 『돈, 시계, 모자 없이*Kein Geld, keine Uhr, keine Mütze*』 출간.
	12월 12일 일흔다섯의 나이에 병으로 세상을 떠남.

문학동네 세계문학전집 발간에 부쳐

세계문학은 국민문학 혹은 지역문학을 떠나 존재하는 문학이 아니지만 그것들의 총합도 아니다. 세계문학이라는 용어에는 그 나름의 언어와 전통을 갖고 있는 국민문학이나 지역문학의 존재를 인정하면서 그것을 넘어서는 문학의 보편적 질서에 대한 관념이 새겨져 있다. 그 용어를 처음 고안한 19세기 유럽인들은 유럽문학을 중심으로 그 질서를 구축했지만 풍부한 국민문학의 전통을 가지고 있는 현대의 문학 강국들은 나름의 방식으로 세계문학을 이해하면서 정전(正典)의 목록을 작성하고 또 수정한다.

한국에서도 세계문학 관념은 우리 사회와 문화의 변화 속에서 거듭 수정돼왔다. 어느 시기에는 제국 일본의 교양주의를 반영한 세계문학 관념이, 어느 시기에는 제3세계 민족주의에 동조한 세계문학 관념이 출현했고, 그러한 관념을 실천한 전집물이 출판됐다. 21세기 한국에 새로운 세계문학전집이 필요하다는 것은 명백하다. 우리의 지성과 감성의 기준에 부합하는 세계문학을 다시 구상할 때가 되었다.

문학동네 세계문학전집은 범세계적으로 통용되는 고전에 대한 상식을 존중하면서도 지난 반세기 동안 해외 주요 언어권에서 창작과 연구의 진전에 따라 일어난 정전의 변동을 고려하여 편성되었다. 그래서 불멸의 명작은 물론 동시대 세계의 중요한 정치·문화적 실천에 영감을 준 새로운 작품들을 두루 포함시켰다.

창립 이후 지금까지 한국문학 및 번역문학 출판에서 가장 전문적이고 생산적인 그룹을 대표해온 문학동네가 그간 축적한 문학 출판 경험을 바탕으로 새로운 세계문학전집을 펴낸다. 인류가 무지와 몽매의 어둠 속을 방황하면서도 끝내 길을 잃지 않은 것은 세계문학사의 하늘에 떠 있는 빛나는 별들이 길잡이가 되어주었기 때문이다. 우리가 자부심과 사명감 속에서 그리게 될 이 새로운 별자리가 독자들의 관심과 애정에 힘입어 우리 모두의 뿌듯한 자산이 되기를 소망한다.

문학동네 세계문학전집 편집위원
민은경, 박유하, 변현태, 송병선, 이재룡, 홍길표, 남진우, 황종연

지은이 **빌헬름 게나치노**

1943년 독일 만하임에서 태어났다. 언론인과 편집인으로 활동하다가 1965년 『라스린 가』를 발표하며 데뷔했고, 1977년부터 삼부작 소설 『압샤펠』『불안의 근절』『거짓된 세월』을 출간해 주목받는 작가로 떠올랐다. 1989년 발표한 『얼룩, 재킷, 방, 고통』으로 브레멘 시 문학상을 수상했고, 이후 활발한 작품 활동을 펼치며 독일 현대문학의 대표적인 작가로 자리매김했다. 2004년에는 소설 『이날을 위한 우산』으로 독일에서 가장 중요한 문학상인 게오르크 뷔히너 상을 수상했다. 2018년 병으로 타계했다.

옮긴이 **박교진**

성균관대학교 독어독문학과를 졸업하고 독일 쾰른 대학교에서 철학, 독문학, 교육학을 수학했다. 옮긴 책으로 『남자는 언제 남자가 되는가—남자 감정 사용설명서』가 있다.

세계문학전집 055

이날을 위한 우산

1판 1쇄 2010년 12월 10일
1판 6쇄 2021년 10월 25일

지은이 빌헬름 게나치노 | 옮긴이 박교진

책임편집 이은현 | 편집 안수연 | 독자모니터 박미진
디자인 송윤형 한충현 김민하 | 저작권 김지영 이영은 김하림
마케팅 정민호 정진아 김혜연 정유선
홍보 김희숙 함유지 김현지 이소정 이미희 | 제작처 영신사

펴낸곳 (주)문학동네 | 펴낸이 염현숙
출판등록 1993년 10월 22일 제406-2003-000045호
주소 10881 경기도 파주시 회동길 210
전자우편 editor@munhak.com | 대표전화 031) 955-8888 | 팩스 031) 955-8855
문의전화 031) 955-8869(마케팅), 031) 955-2691(편집)
문학동네카페 http://cafe.naver.com/mhdn
문학동네트위터 http://twitter.com/munhakdongne
북클럽문학동네 http://bookclubmunhak.com

ISBN 978-89-546-1311-8 04850
      978-89-546-0901-2 (세트)

www.munhak.com

● 문학동네 세계문학전집은 계속 출간됩니다